МАСТЕР КРИМИНАЛЬНОЙ ИНТРИГИ

Владимир

Колычев

Волчьи

ягоды

ЭКСМО

МОСКВА

2013

УДК 82-3
ББК 84(2Рос-Рус)6-4
К 60

Оформление серии *С. Власова*

Колычев В. Г.

К 60 Волчьи ягоды / Владимир Колычев. — М. : Эксмо, 2013. — 320 с. — (Колычев. Мастер криминальной интриги).

ISBN 978-5-699-66506-8

В лихие девяностые, когда страна наслаждалась первыми глотками свободы, а братва и воровские банды боролись друг с другом за сферы влияния, в заводском поселке Тяжмаш возникла своя «бригада», возглавляемая неким Шахом. Его подруга Карина мечтала сама встать во главе братвы, и в один прекрасный день ей это удалось. Шах был убит, и она стала настоящей «леди в законе» — жестокой, властной и бескомпромиссной. Преступный бизнес Карины процветал, и ее «империя» росла как на дрожжах. Так было, пока в городе не появился авторитетный вор по кличке Сухарь, который решил, что бабе не место в большом криминальном бизнесе...

УДК 82-3
ББК 84(2Рос-Рус)6-4

ISBN 978-5-699-66506-8

ЧАСТЬ ПЕРВАЯ

Глава 1

Сеанс закончен, посвящение состоялось — можно подняться с колен и прополоскать рот...

Карина с презрением смотрела на Лельку. Эта лохушка повелась на развод и на коленках обошла по кругу пацанов. Теперь вот отплевывается. Нанаец застегивает штаны и тупит глазки, Кобзарь прячет улыбку в кулак, Шах с отстраненным видом смотрит в потолок. Один только Панас всерьез считает, что иначе и быть не могло. Мало того, он смотрит на эту шлюшку, как на равную себе, и басовитым голосом произносит:

— Кара, Лелька теперь наш человек!

Здоровый он парень, этот Эдик Панасов, почти два метра ростом, плечи, как у Сталлоне. Волосы острижены коротко, зато брови пышные, черные как смоль, нос большой, орлиный, а глазки маленькие, ястребиные. Внешне он чем-то похож на орла, особенно сейчас, когда согнутые в локтях руки разведены в стороны. Орлом парень смотрится, только мозги у него куриные.

— Твой человек! — отрезала Карина. — Такая же идиотка, как ты!

Нельзя сказать, что Панас не умел мыслить логически. Умел. Иначе бы он не возмутился так удивленно:

— Почему как я? Разве я идиотка?

— Идиот!

— Ну-у...

Он готов был с этим поспорить, но ему требовалось для этого время. А кто ж ему его даст?

— Вы хоть бы закрывались, придурки! — набросилась Карина на остальных.

Как такового обряда посвящения в братство не существовало. Достаточно было желания в него вступить. Достаточно, если человек стоящий. А если какое-то фуфло, никто не назовет его братом.

— Да ладно тебе, сестренка! Нормально все, — ухмыльнулся Кобзарь.

Рома Кобзарь чуть ли не с детства занимался боксом, в подвале тягал железо до изнеможения, но качком так и не стал. Мышцы у него железные, но на вид не выдающиеся. Руки сильные, но плечи не широкие. И роста он среднего. Удар у него будь здоров, но вид — совсем не устрашающий. Недобор веса он компенсировал нахальством и дерзостью, а недостаток роста — высотой прически. Пышная у него шевелюра. Если волосы в красный цвет покрасить, возникнет впечатление, будто костер на голове развели.

Только Рома мог додуматься до такого, чтобы пустить Лельку на «круг». Развел ее на быстрый секс как последнюю лохушку и рад. Но с него какой спрос? Он на моральный кодекс строителя коммунизма не молится...

— Да у тебя-то, может, и нормально. А эта шлюшка что здесь делает?

Подвал у них в доме большой, места здесь много. Это ведь Центр творчества молодежи, здесь как бы кружки всякие должны работать. И как бы работают. Но в директорскую комнату допускались только те, кого Карина, Кобзарь и Шах приняли в свое братство, кого признали за своего. Панас и Нанаец свои, а Лелька — нет. Ей в борделе самое место.

— Я не шлюшка! — возмутилась Лелька.

— А кто ты? — с удивлением спросила Карина.

— Я... Я теперь с вами...

— Кто тебе такое сказал?

— Кобзарь сказал... Шах... А разве нет? — Лелька растерянно посмотрела на Кобзаря, но тот прятал от нее глаза, усмехаясь в кулак.

— Хочешь сказать, что я тоже *такой* обряд посвящения проходила? — бросила на нее злой взгляд Карина. — Думаешь, я тоже тут... у всех?.. — И неожиданно ударила Лельку кулаком в челюсть. Та рухнула на спину, высоко вверх забросив свои кривые ноги. — Ты так думаешь, да?

Карина росла на улице, телячьи нежности не про нее. И дралась она совсем не как девчонка, а так, что далеко не всякий пацан мог сладить с ней. Потому и была она здесь первой среди равных. Никто не утверждал ее верховенство, само собой как-то вышло. Может, потому и тянет девчонок в братство, что Карина здесь за рулевого. Некоторым даже везет — Алиса и Натка яркий тому пример. У Алисы черный пояс по карате, а Натка — просто чумовая девчонка, к тому же она медучилище заканчивает, если вдруг что, и кровь остановит, и рану зашьет. Да и в постели может первую помощь оказать — не каждому, но многим, и то, если очень хорошо попросить...

— Ну, чего молчишь, тварь? — Карина схватила Лельку за волосы, оторвала от пола и снова ударила кулаком в нос.

Бедняга растянулась на полу, затем стала отползать от своего палача, а Карина с отвращением смотрела на нее.

— Еще? — зло спросила она.

— Не надо! Ну, пожалуйста! — размазывая кровь по лицу, разрыдалась Лелька.

— Все поняла?

— Все!

— И кто ты?

— Шлюха!

— А что шлюха здесь делает?

Лелька поднялась и, опасливо глянув на Карину, с поспешностью побитой собаки прошмыгнула мимо нее.

— Зачем ты так? — усмехнулся Кобзарь. — Девочка старалась...

Он мастер спорта по боксу, кубков и медалей не сосчитать, но Карина все-таки рискнула ударить его. Резко ударила, без размаха — кулаком точно в подбородок, но Кобзарь на ногах удержался. Поплыл слегка, но удар, в общем-то, выдержал. А в ответ бить не стал.

И дело тут не только в том, что Карина — женщина. Просто он знал, что драться она будет до последнего. Худенькая, на вид вроде немощная, но вырубить ее в драке практически невозможно. Сколько ее ни бей, все равно она будет подниматься и давать «ответку». Такая уж у нее физиология и натура... К тому же за Карину мог вступиться Панас. Парень он простодушный, сам по себе, в общем-то, безобидный, но за своих готов биться смертным боем. Кобзарь для него тоже свой, но Карину он все-таки уважал больше.

Кобзарь хорошо это знал, потому и не стал отвечать ударом на удар. Но возмущение в нем хлестало через край:

— За что?!

— За то, что ты меня подставил!

— Я тебя подставил?

— Рома, я с тобой трахалась?

— Нет, — мотнул головой Кобзарь.

— А с тобой, Игорек?

— Нет, — ответил Шах и, мотнув головой, добавил: — Глупости ты говоришь, сестренка!

Игорь Шахов был самым старшим в братстве. Два года в морпехе отслужил, столько же на заводе отработал. Ему бы жениться да семью завести, но не стремился он к этому. Нравилась ему пацанская вольница, но еще больше привлекала власть над ней. Он тоже центровой в братстве, пацаны во всем слушают его, что ни говори, а уважение Шах заслужил. Он и подвал этот выбил под Центр творчества, и ремонт организовал, качалку здесь сделал, пацанам рукопашный бой, которому его в армии научили, преподает. А ведь он не просто в морпехе служил, а в разведроте... Алиса секцию карате здесь открыла, но это не совсем то, что нужно. Шах реальным вещам учил, а в спортивном карате в основном показуха...

— Никому такая мысль в голову не придет, — продолжал Шах, — а если Лелька ляпнет... Ну, она знает, что с ней будет.

Шах спал с Алисой, но при этом его не пугало, что она может узнать о его развлечениях с Лелькой. Во-первых, он во всеуслышание объявил, что считает себя свободным человеком, а во-вторых, Алиса влюблена в него так, что готова простить ему все. Даже Карину...

Все знали, что Шах неровно к ней дышит, да он этого и не скрывал — ни перед ней, ни перед Алисой, ни перед братвой. Симпатичный он парень — армейская прическа, правильные, по-мужски жесткие черты лица, сильный взгляд, суровый характер. При всем своем несерьезном отношении к жизни достаточно строг к себе и готов на все, чтобы не уронить свой авторитет, но до подлостей никогда не опускался.

— Зря ты, Кара, — потирая отбитый подбородок, сказал Рома. — Все знают, что тебя хрен раскрутишь...

— Считай, что я купилась. — Карина села в старое продавленное кресло, достала из кармана куртки пачку «Родопи», закурила и выдохнула дым в потолок. — Ты, Рома, извини, погорячилась я.

— Да мы сами, по ходу, виноваты. Устроили бардак, в натуре...

— Бардак... — кивнула она и тут же косо взглянула на Шаха: — Ну, чего смотришь?

Он действительно смотрел на нее с упреком. Не нравилось ему, что Карина курит. Пацанов он уже давно отучил от этого дела. Если кто-то и курил, то делал это втихаря. Нет, он никому морали не читал, просто брал курильщика в оборот, такие нагрузки ему задавал, что весь никотин вместе с блевотиной выходил... С Кариной он так поступить не мог, но ведь она понимала, что другим подает дурной пример. Нехорошо это, плыть против течения.

— Ладно, уговорил... — затушила сигарету Карина.

— «Южане» толпу собирают, — с важным видом заговорил Панас. — Сказали, что завтра на скачках всех «северян» замочат...

Поселок Тяжмаш негласно делился на Юг и Север, и эти две стороны постоянно выясняли отношения между собой. На волне вражды к «южанам» Карина, в общем-то, и подняла свой авторитет. На равных с пацанами дралась, за это ее и уважали. Да и «северное братство» они с Кобзарем и Шахом основали, чтобы противостоять натиску «южан».

Что ж, если завтра намечается драка, «северяне» выйдут на нее большой и подготовленной толпой. И драться Карина будет, не жалея себя. Но все это как-то несерьезно. Победа над «южанами» — это не та цель, к которой надо стремиться... А раз не та, значит, надо стремиться к чему-то другому...

Глава 2

Лето на дворе. Типичное московское лето — серое небо, мокрый асфальт, шестнадцать градусов тепла. Если это вообще можно назвать теплом.

В Ялте сейчас солнце, жара, чайки над морем кружат, яблоками там пахнет и шашлыком. И платье надеть можно, туфли на высоком каблуке, чтобы мужчин своими длинными ногами соблазнять. На курорте Карина могла позволить себе многое из того, что запрещала себе здесь. Но сегодня у нее почти что курортное настроение. Тушь на ресницах, губы накрашены, в брюках она, но туфли на каблуке. Невысокий каблук, не тонкий, но все-таки это лучше, чем ходить в кроссовках.

Правда, до тетки еще надо добраться. Деньги на билет до Ялты есть, но, чтобы его купить, надо ехать в Москву. Это не очень далеко, двадцать четыре километра на электричке. Плохо только, что электричка ушла, следующая только через сорок минут.

Нет, Карина не спешила, но и ждать не хотелось. Хотя «Волг» с шашечками что-то не видать, зато частников хватает, «Лады» стройным рядом стоят, как на выставке, — «семерки», «шестерки». Даже новенькая «девятка» в этот строй затесалась.

Народ в Тяжмаше живет неплохо: завод здесь богатый, зарплаты хорошие, потому и таксисты процветают. И сейчас машины одна за другой на Москву идут. Все правильно — чем дольше ждать электрички, тем выше спрос на такси.

Карина подошла к белой «семерке», у которой стоял толстопузый мужик с рыжими усами. Нахальная ухмылка на губах играет, а на пальце ключ от машины крутит.

— Тебе куда, красивая? — спросил он, без всякого стеснения раздевая ее взглядом.

— В Москву.

— Чирик.

— А не много?

— В самый раз.

Это уж слишком! Билет до Ялты столько не стоит, поэтому Карина повернулась к водителю спиной.

— Эй, постой! — Мужик грубо схватил ее за плечо, развернул к себе и чесночной отрыжкой дыхнул в лицо. — Могу натурой взять!

— Ты ничего не попутал, мужик? — завелась Карина.

— Ты с кем разговариваешь, шалава конченая?

— Руку отпустил!

Но рыжеусый, напротив, рванул руку на себя и ловким заученным движением закрутил ее Карине за спину. От боли в локтевом суставе закружилась голова.

— Слышь, мужики, проститутки совсем оборзели! — обратился он к другим водителям, которых с каждой секундой становилось все больше. Скучно им, а тут целое представление. Карина с ненавистью смотрела на них. Ну, хоть какая бы падла заступилась за нее!

— Я не проститутка! А ты, козел, за свой базар ответишь! — простонала она.

— Ну, я тебе сейчас покажу козла!

Рыжеусый потащил Карину к своей машине, но на пути у него вдруг появился симпатичный парень в темно-сером костюме. Среднего роста, худощавый, не очень подвижный. В нем самом не было ничего угрожающего. Судя по всему, он это понимал, потому пустил в ход служебное удостоверение:

— Капитан Кастальский. На пятнадцать суток захотел?

— Я?! На пятнадцать суток?! — отпуская Карину, возмущенно протянул водитель. — А что я такого сделал? Она сама!

— Свободен.

— Мы еще встретимся! — люто зыркнув на рыжеусого, пригрозила Карина.

Она хотела еще и ногой его пнуть, но капитан взял ее под руку и куда-то повел. Удивительно, но она даже не пыталась сопротивляться.

— Вот видите, товарищ капитан, сама же пристает! Встретиться со мной хочет. Сто рублей за час! — донеслось им вслед. — Откуда ж такие деньги?

— Ты кто такая? — сухо спросил Кастальский, отпустив Карину.

Он смотрел на нее холодным, почти бесчувственным взглядом, и это почему-то взбесило Карину:

— Да пошел ты! — резко повернулась она к нему спиной и зашагала в сторону кассы.

В городе Сочи темные ночи. Но Москва не Сочи, здесь в июне темнеет поздно, в районе двенадцати ночи. Половина одиннадцатого вечера — еще светло, но людей уже мало. Некого таксистам развозить, потому и стоят они гуртом. Треплются о чем-то, хохочут. Рыжеусый в центре внимания — пузо вперед выкатил, ключи на пальце крутятся. Весело ему. Ничего, сейчас еще веселей станет.

Пацаны шли к станции рассеянной толпой. Ничего особенного — пассажиры к вечерней электричке идут. Одеты они неважно, молодые все, взять с них нечего, поэтому таксисты не обращали на них внимания. А зря.

Карина шла как будто сама по себе. Ее заметили, и таксисты начали скалиться, показывая на нее пальцами. И никого не смущало, что Карина шла прямо к ним. Никто не видел в ней опасности.

— Что, натурой решила расплатиться? — спросил у нее рыжеусый.

Она кивнула, вроде как соглашаясь. Еще пару шагов, и можно бить.

— Вот здесь и начинай!

— Начинаю! — кивнула Карина и с ходу выбросила вперед ногу.

Мужчины, может, и сильнее женщин, но есть у них одна слабина, которой нет у Карины. Именно по этой слабине она и ударила. Со всей силы.

От боли рыжеусый сложился пополам, низко опустив лицо. А Карина умела бить коленкой с подпрыга. Умела бить жестко, на убой. Не выдержав удара, он рухнул на спину, раскинув руки. Глаза стали дикими от страха и растерянности.

Таксисты замолкли, растерянно наблюдая за расправой, никто даже не пытался вступиться за рыжеусого. Все-таки девчонка била, а не мужик. К тому же братва уже подтягивалась к Карине, полукругом обступая ее. Пацанов было много, человек двадцать, среди них несколько внушительного вида качков. Водители еще не понимали, что это люди Карины, но чувствовали себя более чем неуютно.

Карина подпрыгнула и сверху вниз снова ударила рыжеусого — пяткой в почку. А затем, коленкой надавив ему на шею и схватив за волосы, оторвала его голову от земли.

— Ты кого шалавой конченой называл?

— Ты, дура, хоть понимаешь, что тебе конец! — простонал тот.

— Кому конец? — взбесился Панас.

Он перенял у Карины эстафету, одной рукой схватил рыжеусого за штанину, другой — за ворот куртки, оторвал его от земли с такой легкостью, словно это какое-то чучело, и со всей силы обрушил вниз. Тяжелое тело с пугающим хрустом шлепнулось о землю.

Только тогда водители зашевелились и угрожающе двинулись на братву. Их было примерно столько же, человек двадцать, но бойцы «северного братства» готовы были биться с любой, хоть втрое превосходящей толпой. И столько решимости было в их движении вперед, что таксисты дрогнули, сдали назад, а некоторые поспешно вернулись к своим машинам. Карина беглецов останавливать не стала. С трусами даже договариваться необязательно: что им скажут, то они и сделают.

— Слушай сюда, урод! — Карина двумя руками схватила за грудки пышногривого таксиста. — Я никого сегодня не тронула! Вы сегодня меня тронули! — свирепо чеканила она слова. — Вы сегодня меня обидели! Отвечать за это будете! Все за это ответите! Понятно?

— П-понятно...

— Значит, чирик до Москвы?

— Да нет, пятерка...

— Да, но с меня чирик просили. И я теперь с каждого по чирику брать буду. Понимаешь?

— Э-э... Нет.

— Тридцать чириков со всех вас. В день с вас по тридцать чириков. Понимаешь?

— Нет.

— Это наша территория. Если хотите работать здесь, будете нам платить. Если нет, работать вам не дадим. Теперь понятно?

— Э-э...

— Мы завтра подойдем, восемьсот «рябчиков» готовь. Триста — за право работать и пятьсот — за то, что никто из вас за меня не заступился... — Карина кивнула на рыжеусого, который с трудом поднимался с земли. — Если нет, пеняйте на себя. Понятно?

— Понятно.

— Ну, тогда гуд бай!

Она оттолкнула от себя пышногривого и повторила свой коронный удар. Таксист сложился пополам, а потом в нос ему врезалась коленка. Щадить Карина никого не собиралась.

Таксисты платить отказались. Вчера Карина с бойцами пришла за деньгами, но водители гуртом подошли к ним и заявили, что денег не будет. С монтировками подошли, злые, решительные.

Монтировки Карину не пугали, братву — тоже, но драка так и не состоялась. Все-таки не на Диком Западе они живут, где главное слово принадлежит господину «кольту». Железнодорожная станция «Тяжмаш» — это северная часть поселка, территория «северного братства». Кобзарь и Шах предлагали выждать время, а потом всеми силами навалиться на таксистов и смешать их с грязью. Понять их можно — кровь горячая, кулаки чешутся. Карине тоже нравился такой вариант, но все-таки она решила обойтись без крови.

Поэтому братва сегодня с утра снова была на вокзале. Работа уже началась. Какой-то мужик от кассы шел к таксистам, но на пути у него выросли Жлоб с Кашей. С угрожающими оскалами на лицах они объяснили мужику, что нельзя пользоваться частными такси. На руках у них были красные повязки, дескать, они — народные дружинники. А Славян с Керогазом уже перекрывали путь женщине с сумкой. И эти с красными повязками. Панас, Пароход и Слон присматривали за таксистами, чтобы те вдруг не полезли в драку. Это самые мощные ребята в братстве, связаться с ними мог рискнуть только самоубийца...

Таксисты злились, но молчали в тряпочку. Панас, Пароход и Слон с одной стороны страховали «народных дружинников», Нанаец, Смоль, Кряк и Пашан — с другой. Эти вчетвером смотрелись не так внушительно, но и с ними лучше не связываться.

После обеда появились менты. На желто-синей «канарейке» подъехали. Один в штатском, двое в форме, но без автоматов.

Карина, Кобзарь, Шах и Алиса сидели за столиком летнего кафе, откуда хорошо просматривалась площадь перед станцией, и смотрели, как «народные дружинники» отпугивают клиентов.

Появление ментовской машины не осталось для них незамеченным. Карина уже знала, что нужно делать. Взяв с собой Алису, она отправилась к ментам.

Мент в штатском уже успел взять за руку Кашу и пальцем тыкал ему в повязку:

— Что это такое?

— Добровольная дружина, товарищ милиционер, — ответила за Кашу Карину. — Мы — добровольная дружина. Постановления партии и правительства не читаете?

— Какие постановления? — озадаченно посмотрел на нее мент.

— Я же говорю, партии и правительства. Мы говорим «партия» — подразумеваем «народ». Мы говорим «народ» — подразумеваем «партию». Народ и партия едины. Или вы с чем-то не согласны?

— Что ты такое говоришь, девочка?

— Я не девочка, я — представитель народа. А эти, — показала Карина на таксистов, — обирают народ. Во-первых, цены дерут, а во-вторых, налоги не платят.

— Давайте расходитесь, представители народа, — хмыкнул мент.

— А вы представитель прокуратуры? — удивленно посмотрела на него Карина.

— Я — представитель закона.

— Ну, если это мне скажет представитель прокуратуры, а так, извините, не верю.

Мент полез в карман за удостоверением.

— Маша, давай звони в прокуратуру, — обращаясь к Алисе, строгим тоном проговорила Карина. — Скажи, тут из милиции подъехали, «левых» таксистов выгораживают...

— Кто таксистов выгораживает? — оторопел от такой наглости мент.

— Если хотите, мы можем обсудить это в прокуратуре, — окатила его холодным взглядом Карина.

Мент резко поднял вверх руку, будто собираясь ударить ее, но девушка даже глазом не моргнула.

— Да ну вас! — так же резко махнул он и направился к машине.

Менты уехали, а через пару часов таксисты пришли на поклон. Их представлял пышногривый. Карина уже знала, как его зовут.

К летнему кафе Боря приближался с опаской, от Карины остановился на таком расстоянии, чтобы она не смогла достать его ногой, и начал издалека:

— Это, мы наказали Костю.

Карина выразительно повела бровью. Дескать, какого Костю они наказали?

— Ну, он тебя позавчера обидел. Он больше с нами не работает... И по чирику мы не берем, по пятерке берем...

— Короче! — раздуваясь от важности, поторопил его Шах.

— Штраф мы платить не будем, — опустив голову, с опаской сказал Боря.

— Ты в этом уверен? — вспылил Кобзарь.

Карина осадила его взглядом. Дескать, все правильно, спуску мужикам давать нельзя, но пока еще рано гнать волну.

— Ну, пятьсот рублей — это слишком...

— А триста в день? — спросила она.

— Тоже много. Если по триста платить, то никто здесь работать не станет.

— Ну, давай, попробуем, посмотрим.

— Не надо пробовать... Мы по сто рублей платить можем...

— С каждого? — хлестко спросила Карина.

— Нет, со всех! — вздрогнул Боря.

— Двести в день, и никаких проблем. Иначе останетесь без машин... Сказать, в каком гараже ты машину ставишь? Гаражно-строительный кооператив номер пять, улица Розы Люксембург. Прямо в гараже машина и сгорит. Сама по себе. Контакты замкнутся, и все... Не веришь?

— Э-э... — с бледным видом промычал Боря.

— Все очень серьезно, мужик. Мы с вас не слезем, и не надейся....

— Ну, хорошо, я с мужиками поговорю.

— Это время, — покачала головой Карина. — Через время дороже будет. Давай иди с мужиками поговори.

— Э-э, ну, хорошо, пусть будет двести...

— Давай.

— Что давай? — не понял Боря.

— За вчера двести, за сегодня двести. Итого четыреста... Десять минут у тебя. Пошел!

— Ты что, не понял? — вскочил со своего места Кобзарь.

Пышногривый пугливо кивнул и направился к своим — собирать дань. Уже через час братва уносила с собой четыреста рублей. Это были не просто деньги. Это было событие, которое ставило крест на беспричинных драках с «южанами» за место на дискотеке. Драки будут, но за место «под большим солнцем».

Глава 3

Перестройка, гласность, ускорение... Оказывается, это далеко не пустые слова. Перестраиваются люди, кооперативы открывают, джинсу шьют, в открытую ею торгуют, никого не стесняясь. Раньше за фарцу сажали, а сейчас это называется предпринимательством. Вот тебе и гласность. Темпы продаж растут, а вместе с ними расширяются и барахолки. Вот тебе и ускорение...

Так называемый «черный рынок» из парка перекочевал вдруг на пустырь между домами на Пролетарской улице. Сеткой участок огородили, длинные столы поставили, и теперь по выходным здесь шла бойкая торговля. Да и в будние дни на этой точке можно было прибарахлиться. Раньше народ в Москву на Рижский рынок ломился, а сейчас те же джинсы, кроссовки, футболки и прочий фильдеперс можно было купить в самом поселке. Люди в Тяжмаше жили небедные, потому деньги на «Пролетарке» крутились немалые. И кооператоры себя неплохо чувствуют. А почему? Да потому, что некому здесь дичь отстреливать. Воры по карманам шарят, им большего не надо. «Южане» рады тому, что подмяли под себя поселковую дискотеку. Они там себя королями чувствуют, и это для них вершина счастья. Зато «северяне» уже вошли во вкус легких денег. Железнодорожная станция уже под ними — со всем частным таксопарком и кооперативными кафешками. На очереди — барахолка на Пролетарской.

— Почем? — развесив на руках джинсовую куртку, спросила Карина.

Неплохая куртка, модная, пошита хорошо, строчки крепкие. Ярлык заморский на ней, но видно, что не фирма. «Made in USSR» в самопальном исполнении.

— Сто пятьдесят, — сквозь губу процедил широколобый мужик с нездоровым красным цветом лица.

— Я для брата, — кивком показала на Панаса Карина.

Задача у Эдика простая — стоять рядом с ней и делать глупый вид. Что называется, человек на своем месте.

— Да мне какая разница? — скривился кооператор.

— Эдик у меня в горячем цеху работает. Сто пятьдесят рэ в месяц получает.

— Это не мои проблемы, — начал раздражаться мужик.

— А ты такую куртку за день шьешь. Или даже за полдня.

— Девушка, проходите, не мешайте работать.

— А чего так грубо? — возмутилась Карина. — Люди в горячих цехах на страну работают, а ты с них месячную зарплату за какую-то говенную куртку дерешь! Не стыдно?

— Девушка, я сейчас милицию позову!

Пароход и Слон только этого и ждали:

— Что такое, гражданин?

С красной повязкой на руке Пароход карикатурно напоминал Моргунова из «Операции «Ы».

— Да вот, работать мешают, — повелся продавец.

— А разрешение на работу есть? — насел на него Слон. — А лицензия? А справка из налоговой?..

Ничего такого у кооператора не было.

— Нет у меня справки. Но налоги я плачу! В налоговой инспекции можете узнать!

— С чего ты платишь? С одной куртки? А продаешь сколько? Мы за тобой давно уже наблюдаем, мужик. Знаем, сколько и чего ты продаешь. Поверь, в налоговой тебя за яйца подвесят! — оскалился Слон.

— В переносном смысле подвесят, — улыбнулась Карина. — А мы в прямом смысле это сделаем... Не веришь?

Наконец-то до мужика дошло, что это наезд.

— Э-э... Ну-у... Ну, хотите, я за так отдам вам эту куртку?

— А чего ты заколотился? — хищно сощурилась Карина. — Куртку нам сдаешь... Что, с налогами не чисто, да?

— Да нет, нормально там все, — страдальчески скривился кооператор.

— Ну и хорошо, если нормально. Сейчас мы с тебя двести «рябчиков» снимем. Считай, что это грабеж. Можешь в ментовку обратиться, если у тебя с налоговой все нормально. Давай обращайся. А мы докажем, что там у тебя не все нормально. И «штуку» с тебя за свои труды снимем. Ну, а если бодаться будешь... Слон!

Слон вдруг резко поднял вверх две руки, сцепленные в замок, и с силой опустил их на прилавок. Две доски тут же проломились с устрашающим хрустом.

— А если он тебя так по голове ударит?

— Э-э, я все понял... Но двести много, я сегодня только одну куртку продал...

— Одну куртку, — кивнула Карина, — и три пары джинсов... А может, и больше. За всем же не уследишь, да? А мы следим, мы все видим. Хочешь, мы тебя на процент от прибыли поставим?

Мужик вздохнул и полез в карман за деньгами. Но Карина этого как будто не заметила. Она примерила куртку на Панаса. Тютелька в тютельку, что называется. Пусть носит, пусть помнит ее доброту. Что-то Шах и Кобзарь одеяло на себя тянуть стали, как бы не пришлось сцепиться за ними в борьбе за власть. Поэтому и заручалась она поддержкой Панаса. Он хоть и туповат, но в союзе с ним спокойней. К тому же тупость его только на руку: чем тупее человек, тем он преданнее...

— Берем. — Карина положила на прилавок десять копеек и хмыкнула: — Ну, чего смотришь? Сдачу гони! Полтинник с тебя! — Она забрала у торгаша два четвертных, сунула их себе в карман. — Если вдруг какие-то проблемы, обращайся, всегда поможем. А если к ментам побежишь, похороним за свой счет.

Рейд по торговым рядам удался. Только за один день касса «северного братства» пополнилась на шесть, без малого, тысяч рублей. И завтра должно быть не меньше...

Боксерская «груша» — не человек, отпор не даст, но все-таки лучше тренироваться с ней, чем без нее. Удар, еще удар, еще... Рукой, ногой, снова рукой... Сильней, быстрей, еще быстрей...

— Кара, у нас проблемы, — звонко прозвучало за спиной.

Карина остановилась и обернулась.

— «Южане» «стрелу» забили, — с суровым видом сказал Шах. — Завтра в шесть вечера у очистных.

Кобзарь чинно кивнул, подтверждая слова.

— Дискотека?

— Нет, «Пролетарка»...

— Проснулись-таки...

Карина сняла перчатки, покинула душный боксерский зал, прошла в директорскую. Здесь и мебель уже новая, и ковры на полах и стенах, в холодильнике пиво, «Боржоми».

Она откупорила бутылку с холодной минералкой, плюхнулась в кресло и требовательно посмотрела на Кобзаря:

— Ну, давай, рассказывай.

— Что — рассказывай?

— Кто конкретно наехал...

— На барахолку наехали... Мы там были, а ты здесь... Там надо было быть, тогда бы все знала, — выговорил ей Кобзарь.

— Я что-то не поняла: это что, наезд?

— Это не наезд, — покачал головой Шах. — Просто мы с тобой на равных, а ты ведешь себя так, будто мы никто...

— Значит, наезд, — кивнула Карина.

Бунт на корабле. Мальчики решили тягаться с девочкой. Раньше ничего, не возмущались. Но ведь раньше и денег шальных не было. А там, где деньги, там склоки, интриги. Карина должна была это понимать. И понимала.

— Да нет, не наезд. Просто определиться надо, кто из нас самый старший, — осторожно проговорил Шах.

— Я так понимаю, ты уже определился, — усмехнулась Карина.

— А что тут определяться? — пожал плечами Кобзарь. — Игорь самый старший среди нас, пусть он рулит...

Карина задумалась. Плохо дело. Шах и Кобзарь, видимо, сговорились. Если она примет их вариант, то окажется третьей по счету... Сход можно собрать, но не факт, что братва подтвердит ее старшинство. Как бы на последних ролях не оказаться.

— Ну, пусть рулит, — нехотя согласилась она.

Не сладить ей с Кобзарем и Шахом. Сомнут они ее, если вдвоем навалятся. Сомнут и не вспомнят о своих к ней чувствах. Там, где большие деньги, чувства отходят на второй план.

— Тогда слушай. — Шах приложил ко рту кулак, чтобы скрыть вздох облегчения. Не думал он, что Карина так быстро уступит ему. — «Южане» сами хотят снимать с «Пролетарки».

— Так это наша территория, — пожала плечами Карина.

— А они считают, что их.

— Значит, надо собраться, линию по карте прочертить.

— Да, но каждый в свою сторону потянет.

— Косолап «стрелу» забил, братву собирать надо, — с важным видом изрек Шах.

— Это не ко мне. Ты у нас рулевой, ты и собирай.

— Да это не вопрос...

— А в чем вопрос?

— Ни в чем... И разбор я держать буду.

— Не отдашь «Пролетарку»?

— Не отдам.

— А зачем она? Барыги забурели, делиться не хотят...

Действительно, ситуация с барахолкой стремительно выходила из-под контроля. Кто-то из торгашей в РОВД стукнул, теперь по рынку ментовские наряды ходят. А проблемы с законом никому не нужны, деньги на свободе хорошо тратить. Поняли барыги, что не хочет братва связываться с ментами, почуяли, так сказать, слабину, поэтому зажимают выплаты. С таксистами, как это ни странно, без проблем, но ведь и они могут взбунтоваться.

— Ну, хотят — не хотят, а «штуку» в день имеем, — заметил Шах.

— Скоро и того не будет.

— И что ты предлагаешь?

— Я предлагаю?! Ты у нас старший, ты и предлагай...

— А что тут предлагать? — скривил губы Кобзарь. — Где барыги живут, мы знаем. Отлавливать будем и «гасить»...

А ведь это Карина придумала разведкой заняться, всех «данников» на карандаш взять. Она этим и занималась, постепенно расширяя «черный» список за счет новых барыг. У кого-то швейный цех подпольный, кто-то паленую водку чуть ли не в промышленных масштабах гонит, а на днях братва на мастерскую вышла, где ворованные машины на запчасти разбирались. Информация была, но никто ни на кого пока не наезжал. Чувствовала Карина, что Кобзарь и Шах собираются вытеснить ее на обочину, потому и не рвалась в бой. И сами они трусоваты. Драться не бояться, а с ментами связываться не хотят. Зачем же ей рисковать своей головой, таская для них каштаны из огня?

— Прямо сегодня и начинай, — язвительно усмехнулась она.

— Не так все просто, — покачал головой Кобзарь. — Барыги в ментовку могут заявить.

— И что?

— Ну, мы ментов, конечно, не боимся... — замялся Шах. — Просто сначала надо с барахолкой решить. Если «Пролетарка» за нами останется, тогда барыгами займемся.

— А ты что, насчет «Пролетарки» сомневаешься? — звонким от возмущения голосом спросила Карина.

— Я сомневаюсь?!.. Кто тебе сказал, что я сомневаюсь? — слегка растерялся Игорь.

— Не надо ничего говорить, у меня глаза есть, чтобы видеть... Короче, с ментами надо договариваться. Деньги у нас есть, возьмем на прикорм какого-нибудь опера, он будет держать нас в курсе дела. Если какой-то барыга «заяву» накатает, он заявление придержит, а мы заставим его забрать...

— А разве я не об этом говорил? — вскинулся Кобзарь.

— Слова слышала, а дела не видела... Или хочешь, чтобы я ментами занялась?

— Ну, тогда на станции у тебя круто получилось, — с важным видом изрек Шах.

— Отмашку мне даешь?

— Да надо бы вопрос решить...

— Хорошо, с ментами я решу. А дальше? С барыгами тоже мне решать?

— Нет, с барыгами мы как-нибудь сами...

— Как-нибудь?.. И с «южанами» тоже как-нибудь?

— Не, с «южанами» конкретно надо решать...

— Конкретно — это всех в расход. Ты сможешь, например, Косолапа завалить? Наглухо сможешь? — язвительно посмотрела на Шаха Карина.

— Из чего?

— Это ты у меня спрашиваешь? Ты же у нас рулевой, вот и должен был проблему со стволами решить. Сколько ты стволов купил?

— Где я их куплю?

— Людей искать надо. Есть люди, которые этим занимаются. Я понимаю, страшно это, на ментов можно нарваться... Но волков бояться — в лес не ходить.

— Я смотрю, ты умная очень! — раздраженно буркнул Шах.

— Не умная, но проблему со стволами решить смогу. Есть у меня выход на одного человека, он знает, где «железки» взять...

— Так в чем же дело?

— Мне еще и стволами заняться? А ты что делать будешь? На мне будешь ездить? Так я к тебе в ишаки не нанималась... Короче, давайте решать: или мы движемся вперед, или давайте барахолку «южанам» сдавать. Барахолку сдадим, а таксисты сами от нас разбегутся. Слабаков никто не боится!

— Кто слабаки?! — взвился Кобзарь. — Завтра покажет, кто слабаки, мы или «южане»!

— Ну, мы им навалим, а дальше что? Послезавтра они снова на нас наедут. Сколько мы с ними воюем и ничего сделать не можем... Тут что-то одно нужно: или наглухо их всех валить, или договариваться.

— О чем договариваться? — озадаченно спросил Шах.

— А ты сам подумай, о чем. Завтра на «стрелке» и скажешь. А мне с ментами решать надо. Есть у меня на примете один человечек...

Карина вдруг вспомнила про Кастальского. Этот парень до сих пор продолжал волновать ее воображение. Вроде бы и не было в нем ничего особенного, но ей почему-то хотелось продолжить с ним знакомство. Но Кастальский в поселковом РОВД не служил. Может, это из линейного отдела мент, а может, он служит где-нибудь в МУРе...

Хорошо бы Кастальский на нее работал, но, увы, это невозможно. Поэтому она присмотрела немолодого уже опера, давно потерявшего интерес к службе. Старший лейтенант Казанков больше думал о пенсии, чем о своей работе. Пенсия у него небольшая, фазенду в деревне на нее не купишь, а хотелось бы...

Карина почти не сомневалась в том, что Казанков согласится работать на нее, но подходить к нему пока не торопилась. Сначала надо было разобраться с «южанами».

Глава 4

Чайки над морем, рестораны на набережной, загорелые парни в белых брюках — все это там, в Крыму. А здесь, в Тяжмаше, все серое и унылое, и единственное развлечение для молодежи — дискотека в Доме культуры. Зато Карина одета, как на курорте, — блузка на ней модная, обтягивающие вареные джинсы, туфли на шпильке. И в парикмахерской она побывала, чтобы голову в порядок привести, там же и макияж ей сделали.

У Панаса чуть челюсть не отвалилась, когда она вышла из парикмахерской. И Косолап на нее засмотрелся. Главарь «южан» шел со своей подружкой на дискотеку. «Северяне» на Дом культуры больше не претендуют, поэтому он здесь король. Правда, без свиты он все-таки ходить побаивается, но три бойца следуют за ним в отдалении. Зато Панас прячется в кустах, нечего ему здесь пока делать.

Косолап невысок ростом, но мощный, коренастый. Голова квадратная, брови ровные, глазки маленькие. Не красавец, зато девушка с ним симпатичная — светловолосая, голубоглазая. И наглая.

— Чего лыбишься, сучка? — заметив интерес, с которым Косолап смотрел на стоящую в одиночестве Карину, со злобой бросила она. Наверное, решила, что ей все можно, если она ходит под ручку с первым парнем на деревне.

В ответ Карина широко улыбнулась и влепила ей пощечину. С такой силой влепила, что девушка не удержалась на ногах и упала. Вроде и Косолапа под руку держала, а все равно в лужу села.

— Эй, я не понял? — оторопело глянул на Карину Косолап.

— Где ты таких языкатых находишь, Косолап? — дерзко усмехнулась она.

— Кара?! Ты?!.. Ну ни фига себе! — Косолап не знал, радоваться ему или бояться.

— Поговорить надо, — сухо произнесла Карина.

— Здесь?

— Здесь.

— А братва твоя где?

— Братва завтра будет, если не договоримся.

— О чем?

— Уйди! — повелительно махнула она рукой, прогоняя перепуганную блондинку.

— Плыви, рыба, я тебя догоню... — поддержал ее Косолап. И еще он отогнал подальше от себя свою свиту. Карина для него враг, но достойный уважения. И даже восхищения.

— Я так понимаю, ты на «Пролетарку» замахнулся? — для затравки спросила Карина.

— Это наша территория! — ощетинился Косолап.

— Завтра разборка будет. Потом еще. Потом еще и еще... Воевать будем, а рыба мимо проплывать. Чем дольше воевать будем, тем больше рыбы мимо проплывет.

— Что ты предлагаешь?

— Рыбу надо вместе ловить. Ты забрасываешь сеть с одного берега, Шах — с другого. Забрасываете и тянете...

— Что-то я не догоняю?..

— Барыги на барахолке буреют, ментами угрожают. С местными «мусорами» мы решим, но могут из Москвы нагрянуть... Короче, барыг встряхнуть надо. Завтра ты со своими наедешь на «Пролетарку», раскидаешь товар, перевернешь столы. Потом появимся мы и прогоним вас...

— Ну, это мы еще посмотрим!

— Не надо ничего смотреть! — уголками рта улыбнулась Карина. — Это не наезд, это спектакль будет.

Вы нагоняете страху на барыг, мы с вами решаем, затем «снимаем» с них за решение проблемы. Хорошо «снимаем», а навар делим с вами пополам. Теперь догоняешь?

— Теперь догоняю... И какой навар?

— Косарей десять, не меньше.

— Десять тысяч?!. — От удивления у Косолапа глаза на лоб полезли. Он уже понял, что грубая физическая сила может приносить доход, но еще не осознавал, в каких количествах.

— У нас богатый поселок, потому и деньги здесь реальные крутятся. Но недалеко Долгопрудный, там братва конкретная. Если навалятся, без штанов нас оставят, а может, и без головы...

— Долгопрудный?

— А ты про долгопрудненскую братву не слыхал? Они сейчас Москву с «люберами» делят, а потом за нас возьмутся...

Карина знала, что говорила. Раньше она не интересовалась тем, что происходит в Москве и вокруг нее, а сейчас хочешь не хочешь, нужно держать нос и ухо по ветру. А разведка у нее работала. Может, и не так хорошо, как она хотела, но кое-какая информация на этот счет у нее имелась.

— Ну, про «люберов» я слышал, — пожал плечами Косолап.

— А еще чеченцы есть. Эти разборки со стрельбы начинают. Автоматы достают, и понеслось. Автоматы, гранаты... Не все так просто, Женя. Сила нужна, чтобы на плаву удержаться. А какая у нас сила? У нас десятка два бойцов, и у тебя столько же. Самые достойные пацаны у нас, других просто нет. И если мы воевать друг с другом будем, нас голыми руками возьмут... А чеченцы сюда рано или поздно придут, — для полноты картины сгустила краски Карина. — Сначала вас штабелями положат, потом нас... Или сначала нас, а потом вас... Или ты под чеченцев встать хочешь?

— Я?.. Под чеченцев?.. — протянул Косолап. — Ты гонишь?

— А может, тебе вообще барахолка не нужна? Зачем тебе этот геморрой? Там же менты, «любера», чечены, куда ни ткни, везде засада... А если еще блатные навалятся? Это посерьезнее будет.

— Да меня это не пугает, — замялся он.

— Не боятся только психи, — усмехнулась Карина. — Всем страшно.

— И тебе?

— И мне... Поэтому я к тебе и пришла. Если мы объединимся, бояться нам нечего. Полсотни бойцов — это реальная сила...

— Ну, в общем, да, — повелся Косолап.

— Тогда в чем проблемы?

— А кто рулить всем будет? — озадаченно поскреб он за ухом.

Карина знала, кто должен встать во главе всей поселковой братвы, но не рискнула об этом говорить. Замашки у нее мужские, но все-таки она женщина. А главное оружие женщины — красота, обаяние и хитрый ум.

— Ты будешь рулить своими, Шах будет рулить нашими. Делим поселок пополам и «дружим домами». Ты боксер, Шах боксер, а я ваш рефери. Если что не так, дам команду «брек» и разведу по углам... Подчиняться мне не надо. Но слушаться надо...

— Блин, и это говорит мне девчонка с ногами от ушей!

Карина высоко подняла правую бровь и ярко блеснула глазами. Да, именно такая девчонка и предлагает ему реальный вариант.

— Это говорит мне девчонка, от которой мурашки по коже! Блин, если бы я не знал тебя, Кара, то послал бы далеко-далеко... Но я тебя знаю! Ты не баба, ты огонь!.. Я же помню, как ты мне кастетом в глаз зарядила! — Косолап провел пальцем по старому шраму над правой бровью.

— Ну, мне тоже тогда досталось... — Она ладонью огладила волосы, под которыми скрывался шрам.

В той драке, о которой шла речь, она ударила Косолапа, а кто-то шарахнул ее арматуриной по голове. Она тогда выползала из гущи боя... Давно это было, еще прошлой весной...

— Сколько мы дрались, а какой в этом толк? — вызывающе спросила она. — Дом культуры ваш? Так он нам и не нужен. Мы выросли из этих штанов. И вы тоже выросли. Поэтому наши маленькие штаны сшивать надо, чтобы одни большие получились, иначе совсем без штанов останемся...

— Ну, ты меня убедила...

— Тогда все решено.

Карина сказала то, в чем сомневалась. Она не обсуждала с Шахом свои планы, и, возможно, он пошлет ее куда подальше. Но сейчас ей никак нельзя было выказывать свои сомнения. Она повела игру, банк в котором мог сорвать только беззаветно уверенный в себе человек. Нельзя давать слабину, иначе Косолап усомнится в ней и не поведется на ее хитрую уловку.

— А как поселок делить будем?

— «Стрелка» завтра будет. В шесть вечера к «Подмосковью» подъезжай, я отдельный кабинет организую. Шах там будет, поговорим, обсудим все. Уверена, что никто никого не обидит.

— Ну, что ж, посмотрим.

— Нормально все будет. Если ты не подведешь.

— За меня будь спок.

— Тогда завтра с утра давай на рынок. Нам нужен большой шухер.

— Сделаем.

— Точно? Смотри, там менты...

— А когда мы ментов боялись? — пренебрежительно усмехнулся Косолап.

Только как-то неубедительно это у него вышло. Может, и не боялся он ментов, но опасения были. Одно дело привлекаться за драку и совсем другое — за погром на рынке, и он прекрасно это понимал. Но еще больше его привлекал сладковато-слезоточивый запах денег, и он готов был на многое ради них. На многое, если не на все...

Карина облегченно вздохнула, когда Косолап исчез из виду. С ним она договорилась, осталось только загнать в угол Шаха. Он крут, этот парень, очень крут, но Карина знает его наизусть, и в этом его слабость. Шах считает себя очень умным, но все равно сверху будет она, а не он. И Косолап никуда от нее не денется...

Глава 5

Страна вступала в эпоху рыночных отношений. Шмотки в свободной продаже — не надо за фарцовщиками бегать, достаточно на барахолку съездить. Только цены там не государственные, а самые что ни на есть рыночные. И с машинами та же ситуация. Госцена «девятки» — десять тысяч, но так это очередь отстоять надо, причем не один год. А если есть деньги, можно взять машину на рынке. Только уже не десять «штук» придется выложить, а все сорок...

Но с этих сорока тысяч продавец должен налог солидный заплатить, поэтому хитрят мужики. В купчей одну цену указывают, а на руки требуют другую.

— Держи, братан, здесь тридцать «штук», как договаривались. — Кобзарь, казалось, расцеловать готов был на радостях этого парня с лошадиным лицом и прохиндейскими глазками.

«Девятка» почти новая, восемьдесят девятого года выпуска. Красная, как пожар, — огнем на солнце отливает.

Продавец не один, с ним два крепких на вид парня, типа, охрана. Знакомых своих для прикрытия взял. Только эти ребята умирать за своего дружка не станут, разбегутся при первой же серьезной опасности, в чем Карина ничуть не сомневалась.

Но парень с лошадиным лицом верил в своих приятелей. Поэтому и взбрыкнул, не досчитавшись пятнадцати тысяч.

— Э-э, какие тридцать? Это пятнадцать «штук»! — взвыл он, с ненавистью глядя на Кобзаря.

— Как пятнадцать, если тридцать? — с праведным возмущением протянул тот. — «Штука» — это пятьсот «деревом». Пятнадцать тысяч — тридцать «штук». Что здесь непонятного?

— Какие пятьсот?! «Штука» — это тысяча!

— Да нет, тысяча — это «косарь»...

— Кого ты лечишь, урод? Кинуть меня хочешь?

— Кинуть?! Я?! Тебя?! Я двадцать пять «косарей» за твою тачку заплатил. Тебе что, мало, спекулянт ты хренов! Да мой дед в сорок первом таких козлов, как ты, к стенке ставил!

— На! Держи! — продавец швырнул пакет с деньгами под ноги Кобзарю. — Машина за мной остается!

Его дружки угрожающе выступили вперед, но Кобзарь даже не взглянул в их сторону.

— Эй, как это за тобой остается? А купля-продажа?

Договор на машину уже оформлен, деньги по нему продавцом получены, осталось только ключи забрать. И Кобзарь был уверен в том, что получит их.

— Плевать!

— А десять «косарей»?

— У меня останутся. Это штраф тебе за твою наглость!

— Штраф?! Ты что, кинул меня?

Это был знак, по которому братва выдвинулась к месту. Угрожающие размеры Панаса, Кряка и Пашана вогнали продавца в ступор. И его дружки попятились, но сзади их поджали еще трое бойцов.

— Я не гордый, — ухмыльнулся Кобзарь. — Я подниму. И себе заберу. — Он поднял с земли пакет с деньгами, передал их подошедшей Карине. — Все как ты сказал, морда. А тачка моя... Ключи сюда, ну!

— Хрен вам, а не ключи!

— Хрен тебе!

Кобзарь срубил продавца с правой руки. Он ударил так, чтобы выключить его, но не сломать при этом челюсть. По прямой в подбородок ударил. Полный нокаут. Как и предполагала Карина, дружки даже не попытались вмешаться. Кобзарь забрал у продавца ключи, забрался в «девятку», завел двигатель. Карина села вперед, Панас и Кряк — назад. Пашан и еще трое бойцов остались с продавцом — подняться ему помогут, домой доставят, проследят, чтобы по пути он не заехал в отделение милиции. Пашан здоровый, как гора, и мозги у него совсем не такие маленькие, как у мыши. И голова хорошо работает, и язык подвешен, так что все будет в полном порядке. Время еще раннее, половина двенадцатого, до шести вечера они по-любому управятся и будут на месте.

Авторынок находился в тридцати километрах от Тяжмаша, дорогу Кобзарь знал хорошо, машиной управлял неплохо, поэтому через полчаса они уже были в поселке.

Кобзарь держал курс на подвал, где должен был находиться Шах. Ему не терпелось похвастаться перед ним более чем удачной покупкой. Законности все соблюдены, ментам придраться будет не к чему, а тридцать «штук», считай, сэкономлены. И опыт приобретен, что тоже немаловажно. Ведь придется еще машины покупать: крутые пацаны пешком ходить не должны.

— Давай через «Пролетарку», — сказала Карина. — Думаю, Шах сейчас там...

По идее, Шах действительно должен был находиться на барахолке. Если, конечно, Косолап со своей братвой нанес удар.

Косолап не облажался. Пожалуй, даже превзошел ожидания. Словно смерч по рынку пронесся — столы перевернуты, стулья и скамейки раскиданы по всей территории. Покупатели разбежались, а барыги с баулами жмутся к забору. Самое смешное, что и ментов нигде не видно. То ли по углами разбежались, то ли «южан» преследуют.

Жаль, не успела Карина посмотреть, как барыги на коленях ползали, собирая разбросанный товар.

Шах со своей свитой о чем-то говорил с торгашами, весь всклокоченный, красный от злости. Вряд ли его сейчас обрадует удачная сделка с машиной, потому Кобзарь ничего не сказал, когда они с Кариной подошли к нему.

— Эти уроды кровью умоются, понятно? — рычал Шах. — Мы их на куски!

Смотрелся он очень внушительно. И убедительно. Не человек, а взбешенный лев. Карина при всем своем желании не могла выглядеть так же грозно, как он. И, как бы она ни старалась, пацаны пойдут за ним, а не за ней, если их поставить перед конкретным выбором, шансов перед Шахом у нее практически нет. Все-таки правильно она сделала, что не сцепилась с ним в борьбе за власть.

Шах оставил в покое торгашей и повернулся к Кобзарю:

— Видал, что «южане» натворили? Валить их за это будем!

— Сильное решение, — кивнула Карина.

Только не стала говорить, что ей это решение не нравится. Зато ей нравился сам Шах. У спокойного моря приятно отдыхать, но гораздо интереснее смотреть на шторм, проникаясь и заряжаясь его стихийной энергией.

Только вот этот шторм с берега смыть может и утащить в самую пучину. Что, если Шаху не понравится ее самодеятельность с «южанами»? Что, если он ее предателем объявит? Тогда от нее даже Панас отвернется.

— Мы тачку взяли, пошли, покажу, — сдерживая ликование, сказал Кобзарь.

— Там и поговорим, — добавила Карина.

Шах сделал все как надо, теперь пора сматывать удочки. Вдруг менты навалятся? Да и торгашам нужно время, чтобы привести свою территорию в порядок, а заодно подумать, нужно им покровительство братвы или нет...

Шах на какое-то мгновение потерял дар речи, разглядывая машину.

— Круто! — наконец-то выдавил он.

— Всего за десять «штук»! — похвастался Кобзарь. — Думали, лоха разводим, а он лохом в кубе оказался. Сам пятнадцать «штук» отдал...

— Не пятнадцать, а тридцать, — усмехнулась Карина.

— Ага, тридцать! — весело подхватил Кобзарь.

— Лохов учить надо, — нахмурил брови Шах. — Лохов учить, а с врагами — разбираться... Кара, ты правильно все сказала: с «южанами» надо наглухо все решать.

— А стволы у тебя есть, чтобы наглухо? — спросила она.

— Ты же говорила, что у тебя выход на человека есть...

— Ну, до шести вечера я точно не успею...

— Ничего, топоры возьмем, с топорами на «стрелку» пойдем.

— Против лома нет приема... А если «южане» тоже с ломом придут? Я так понимаю, они закусили удила, их теперь так просто не остановишь. Да и стволы у них есть...

— У них?! Стволы?! — озадачился Шах.

— Ну, точной уверенности нет, но все может быть...

— Думаешь?

— Я разговаривала вчера с Косолапом. Он долго запрягал, но ехать будет очень быстро, — ответила Карина.

— Ты разговаривала с Косолапом?!

— Да вот, пересеклись пути-дорожки... Я ему про чеченцев рассказала, про то, как эти ребята свои вопросы решают: если что не так, сразу стрелять. А у нас поселок богатый, как бы нам отбиваться не пришлось. Если не чеченцы, так долгопрудненские наедут. Сотня пехоты подъедет, что делать тогда будем, а? А если две?

— Это ты у меня спрашиваешь?

— Нет, это я у Косолапа спросила... И у тебя спрашиваю... Сейчас мы «южан» «мочить» пойдем. С их стороны десяток бойцов положим, сами с десяток потеряем, потом еще, пока друг друга не сожрем. Сами свой поселок для чеченцев зачистим...

— И что ты предлагаешь? — в напряженном раздумье спросил Шах.

— А я должна что-то предложить? — изобразила приятное удивление Карина.

— Ну, ты же с Косолапом говорила....

— Говорила. И предложила ему вариант. Он наезжает на «Пролетарку», мы даем ему «ответку». Торгаши видят нашу силу и платят без всяких нагоняев. За нашу защиту платят. А кто не будет платить, на того снова «южан» наедут. Вывезут за город и весь ливер отобьют...

— Так «южан» уже наехали на «Пролетарку»! — скривился Шах, возмущенно и с подозрением глядя на Карину.

— Наехали. Как я сказала, так и наехали.

— Ты сказала?!

— Я... Конечно, надо было тебя предупредить, но тогда ты не был бы таким злым, как сейчас. А ты натурально взбесился, так даже в кино не сыграешь. Ты неотразим в своем гневе, Шах!

— Хочешь сказать, что это была постановка?

— Уже сказала... А разбираться с «южанами» мы не будем. Слух пустим, что мы их в замес пустили... Ну а если кто-то из барыг платить не станет, мы на этих умников «южан» натравим... Все платить начнут! Четко! И на добровольных началах. А мы будем добровольно их защищать. Надо организовать общество добровольных дружинников. Торгашей туда примем, а они будут нам членские взносы платить...

— Членские взносы? Членские взносы — это хорошо, — проговорил себе под нос Шах. — А какой у «южан» с этого интерес?

— Мы поделим поселок пополам, проведем четкую границу. Они на своей территории королюют, мы — на своей.

— Это понятно, но я про барахолку спрашиваю?

— А барахолка будет общей. Завтра мы «снимем» с барыг и половину отдадим «южанам».

— Половину?! Ты с ума съехала?! — взбесился Шах.

Но Карина даже бровью не повела. Она собрала в кулак всю свою выдержку, чтобы казаться невозмутимой. Решающий момент надвигался на нее всей своей мощью и неотвратимостью, и она должна удержаться на ногах. Мало того, этот момент нужно еще и оседлать... Непросто это сделать, но она должна справиться...

— Половину с завтрашнего навара. А дальше — чисто по справедливости: кто рынок держит, тому шестьдесят процентов, кто помогает его держать — всего сорок. А рынок ты держать будешь... Я думаю, Косолап на это согласится.

— Ты думаешь? А он что думает? — обернувшись к ней, спросил Шах.

— Ну, ты же у «северян» старший, а Косолап «южанами» рулит. Ты — шишка, он — шишка, вы и решать должны. Сегодня в «Подмосковье» у вас «стрелка», за поляной поговорите, решите, как и что...

— Я?! С Косолапом за поляной?! Ты что, с дуба упала? — гаркнул Шах.

— Не надо на меня орать! — стараясь казаться невозмутимой, отрезала Карина. — Я не последний человек в нашей команде, а ты ведешь себя как дешевый баклан. Мне совсем не страшно. И Косолап тебя не испугается, если ты себя и с ним будешь так вести. Ты должен показать, что ты деловой человек. Поэтому я и забила встречу в ресторане...

— Это что, наезд был? — возмущенно спросил Шах.

— Как хочешь, так и понимай. И ситуацию как хочешь, так и понимай, — чеканила Карина. — Можешь Косолапа на хрен послать, твое право. Можешь пристрелить его прямо там. Ты у нас за старшего, тебе потом и расхлебывать...

— Мне расхлебывать?! А кто «стрелку» Косолапу забил?

— Я хочу как лучше. А ты можешь превратить нашу жизнь в дерьмо. Нам деньги нужно делать, а мы опять будем с «южанами» в кровь «мочиться». Только это будет уже другая кровь, трупы будут пачками выносить... У тебя много бойцов, чтобы их терять? А что мне твоей матери сказать, когда тебя «замочат»?

— Тебе?! Моей матери? — на мгновение растерялся Шах.

— А кто за тебя в ответе, если не я? Ты у нас за старшего, но кто-то же должен быть за тебя в ответе. Кому-то же надо будет за тебя спросить, если с тобой что-то случится...

— А если Косолап сегодня беспредел устроит? — спросил Кобзарь. — Если Шаха «замочит», ты за это ответишь?

— Отвечу. Я забила «стрелу», мне и отвечать... Тебе задание, брат. Мы с Шахом сейчас покатаемся, а ты давай в «Подмосковье» двигай. Это по-любому наша территория. Сделай так, чтобы официанты в струнку вытягивались, когда мы заходим...

— В струнку?! Ну да, дело нужное... Надо бы еще и охрану им поставить, но это государственная собственность... — вздохнул Кобзарь.

— Собственность государственная, — кивнула Карина, — а водку там из-под полы продают, по двадцать рублей за бутылку. Ты у директора спроси, зачем он это делает? Он тебе долю предложит, если хорошо спросишь...

— А я что, спрашивать не могу? — самодовольно ухмыльнулся Кобзарь.

— Вот мы с Шахом и посмотрим... И еще с охраной вопрос продумай. Найдешь пацанов, о которых Косолап не знает, нарядишь их под официантов, пусть ходят, смотрят, чтобы Косолап никого из своих в кабак не протащил... Я за Шаха отвечу, но и с тебя спрос будет. Ты меня понимаешь? — спросила Карина.

— Да я-то понимаю, — косо посмотрел на нее Кобзарь.

Понял он, что перехитрила его Карина. Но ведь он не стал возражать, когда она его направила в кабак. Значит, впрягся он в это дело, а раз так, то сдавать назад уже западло. Если впрягся, то и отвечать за Шаха ему придется вместе с Кариной. И если он мог кого-то винить за такой расклад, то только самого себя...

Глава 6

Ставки сделаны, кости брошены. Барахолка на Пролетарской стала общей собственностью, но Косолап не возражал против схемы, которую предложила Карина. Рынок держат «северяне», они, если что, разбираются с ментами, отгоняют от него всяких «левых», поэтому львиная доля добычи принадлежит им. И даже не шестьдесят процентов, а все семьдесят. Она предложила такой вариант, и Косолап его принял. Значит, он признал ее власть над собой. Иначе как победой это не назовешь.

Шах понял, что Карина имеет большой влияние на Косолапа, проникся к ней еще большим уважением, поэтому не стал возражать против того, чтобы под Косолапа отошел поселковый хозмаг. Это государственная собственность, трогать ее опасно для свободы, но возле этого магазина гуртовались частные таксисты. Их было немного, машин пять-шесть, но все-таки это деньги. А кто держит точку, тот и снимает с таксистов дань. Само собой, это решение Шаху не понравилось, но Карина смогла подсластить пилюлю. Она уговорила Косолапа наехать на привокзальных таксистов, чтобы «северяне» затем одержали над ними громкую победу. Косолап согласился подыграть, причем безвозмездно. Тогда Карина от своего имени предложила сыграть в такую же игру с таксистами, которые паслись на автобусной станции. Это была территория «южан», и Косолап уже начал стричь шерсть с этих деляг...

Территория поделена, вопросы решены, теперь можно выпить за мир и дружбу. Карина сама подняла этот тост, и никто от него не отказался.

А после четвертой рюмки она предложила померяться силами:

— Боксерский зал во Дворце спорта арендуем. Женя, это твоя территория, поэтому организация за тобой. Давай послезавтра в десять утра. Ты своих бойцов приводишь, Игорь своих. По парам разобьем, пусть на ринге колотятся, а потом очки подсчитаем. У кого больше очков, у того «очко» крепче...

— У нас крепче! — оскалился Шах.

— Не говори «гоп», — ухмыльнулся Косолап.

— Вы тоже можете смахаться, — с невинным видом предложила Карина. И тут же уточнила: — Только потом, когда все разойдутся. Чтобы никто не знал, кто выиграл, а кто проиграл...

— Так я его по-любому сделаю! — взвился Шах.

— А если он — тебя? Я не хочу, чтобы твой авторитет пострадал. Братва тебя уважать должна. И я тоже... Или тебе мое уважение не нужно?

— Нужно! Поэтому я насую Косолапу!

— Да нет, это ты огребешь!

Карина внимательно наблюдала за парнями. В них закипала спортивная злость, но при этом она не видела в них желания убивать друг друга. Похоже, обоих вполне устраивало мирное сосуществование. И они уже признали в ней гаранта такого сосуществования. Что ж, все шло по плану, и это не могло не радовать.

— Не важно, кто кому из вас навалит, — сказала она, поднимая рюмку. — Главное, чтобы вы вместе смогли навалить любому. Мы должны быть одной командой. Это между нами кто-то «южак», а кто-то «северяк», а для всех мы должны быть «тяжмашами». И наезжать должны, как тяжелые машины...

— Как танки, — подсказал Шах.

— И кишки на гусеницы... Хорошо, будем «тяжмашами», — улыбнулся Косолап.

Они снова выпили, закусили. Карина не выдержала и закурила. Но Шах даже не покосился на нее. И это можно было рассматривать еще как один признак того, что он признал над собой ее власть.

— Я сейчас. — Карина поднялась из-за стола и с дымящейся сигаретой в руке вышла из кабинета в банкетный зал.

Сидевший за дверью Панас устремился было за ней, но она небрежным взмахом руки дала ему отбой — в туалет как-нибудь и без него сходит.

Сделав несколько шагов, она вдруг остановилась как вкопанная. В дальнем углу пустующего зала за столиком сидел капитан Кастальский. Все бы ничего, но в компании с ним Карина увидела красивую худенькую блондинку с грудью четвертого размера. Волосы распущены, губы ярко накрашены, короткая юбка, ноги стройные, длинные... Эта белокурая дива влюбленно смотрела на Кастальского, и он, похоже, млел от удовольствия.

Ну, не было в нем ничего такого, кроме внешней смазливости. Ну, не крутой он, даже не жесткий. Не нравились ей такие парни, но почему сердце бешено заколотилось в груди? Почему ревность схватила за горло?..

Зато она здесь самая крутая. И здесь, в ресторане, и во всем поселке. Ей не нужен повод, чтобы подойти к Кастальскому, она здесь хозяйка положения, и ее слово — закон для всех... И все-таки повод есть. Даже два. Во-первых, Кастальский — мент, а во-вторых, ресторан закрыт на спецобслуживание, посторонних сюда в этот вечер не впускали. Вот Карина и хотела выяснить, как Кастальский сюда попал.

Если он мент из местного РОВД, то можно будет предложить ему сотрудничество.

— Ну здравствуй, капитан, — даже не взглянув на блондинку, с кокетливым ехидством проговорила она и, отодвинув стул, села. — Узнаешь?

— Узнаю, — кивнул он.

— Антон, кто это? — возмущенно спросила блондинка.

— Старая знакомая, — ответила за него Карина.

— Антон, а ты приглашал сюда свою старую знакомую?

— А меня не надо приглашать, я сама знаю, что мне делать... — Карина взглядом окинула стол. — Хорошо живешь, капитан.

«Поляна» действительно заслуживала внимания — икра, осетрина, коньяк. И костюм у Антона отличный — из дорогой материи, превосходно пошит.

— Ментам зарплату подняли?

Был у нее повод для разговора с ним. Карина хотела, чтобы он работал на нее, добывал ценную информацию, которую приносил бы ей на тайную квартиру...

— Я не мент, — покачал головой Кастальский.

— Не мент? — удивленно повела она бровью и, глянув на блондинку, язвительно спросила: — Может, я выдала твою тайну? У нее что, папа — вор в законе?

— Нет, у Анны папа — инженер на заводе, — ответил Антон.

Он держался вроде бы невозмутимо, но его недовольство все-таки просачивалось наружу. Нравилась ему Карина или нет, но ее компания тяготила капитана. Он хотел остаться со своей девушкой наедине... Но эта мысль только еще больше раззадорила Карину:

— А чего тогда скрываешь?

— Я не скрываю, — скупо улыбнулся он и полез во внутренний карман пиджака. Достал оттуда корочки, развернул их и поднес Карине к глазами: — Капитан Кастальский!

Но это было не ментовское удостоверение, Карина разглядела студенческий билет. Кастальский Антон Иннокентьевич, студент Московского института народного хозяйства имени... Имени кого, Карина не успела прочитать. Но это и не важно.

— Так ты студент?

— А это плохо? — холодно спросил он.

— Я не говорила, что плохо... А почему ты представился ментом?

— Мне надо было сказать, что я студент?

— А я еще думаю, такой молодой, а уже капитан...

— Лейтенанта могло бы и не хватить.

— Пожалуй.

— Э-э... Мы не успели познакомиться.

— Карина. Меня зовут Карина.

— Карина, только без обид... Мы с Анной хотели бы поужинать в спокойной обстановке.

— Без меня? — возмутилась Карина.

— Без тебя.

— И ничего, что я обижусь?

— Какие могут быть обиды?

— А если я поговорить с тобой хочу?

— Сейчас не время...

— Время... Здесь мое время, студент, — раздраженно засмеялась Карина. Обида душила ее, не давая покоя. Не вопрос, Анна — красивая девчонка, но разве она может сравниться со знаменитой Карой, самой крутой женщиной в Тяжмаше? Да что там женщина... Она вообще здесь самая крутая. — И если ты не знаешь, ресторан закрыт за спецобслуживание. Здесь братва гуляет.

— Ну, видел я крепких ребят, и что?

— А то, что эти ребята весь поселок держат.

— Я рад за них.

— Кто тебя сюда впустил? Эй, иди сюда! — Карина щелкнула пальцем, подзывая к себе официантку.

Полнотелая женщина утиной походкой неторопливо подошла к ней.

— Директора сюда давай!

— А кто его просит?

— Ты что, дура? Кара его просит!

— Он занят...

— Твою мать! — Карина взбешенно сорвалась со своего места, схватила женщину за грудки, но тут же опомнилась и разжала руки. — Пошла отсюда! — прогнала она официантку и обескураженно посмотрела на Антона: — Глупо как-то получилось...

Действительно, ситуация — не позавидуешь. На директора наезжал Кобзарь, но саму Карину здесь никто не знал, поэтому официантка не восприняла ее всерьез. И в общем зале никого нет, вся братва в банкетном. Ресторан был устроен так, что два отдельных кабинета выходили не в общий, а в банкетный зал. Авторитеты собрались в кабинете, а братва ждала их за дверью. Ждала за сервированными столиками. Там тоже водку пьют, и никому нет дела до

Карины. А идти к ним, требовать к себе внимания не хотелось, она и без того дала лишку.

— Да нет, нормально все, — чисто из вежливости попытался успокоить ее Антон.

— Да пошел ты!

Не будет она больше унижаться перед этим студентом. И директора ресторана наказывать не станет. Сейчас она пойдет в кабинет к Шаху и Косолапу выпьет с ними за мир и дружбу... Возможно, домой уедет вместе с Шахом. А что, парень он видный, к тому же давно ее добивается...

Карина вернулась в кабинет, выпила раз, другой. Но домой уехала одна. Нельзя спать с теми, над кем собираешься властвовать. Авторитет зарабатывают силой своего характера...

А вот с Антоном она бы уехала. Но, увы, он покинул ресторан вместе со своей подругой. Посылать за ними «хвост» Карина не стала — не желала она переступать через свою гордость.

Глава 7

Бытие определяет сознание. Это Карина узнала еще в школе, из курса обществоведения. А само бытие определяется количеством денег. До этой мудрости она дошла своим умом. С деньгами у нее пока без проблем, поэтому она смогла позволить себе снять двухкомнатную квартиру в своем районе — с хорошим ремонтом и полноценной обстановкой.

С родителями Карина жить не хотела. Не любила она их, и они сами были в том виноваты. Отец почему-то считал, что мать нагуляла ее на стороне, поэтому относился к дочери с подчеркнутым безразличием. Он ни разу не ударил ее, никогда не повышал голос, но убивал своим равнодушием. А потом мама родила Костика, и Карина совсем перестала для него существовать. Потому и росла на улице, что в отчем доме ей холодно было. Отца она не любила, а мать презирала за слабость: в угоду мужу та относилась к Карине с такой же холодностью, как и он. А ведь она была виновата в том, что родила дочь от кого-то другого. Если так оно было на самом деле. Жену отец простил, а Карину — нет. Ну и пошел он к черту!..

Теперь у нее своя квартира, и ей вовсе не обязательно ночевать в подвале, как она иногда это делала. Родителям на нее наплевать, они только рады от нее избавиться. Что ж, и она рада отказаться от них...

Раньше после тренировки Карина отдыхала в подвале, а сейчас приходила сюда, принимала душ, выпивала чашечку кофе, и так хорошо ей здесь было, что уходить не хотелось. Так и лежала бы сейчас на диване, но нет, в дверь звонят. Это условный звонок, Шах к ней пожаловал. «Священная корова» пришла...

А ведь у нее есть право на отдых. Вчера она со своей командой такое дело сделала, что дух до сих пор захватывало. Мало того, что партию стволов смогли раздобыть, так еще на ментов по пути нарвались. От погони пришлось уходить. Страшно представить, что было бы, попадись они ментам в лапы. Четыре автомата у них в багажнике вчера было, одиннадцать пистолетов «ТТ», цинки с патронами. Но менты — ладно, это уже дело прошлое, а вот стволы — это билет в будущее. Во-первых, без серьезного оружия в современном мире не выжить, а во-вторых, Шах бы не смог раздобыть такой арсенал. Мало посредника найти, надо еще его доверие завоевать — без этого на сделку не выйдешь. А еще в процессе можно и пулю схлопотать. Но у Карины все получилось, поэтому ее и без того немалый авторитет поднялся на еще большую высоту. Теперь Шах точно знает, что без нее он как без рук.

— Здорово, сестренка! — поздоровался Шах весело, только вид у него какой-то озабоченный.

— Случилось что? — подозрительно посмотрела на него Карина.

Она ведь могла повторить сделку с оружием, и Шах опасался, как бы она не сделала это для Косолапа. «Северяне» с «южанами» больше не враждовали, но и в одну команду еще не объединились. Поэтому Шах воспринимал Косолапа, как своего конкурента, и Карина, хорошо его понимая, ждала, что Шах попросит ее не помогать «южан».

— На «Пролетарку» наехали, — выдохнул Шах.

— Кто, «южане»?

— Да нет, блатота залетная...

— Блатота? А почему залетная?

— Да потому что не наши это... Наши спокойные, а эти... Там такие рожи!.. — Шах взволнованно приложил ладони к щекам и развел их в стороны. — Мы в кафе сидели, а они подошли, старшего спросили... Там с ним три амбала были. Немолодые уже. Рожи страшные, а глаза холодные-холодные, убийц с такими глазами в кино показывают... Этот улыбался, но и у него взгляд ледяной...

— Кто, «этот»?

— Ну, авторитет ихний... Я, говорит, еще не в законе, но уже на положении. А по нему видно, что за ним не одна ходка. Пальцы все в перстнях, ну, татуировки... И эти, в свите которые с ним, тоже в наколках...

— Я смотрю, тебя эти наколки испугали, — усмехнулась Карина.

— Испугали? Да нет, не испугали, — еще больше разволновался Шах.

— А чего тогда колотишься?

— Я колочусь? Да нет, не колочусь я... Ну, есть мандраж немного...

Карина достала из холодильника бутылку водки, налила Шаху в стакан:

— Пей.

— Э-э, у меня режим.

— Пей, говорю!

Шах кивнул, в три глотка осушил стакан, выдохнул и с благодарностью смахнул с руки половинку свежего помидора.

— Полегчало? — строго спросила она.

— Да мне и так нормально было.

— Значит, полегчало... Как его зовут, этого, который на положении?

— Да не важно...

— Как зовут?

Карину не очень интересовало, как зовут блатного авторитета, но если она задала вопрос, то должна получить ответ.

— Сухарь его зовут.

— И чего он хочет?

— Иметь с нас хочет. Сказал, что если мы «снимаем» с барыг деньги, то должны отстегивать на воровской «общак». Три дня нам на раздумье дал...

— А чего он раньше не появлялся?

— Так с барыг никто не «снимал».

— Ну, сам бы и «снимал», если такой умный.

— Ну, я не знаю... Он сказал, что у нас очень большие проблемы будут, если мы откажемся.

— Сказать все, что угодно, можно.

— Я тоже так думаю, только он очень сильно это сказал. За ним, говорит, большие люди стоят, все они в законе, и «общак» у них большой. Если мы не будем в этот «общак» отстегивать, то нас на разбор поставят. А это все, это хана. На пику в темном углу насадят, и все дела...

— Тебе страшно?

— Мне страшно?!. Да нет, не страшно, — дребезжащим от натуги голосом проговорил Шах. — Просто я знаю, что с блатными связываться опасно. Ну, если это настоящие блатные...

— А бывают не настоящие?

— Ну, бывает шушера всякая, типа Коли Клопа...

— Ну да, — кивнула Карина.

Жил у них в доме алкаш, три года отмотавший на зоне за кражу. Весь в наколках, пальцы веером, понты коромыслом, только никто его всерьез не воспринимал. Были уголовники посерьезнее, а этот только воровал и никакой реальной силы не представлял. Даже дворовая шпана его всерьез не воспринимала. Пацанам с улицы больше по душе романтика, которую могло предложить им «северное братство». Это теперь не просто команда, но и реальные деньги, а значит, красивая жизнь.

— Этот Сухарь слов на ветер не бросает...

— И сколько он просит?

— Тридцать процентов.

— А репа не треснет?

— Да надо бы...

— Так в чем же дело? Забейся с ним на разбор, стволы у тебя есть. Положишь всех штабелями, какие проблемы?

— Ты не понимаешь. Положить блатных не проблема, — неуверенно произнес Шах, — только этим вопрос не решить. Сухарь, он ведь не один, за ним реальные люди, за ним система. Если с ним что-то случится, нас объявят гадами и будут конкретно «мочить»...

— Волков бояться — в лес не ходить... На Косолапа наезжали?

— Я не в курсе. Может, ты знаешь?

— Узнаю. Прямо сейчас пойду... Слушай, а почему я пехом ходить должна? Ты себе тачку взял, Кобзарь на «девятке» рассекает, а я что, лысая?

— Э-э... — замялся Шах.

— Что такое? Рылом не вышла?

— Ну, ты же не только с нами, ты и с Косолапом...

— То есть я отрезанный ломоть?

— Ну...

— Ладно, решим проблемы с блатными, разберемся. Поеду с Косолапом перетру, потом вместе соберемся, порешаем проблемы... Или не надо собираться?

— Надо. Раз уж ты посредник между нами...

— Посредник? Между тобой и Косолапом?

— А разве нет?

— Ну, будет видно...

Карина претендовала на большее, чем просто посредник между двумя бойцовскими командами, и если Шах этого не понимает, то придется ему это объяснить. Но сначала надо решить вопрос с блатными.

— Ты мне лучше скажи, как этого Сухаря найти?

— Ну, он где-то в Подвойске обитает. Оттуда приехал.

— Значит, оттуда он за районом «смотрит»?

— Оттуда.

— И через три дня ты ему ответ должен дать?

— Да, через три дня подъедет.

— Куда? Где у вас «стрелка»?

— Он сказал, что сам нас найдет. Может, через три дня подъедет, может, через десять. Главное, чтобы ответ к этому времени был готов. Ну, и деньги...

— А как он проценты собирается считать? Откуда он знает, сколько мы «снимаем»?

— Сказал, что ему все известно.

— А конкретно сказал, сколько и с кого?

— Конкретно не сказал.

— Значит, понты прогнал. На пушку берет... Ладно, будем разбираться...

Как только Шах покинул ее квартиру, Карина вызвала к себе Артура, бойца из «северного братства», который с недавних пор работал только на нее. Улик с ним и Треха. Эти двое даже в братстве не состояли, но когда-то очень хотели туда попасть. Физической мощи этим ребятам не хватало, чтобы биться с «южанами» на равных, зато с головой все в порядке. Это троица под началом Артура с ног сбивалась, собирая нужную Карине информацию, и у них очень здорово получалось находить всякого рода барыг, живущих на «левые» доходы. Карина подсказала им самый простой способ — взять в оборот директора продмага или его заместителя, надавить, запугать, и они сами расскажут, кто у них затаривается дефицитом в обход общего зала. И список дадут, и прокомментируют, кто чем занимается. А еще от купленного мента Карина узнала немало интересного. Только в последнее время она ни с кем не делилась этой информацией. У нее теперь своя команда. Помимо Артура, Улика и Трехи, на нее работали Панас и Валерьян. Если вдруг она не сможет объединить под себя «южан» и «северян», а так и останется посредником между ними, ее люди сами наедут на барыг и обложат их данью. Надо же ей, в конце концов, на что-то содержать свою команду, а то как-то нехорошо получается: люди работают — важную информацию собирают, ментов окучивают, оружие для братвы добывают, а ходят при этом пешком. У «северного братства» уже пять тачек на балансе, а у Карины — ни одной. Даже самые верные псы могут отказаться от хозяина, если их не кормить. Пока что у нее есть деньги, но Шах уже близко подошел к тому, чтобы перекрыть источник финансирования.

Но про барыг сейчас лучше не думать. Надо найти Сухаря до истечения трех дней. Это раз. Навести о нем справки, узнать, действительно ли он такой крутой, каким прикинулся, вдруг шелупонь какая-то, а не «смотрящий». Это два. И третье — надо найти человека, который сможет «исполнить» вора. Есть у Карины на примете один кадр. С приветом парень, на учете в психдиспансере состоит, ему человека убить в радость будет. Пацаны выведут его на цель, дадут в руки ствол, и он сделает дело... Опасное это дело, очень опасное, но Карина за него возьмется. Если, конечно, Шах и Косолап согласятся с ее планом. Она сама все организует, и это даст ей полное право объединить «северян» и «южан» под своим началом...

Планов у нее много, и все они очень опасные. Но что делать, если ей нравится рисковать? Что, если другая жизнь ей просто неинтересна? Главное, чтобы удача не споткнулась и не выбросила ее из седла...

Глава 8

После обстоятельного разговора с Артуром Карина собралась ехать к Косолапу, но тот сам пожаловал к ней. Она уже открывала дверь, когда он появился. Именно в это время она увидела и Антона. Косолап поднимался к ней по лестнице, а он спускался вниз. Карина обомлела, глядя на него и забыв о Косолапе. Не человек он, этот Кастальский, а просто наваждение.

Косолап сам напомнил о себе. Подошел к ней, слегка коснулся талии, поцеловал в щеку. Антон ничуть не изменился в лице при виде их, но во взгляде промелькнула ироничная искра.

Уж не принимает ли он ее за проститутку?.. Эта мысль вспыхнула в сознании, краской заливая лицо. Но случилось это уже после того, как она закрыла дверь, впустив Косолапа в квартиру. Антон уже, наверное, вышел из подъезда. Но не станет же она бежать к окну, чтобы посмотреть на него? И не побежит за ним...

— Эй, Кара, ты чего? — помахал рукой перед ее лицом Косолап.

— Что — чего?

— Ты где?

— Здесь я... Я так понимаю, проблемы у тебя? — спросила она, силой воли успокаивая брожение в мыслях.

— Ну да, проблемы.

— Сухарь наехал?

— Сухарь.

— И что, ты согласен платить?

— Ну, пока не знаю... Сначала надо Сухаря этого пробить: кто он такой, с чем его едят.

— Хорошо, я решу этот вопрос.

— Ты решишь? — взбодрился Косолап.

Разведка — дело тонкое, не всякому она под силу. Может, и нет у него людей, способных пробить Сухаря, а Артуру с его командой это под силу. Он ведь и на подвойских ментов не побрезгует выйти, чтобы раздобыть информацию. Правда, на это уйдут последние деньги, но Карина ничего не будет просить у Косолапа, как-нибудь сама выкрутится. Зато потом, уже с новой для себя высоты, предъявит ему полный счет...

— Ну, если ты хочешь...

— А разве мы не одним делом занимаемся? — ловко повернул он.

— Одним, — не могла не согласиться Карина.

— Мы должны помогать друг другу.

— Не просто помогать, мы должны жить этим одним делом. И если какой-то Сухарь наехал на тебя, значит, он наехал и на меня. Наехал на Шаха — значит, тоже наехал на меня. Сухарь наехал на вас обоих — разве я могу оставаться в стороне?

— Да, но что ты можешь сделать?

— А что нужно?

— Ну, Сухаря пробить — этого мало.

— Если тебе нужны стволы, я могу решить эту проблему.

— Да, стволы мне нужны, — кивнул Косолап.

— Будут. Цену мы обговорим... Только я не думаю, что стволы тебе помогут. Я так понимаю, «стрелок» с Сухарем не будет. Он уже поставил вопрос, и теперь ему нужен ответ. Да — да, нет — нет... Если нет, тебя поставят на понятия без всяких «стрелок». Нож под ребро — и привет...

— Ну, это еще постараться надо, у меня охрана, — заметно занервничал Косолап.

— У блатных не только ножи, они с тобой из автомата решить могут. Подъедут и уложат со всей твоей охраной...

— А если мы их уложим?

— Мне нравится ход твоих мыслей, — хищно усмехнулась Карина.

— А мне как-то не очень, — пожал плечами Косолап. — Если за Сухарем стоят реально серьезные люди, то нас потом в покое не оставят...

— Понятно. И тебе страшно. И Шаху страшно. Лучше отстегивать тридцать процентов и жить спокойно, чем получать все, но бояться каждого шороха за спиной... Я вас понимаю. Только платить вы никому не должны.

— Ну, а если...

— Давай без «если»! — жестко оборвала Косолапа Карина. — Я пробью Сухаря, а потом мы будем решать, что нам всем делать. Если Сухарь — фуфло, пошлем его куда подальше, если нет — будем решать. И с ним решать, и вообще...

Косолап не стал задерживаться у нее. Карина проводила его в прихожую, но не сразу закрыла за ним дверь. Он спускался вниз, а навстречу ему кто-то поднимался. Что, если это Антон?..

И точно, это был он. Она стояла в дверях, а он поднимался по ступенькам с пакетом в руке и смотрел на нее с ироничной невозмутимостью.

— Чего смотришь? — обозленно спросила она.

— Во-первых, здравствуй, — небрежно улыбнулся он.

Все бы ничего, но Антон прошел мимо нее, лишь слегка замедлив ход. И собирался продолжить путь, не останавливаясь, что окончательно взбесило Карину.

— Стоять! — Она шагнула к нему и схватила за рукав.

— Стою. — Он пристально посмотрел ей в глаза, и в его взгляде не было раздраженности, но и приветливости в них она не увидела.

— Ты чего здесь ходишь?

— Я живу здесь. На пятом этаже.

— Один живешь?

— Нет, с мамой. А что?

— Не верю.

— Почему?

— Потому что скрипку не слышу.

Карина чувствовала себя неловко. Как ни крути, она сама навязывалась Антону, а иначе, как унижением, это не назовешь. Но она не привыкла унижаться, поэтому и появилось желание позлить его.

— Скрипку?

— Такой «ботаник», как ты, обязан играть на скрипке.

— Я «ботаник»? — как-то не очень обиделся он.

— А разве нет?

— Ну, если ты так думаешь...

— Хочешь со мной поговорить?

— Я?! С тобой?!.. Ну, мне вообще-то домой надо...

— Мамочка ждет? Сопли сынку утереть?

— Чего ты хочешь? — нахмурился Антон.

— Не хочу, чтобы со мной в подъезде «ботаник» жил.

— Ты можешь переехать.

— Да нет, лучше я тебя перевоспитаю...

Она вдруг схватила его за грудки, резко потянула на себя, разворачиваясь вокруг оси, и втолкнула парня в распахнутую дверь. Антон вместе с ковровой дорожкой проехался по скользкому линолеумному полу, но на ногах устоял, даже пакет из рук не выронил.

— И как это называется? — с легкой иронией спросил он.

— Похищение «ботаника», — усмехнулась Карина, закрывая за собой дверь.

— Ты начинаешь мне нравиться, — усмехнулся Антон и, оправив помятую рубашку, без приглашения зашел в гостиную, сел на диван, поставив пакет под ноги. — А так я тебе нравлюсь?

— Терпеть не могу «ботаников».

— Я не «ботаник».

— Кофе будешь?

— Мне домой нужно.

— Ну вот, а говоришь, что не «ботаник»...

— Хорошо, я сейчас приду. Я так понимаю, ты о чем-то хочешь со мной поговорить.

— Да, есть желание...

Антон ушел, а Карина, смеясь и высоко вскинув голову, отправилась на кухню. Поставила на стол бутылку коньяка, пару рюмок. И за сервелатом в холодильник полезла...

Антон вернулся минут через двадцать. К этому времени она и стол успела накрыть, и переодеться, и макияж освежить.

— Выпьем? — спросила она, показав на журнальный столик в гостиной, на котором стояла бутылка коньяка, а на тарелке лежала лимонная и колбасная нарезка.

— Ну-у...

— Не бойся, это бесплатно...

— Да нет, у меня есть деньги.

— Ты идиот? — улыбнулась Карина. — Юмора не понимаешь? Или ты реально думаешь, что я проститутка?

— Я так думаю? — удивился Антон.

— А разве нет? Что ты подумал обо мне там, в ресторане. Братва, девочки, пьянки, гулянки... Пьяная девочка подкатилась к тебе, да?

— Ну, не пьяная.

— И здесь к этой девочке ходят всякие, да?

— Ну да, видел двоих...

— Даже двоих? А их тут больше было. Шах был. Косолап был. Знаешь, кто это такие? — Карина подсела к Антону на диван, одной рукой игриво обняла его за плечи, другой — разлила коньяк по рюмкам.

— Зачем это мне знать? Я же «ботаник», — усмехнулся он. Но руку ее со своего плеча не снял.

— Да нет, не «ботаник» ты. Просто ботва. Есть братва, а есть ботва... В институте вас такому не учат?

— Нет, не учат.

— Ничего, жизнь научит...

— Ну да, жизнь — самый лучший учитель, — кивнул он. — С этим не поспоришь.

— Ты — ботва, я — братва. За это и выпьем.

— Ты — братва?

— Поселок у нас на две половины разбит. Шах держит одну половину, Косолап другую. А я держу их обоих.

— В смысле, держишь?

— Сегодня блатные на них наехали. Куда они пошли? Ко мне. Сначала один пришел поплакаться, потом другой...

— Блатные наехали?

— Тебе это знать необязательно, — осеклась Карина. — Тебя это не касается.

— Хочешь сказать, что братва обращается к тебе за советом?

— И за советом, и за ценными указаниями. Они мне подчиняются, — слегка преувеличила Карина.

— Если так, то ты самая крутая в поселке, — с сомнением посмотрел на нее Антон.

— Первый парень на деревне...

— Но ты же не парень.

— Ну почему же? Когда на пустырях махалась, парнем была. И когда таксистов строила...Ты помнишь урода, который на меня на станции наехал? Избила я его потом, очень сильно избила. А таксисты нам теперь платят. И таксисты, и торгаши на барахолке, и с «видюшников» копейка капает... Вот и скажи мне, кто я — баба или мужик?

— Я и лошадь, я и бык, я и баба, и мужик, — сдавленно улыбнулся Антон.

— Вот-вот...

— Я даже не знаю, как мне быть, — озадачился он. — Если ты мужик, то я кто?

— Не забивайся. — Карина сама придумала эту игру, и раз уж Антон ее поддержал, то в самый раз распускать паруса. — Ты очень классный парень. И ты мне нравишься... Я еще никогда никого не добивалась сама. Всегда добивались меня. Не веришь?

— Верю, — не задумываясь, ответил он. — Ты красивая. Такие женщины нравятся мужчинам. Думаешь, почему я тогда, на станции, вступился за тебя?

— Э-э, ну да, ты вступился... А я послала тебя далеко-далеко. Невежливо... Извини.

— За что? За то, что послала?

— Да нет, за то, что веду себя как дура... Просто ты нравишься мне. Очень нравишься...

— Ты правда ведешь себя глупо, — совсем не оскорбительно улыбнулся Антон. — Но мне нравится, как ты себя ведешь. И сама ты мне нравишься... — И вдруг привлек ее к себе и поцеловал в губы.

Карина не смогла его оттолкнуть. Голова вдруг пошла кругом, как будто через этот поцелуй в кровь впитался сразу литр вина. Руки и ноги приятно онемели, нервы томительно завибрировали, низ живота налился волнительной тяжестью. Где-то внутри образовался горячий вакуум, который заполнить мог только Антон...

А он не торопился, распаляя в ней страсть. Руки у него ласковые, нежные и вместе с тем сильные, уверенные. Она готова была умереть в жарких объятиях Антона, если он вдруг остановится. Но он не останавливался. В момент кульминации из груди ее вырвался громкий протяжный стон. И плевать, если его услышит вся улица. Это совсем не стыдно — принимать в себя желанного мужчину. Единственного желанного мужчину. Другого больше не будет, Карина точно знала это...

Глава 9

Когда они сидели на кухне — Антон вдруг захотел есть, сам себе сделал омлет и сейчас с аппетитом уминал его, — Карина, с нежностью глядя на него, неожиданно произнесла:

— Зря ты это сделал.

— Что сделал? — не понял он.

— Совратил меня... Теперь ты обязан на мне жениться.

— Это интересно, — иронично усмехнулся Антон.

— Ты можешь бросить свою Аньку. Но меня бросить не можешь.

— Почему?

— Потому что я тебя убью.

— Ты это серьезно?

— Серьезней не бывает. Я тебя люблю. И требую к себе того же.

— Требуешь?

— Требую.

— Мужчину нельзя удержать силой, — покачал он головой.

— Можно. Если очень любишь, то можно... А ты что, собираешься от меня удрать?

— Ты же мафия, ты же из-под земли достанешь, — вроде бы в шутку, но с серьезным выражением лица ответил Антон.

— Достану.

— Спасибо.

— За что? — удивилась Карина.

— Пока еще не за что... Я сам хочу, чтобы кто-нибудь меня удержал. Надоело болтаться от берега к берегу... Знаешь, как в песне: «обмануть меня не трудно, я сам обманываться рад». И со мной та же песня, в том смысле, что удержать меня не трудно...

— Ты сам удерживаться рад?

— Что-то в этом роде... Надеюсь, на цепь ты меня не посадишь?

— Нет... Ты правда останешься со мной?

— Ну, если ты настаиваешь...

— А если бы не настаивала?

— Ешь! — Антон провел вилкой над ее половиной сковородки.

— Сейчас, только докурю... Э-э, тебе дым не мешает? — спохватилась она.

— Мешает. Но я привык. В камере всегда так накурено, что хоть топор вешай.

— В камере? В какой камере?

— В тюремной, — как о чем-то само собой разумеющемся, ответил он.

— Ты что, сидел?

— Да, четыре года отмотал...

— За что?!

— За кражу. Хату выставил.

— Хату?!. Выставил?!. Ты что, серьезно?

— Абсолютно!

— Четыре года?.. За кражу?.. По тебе не скажешь... И татуировок у тебя нет...

— Татуировки «блатняк» выкалывает, а я просто вором был. Мне особые приметы не нужны.

— Вором был?

— Да, квартиры чистил.

— Зачем?

— Деньги нужны были.

— А институт? Это что, липа?

— Почему липа? Отсидел, поступил, осенью четвертый курс начну.

— А сколько тебе лет?

— Двадцать шесть.

— Я тебе не верю.

— Почему?

— Не выглядишь ты на двадцать шесть, намного моложе кажешься. А если ты сидел, то не можешь выглядеть моложе своих лет. Не похож ты на уголовника...

— А это каждый сам для себя решает, быть ему похожим на уголовника или нет. Я решил, что мне это не нужно. Я работаю тонко, мне уголовный антураж ни к чему.

— Ты работаешь?

— Да, иногда. Редко, но метко. Без жаргона и татуировок, — снисходительно улыбнулся Антон.

— А институт зачем?

— А что мне, по-твоему, по «малинам» шататься? Мне это неинтересно. Мне больше нормальная жизнь нравится.

— А блатным быть — это не нормально?

— Блатной блатному рознь. Есть люди, а есть «бакланы». «Бакланов» больше. Эти крыльями по жизни машут, а на выходе — одно дерьмо. Бывает, что и реальные люди ведут себя как «бакланы», но это их проблемы, меня они не касаются. Я живу как живу. С мамой живу, учусь, решаю проблемы с финансами.

— Точно с мамой живешь?

— Проблемы у нее со здоровьем. Лекарства дорогие нужны... Только не подумай, что я из-за этого воровать начал. Я тогда с отцом жил, с пацаном одним познакомился. Я в четырнадцать лет маленьким был, в любую форточку залезть мог. Сначала через форточки, потом все остальное... А в шестнадцать лет меня с поличным взяли. Следствие, суд, этап, все такое. Сначала «малолетка», потом на взрослую зону отправили... Вышел, вернулся домой, а отца уже нет, квартиру забрали. Мама к себе позвала... У нас с ней не все гладко было, но все-таки она мне мать... Вот и в институт поступил...

— С судимостью?

— Ну, если очень захотеть, то можно и с судимостью... Я ведь в школе отличником был. Меня даже за «ботаника» держали...

— Обижали?

— Нет. Не знаю почему, но я умею находить язык с людьми, — без всякого хвастовства сказал Антон.

— Верю... Не простой ты. С виду простой, а есть в тебе что-то такое... — Раз Антон затронул воровскую тему, Карина не могла удержаться от вопроса: — Ты Сухаря знаешь?

— Не знаю такого, — покачал головой Антон.

— Он за Подвойском «смотрит».

— Про Подвойск знаю, а про Сухаря — нет... Чего он хочет?

— «Общак» у него, хочет, чтобы мы туда отстегивали.

— «Общак» не у него, а у тех, кто его на Подвойск поставил... А может, и свой «общак» быть, если он сам себя на район поставил. Такое бывает. Тут главное — реальный авторитет. И еще смотреть надо, куда деньги уходят. Если на «обогрев» лагерей, тогда все правильно, если чисто на себя, то это уже крысятничество, за это убивают...

— А кто смотреть за этим будет?

— Ну, те, кто его на Подвойск поставил. Вряд ли он сам по себе. Хотя всякое может быть.

— Куда, говоришь, деньги уходят?

— На «обогрев» лагерных зон. Или просто на «грев».

— Ну да, — усмехнулась Карина.

— Зря ты улыбаешься, — с упреком посмотрел на нее Антон. — На самом деле все очень серьезно.

— Не верю я в доброту воров.

— Это не доброта, это инстинкт самосохранения. Если у воров не будет влияния в зонах, то и здесь, на воле, у них не будет власти. А власть на воле — это деньги. Большие деньги. Такой вот замкнутый круг. На воле деньги зарабатываются, чтобы удержать власть в зоне...

— А без денег никак?

— Что бы кто чего ни говорил, а реальная власть в зоне у ментов. Если ментов не подмазывать, они быстро воровскую вольницу свернут. И никакие бунты не помогут, потому что зэков на бунт без подогрева не поднять. Водка для этого нужна, наркота... Есть воры, которые могут поднять все на авторитете, но таких мало. В основном все на деньгах держится — ментов подмазать, себя потешить. Настоящий вор должен жить кучеряво, ну, в пределах закона. Воровского закона. Там все строго, но развернуться можно... Ну и мужиков иногда подкормить надо, чтобы с голоду не пухли. Бывает и такое, что пайку так срежут, что хоть зубы на полку. А еще мужикам подмазывать надо, чтобы они за воров план давали. Настоящему вору работать нельзя, а не всякий мужик за него пахать захочет... В общем, деньги на «обогрев» зоны нужны. Да и на воле деньги нужны, братву кормить надо. Опять же, если кого-то из своих закрыли, ему в зоне помогут. На те самые «шиши» и помогут, которые с вас хотят снять. И если вы отстегивать будете, вас тоже не забудут. Не думаю, что Сухарь «греть» вас будет, но на зоне, если вдруг попадетесь, отношение к вам нормальное будет. А то можно ведь и свинью подложить: объявят вас суками, и все, никакой жизни. Насчет женской зоны не знаю, а в мужской пацанов конкретно опустят...

— А кто на зону собирается?

— Так никто и не даст вам собраться. Придут, возьмут под белы рученьки, и привет... Или за вами нет никакой вины?

— Ну, вина, может, и есть, только у нас все схвачено.

— Да, знал я одного такого, — с мрачной иронией усмехнулся Антон. — Тоже так говорил, пока на десять лет не закрыли... Да я и сам в свое время думал, что со мной такого никогда не будет. Так в этом себя уверил, что страх потерял... От тюрьмы не зарекайся.

— Я не хочу в тюрьму.

— Тогда завязывай со своими делами.

— А если мне интересно заниматься своими делами? Если я не могу жить без риска?

— Я тебя понимаю, — кивнул Антон. — Сам люблю пощекотать нервы.

— Поэтому выставляешь хаты?

— Я все сказал. Больше ничего по этой теме не добавлю.

— И не надо ничего говорить. Если ты этим щекочешь себе нервы, пожалуйста. Но если кобелировать будешь...

— То что? — жестко глянул на Карину Антон.

Никогда он еще на нее так не смотрел. Но именно поэтому она не растаяла под его взглядом, как раз наоборот.

— Я понимаю, ты при делах, срок мотал, все такое. Только я на это не посмотрю. Изменишь мне — останешься без яиц, — сказала, как отрезала, она.

— А если ты мне изменишь?

— За это даже не беспокойся.

— Ты уверена?

— Абсолютно... Да и не с кем тебе изменять.

— А твой Шах? И этот, как его, Косолап...

— У вас «петухов» на зоне уважали?

— А сама как думаешь?

— Знаю, что нет... Если Шах «топтать» меня будет, он будет меня уважать как своего босса?

— Как женщину — да, а как босса... Не будет он тебя как босса воспринимать.

— Ну, я еще не совсем его босс... — замялась Карина. — Мне проблему с Сухарем решить надо. Если решу, все будет на мази, все, как я задумала...

— Что ты задумала?

— Поселок моим будет. Со всеми потрохами.

— Тебе это надо?

— Очень!

— А я думаю, что не надо. И с Сухарем не надо ничего решать. Надо платить. Он много не просит.

— Тридцать процентов — это не много?

— Тридцать процентов?! — удивился Антон. — Это много... Цеховики ворам десять процентов отстегивать должны. Есть такое соглашение между ворами и цеховиками. Но вы же не цеховики, вы —

братва. Какая-никакая, а братва... И стволы, наверное, есть?

— Откуда ты знаешь? — вдруг встрепенулась Карина.

— Я ничего про стволы не знаю, — покачал головой Антон.

— Я не про стволы, я вообще...

Определенно, в этом парне было что-то магическое. Ведь он же представлялся ментом, вдруг это действительно так? Может, на вокзале он сказал ей правду, а в ресторане соврал? Может, он нарочно влез к ней в постель, почувствовал ее к себе интерес? А ведь такое запросто могло быть. Он мент, а она тут пузыри перед ним пускает. И про Шаха рассказала, и про Косолапа, и про свои с Сухарем проблемы. Он ей лапши про зону навешал, она уши и развесила, как последняя «лохушка».

— Значит, мама у тебя здесь живет?

— Живет.

— Ну, тогда мы сейчас к ней в гости пойдем... Или нет никакой мамы?

— Доброе утро, моя девочка! — с мягкой издевкой усмехнулся Антон. — А я все ждал, когда ты проснешься... Проснулась, молодец. Только я не мент. И мама у меня здесь, на пятом этаже, живет... Если не веришь, мы можем сходить к ней... Или думаешь, что мама подставная?

— А вдруг?

— Не того ты еще полета птица, чтобы перед тобой разыгрывать такой спектакль... Но вдруг станешь?

— И что тогда?

— Тогда менты займутся тобой всерьез. Так что лучше не подставляться... Я так понимаю, что Шах и Косолап приходят к тебе со своими проблемами?

— Кто такой Шах?

— Понятно... Мне уходить?

— Ты правда не мент?

— Не надо расслабляться, Карина. И верить никому нельзя. Проверять надо... Есть один простой способ.

— Какой?

— Завтра скажу. А сейчас иди сюда. — Антон взял ее за руку и потянул на себя.

— Что такое? — заупрямилась она.

— А если я вдруг на самом деле мент, ты перестанешь меня любить? — с пытливой насмешкой спросил он.

Карина ничего не сказала, но поднялась со своего стула и оказалась у него на коленях. Если он и окажется ментом, она все равно будет его любить. Презирать и любить... Уж лучше пусть он будет вором, чем ментом. Уж лучше быть с ним одного поля ягодой...

Глава 10

«Спокойствие! Только спокойствие!» Золотые слова. Но Карлсону легко было так говорить, у него — штанишки с моторчиком. А на «девятке» в ночное небо не подняться, она может только по дороге ехать. Как бы на ментов не нарваться... Карина хорошо помнила, как однажды уходила от погони. Стволы у них тогда в багажнике были, целый арсенал. И сейчас у них боевое оружие. Автомат, правда, один, но этого хватит на десять лет строгого режима.

Машина стояла напротив частного дома, в котором жил Сухарь. Карина выследила вора, навела о нем справки. Не такой уж он и крутой, этот хмырь, но считаться с ним все-таки надо. Законные воры за ним стоят, с ними шутки плохи. И все равно Шах наводит на окна дома ствол автомата. Второй час ночи, а свет в комнате горит, люди ходят, блатная музыка играет. В общем, гуляет «малина», цветет и пахнет. Ничего, сейчас Шах обломает блатнякам их кайф. Он служил в разведроте бригады морской пехоты, его учили стрелять. Сейчас у него есть возможность доказать, как хорошо он освоил эту науку. Целился он прямо из машины — приклад крепко упирается в плечо, ствол наведен на окно. Палец выжал слабину на спусковом крючке...

Карина увидела, как погасла лампочка под потолком. Хватило короткой очереди, чтобы ее потушить. И очень хорошо, если обошлось без трупов.

Кобзарю не надо было ничего говорить, он сам понял, что нужно рвать когти. Машина с визгом стартовала с места и помчалась по улице. Номера замазаны грязью — случайный прохожий не сможет их разглядеть. Да и нет никаких прохожих: спит городок, людям завтра на работу. И у Карины завтра дела. Надо будет доработать Сухаря.

— Ну, теперь эта гнида никуда не денется! — ликующе протянул Шах.

Он был страшно доволен своей работой. И цель поразил, и себя отличным стрелком показал.

— «Очко» завтра играть будет, — кивнул Кобзарь.

— Может, ну его на фиг, десятку платить? — спросил Шах.

Карина незаметно усмехнулась. Еще сегодня утром он готов был отстегивать Сухарю все тридцать процентов от своих наваров, а сейчас уже ничего не хочет платить. Чересчур крутым вдруг себя почувствовал.

— Нет, десять процентов мы платить будем, — покачала она головой. — Тридцатка — это слишком, а десятка — в самый раз. С ворами лучше дружить, чем воевать...

Прав был Антон, от тюрьмы и сумы зарекаться никак нельзя. Сегодня солнце для нее светит ярко, а завтра небо в клеточку... Может, уже сегодня их перехватят менты. Или завтра обвинят в незаконном применении огнестрельного оружия... Все может быть, и ко всему нужно быть готовым...

Спокойствие, только спокойствие...

Риск и авантюра — это ее стихия. Сухарь отнюдь не джентльмен, и с ним свита — два урки с волынами. А Карина одна и без оружия. Правда, у входа в ресторан припаркована машина, там бойцы с оружием, они появятся чуть позже.

Рабочий полдень, но народ предпочитает обедать в столовых, поэтому в зале ресторана никого нет, только Сухарь со своей свитой хлебает борщ. Ресторан чисто совковый, скатерти здесь несвежие, сервис ненавязчивый.

Карина подошла к Сухарю так, что ее заметили в самый последний момент. Будь она киллером и умей стрелять из пистолета, ей ничего бы не стоило в упор уложить всю троицу.

— Я вам не помешаю? — с суровой вежливостью спросила она.

Сухарь чуть не поперхнулся, увидев ее.

— Ты кто такая? — осатанело спросил он.

Веселая у него выдалась ночь, поэтому он сейчас «на измене». Потому Карина и пришла к нему в гордом одиночестве, чтобы не всполошить его своей свитой. Она всего лишь девушка, причем без охраны, чего ее бояться?..

— Я из Тяжмажа. От Шаха и Косолапа.

— Они что, в подарок тебя прислали? — оскалился Сухарь.

— Нет, подарок сегодня ночью был, — сказала Карина, без приглашения усаживаясь за стол.

Вор оторопел от такой наглости, даже в лице вытянулся.

Он действительно был похож на сухарь — лицо как будто высохшее изнутри, кожа дубленая, щеки впалые и тело костлявое. Лет сорок ему на вид, да и глаза у него немолодые. Хотя на самом деле он едва перешагнул тридцатилетний рубеж. Годы, проведенные в суровых условиях неволи, давали о себе знать.

Это Антон выглядел моложе своих лет, хотя и провел четыре года за колючкой. Карина уже точно это знала. Никакой он не мент...

— Ты ничего не попутала, девочка?

— Хочешь знать, кто сегодня ночью стрелял? — пристально глядя на Сухаря, спросила она.

Карина слышала, что у зэков не принято смотреть друг другу в глаза без причины. Такой взгляд — уже сам по себе вызов. Но ведь она именно для того здесь, чтобы бросить ему вызов.

— Ты, в натуре, берега потеряла, телка! — вспылил Сухарь.

— За телку ответить можно, — не сводила с него глаз Карина. — Вчера по лампочке стреляли, сегодня наглухо уложим...

Она подавила вздох облегчения, когда появились Панас и Валерьян. И у одного ствол под курткой за поясом, и у другого. И сами по себе они смотрелись внушительно. Может, и не по себе им, но виду не показывают.

— Это кто такие? — резко поднялся со своего места Сухарь.

И его бойцы вскочили вслед за ним. Карине понадобилась вся ее выдержка, чтобы не дрогнуть перед ними.

— Ты сам с Тяжмаша «снимать» хочешь? — спокойно спросила она.

И эти слова подействовали на Сухаря, как заклинание. Он хоть и неторопливо, но все-таки вернулся на свое место. Сел, с удивлением посмотрел Карину. Не думал он, что какая-то баба может разговаривать с ним практически на равных.

— Ты кто такая, чтобы у меня спрашивать?

— Я такая... Ты сначала на Шаха наехал, затем на Косолапа. Зря. Надо было сначала ко мне обратиться, я все вопросы решаю. И если сказала, что надо платить, они будут платить. Этот вопрос уже решен...

— Я спрашиваю, кто ты такая?

— Кара я. Шах и Косолап — одна команда, и я ее представляю. Все решается через меня. Я знаю, кто ты такой, Сухарь, — в небрежной ухмылке скривила губы Карина. — Тебя уважаемые люди на район поставили, и теперь перед ними надо будет отчитаться. Подвойск — город бедный, с него много не возьмешь. Зато Тяжмаж хорошо живет. Не возьмешь Тяжмаш — не будет тебе счастья. В землю ляжешь. Или свои приговорят, или мы тебя сделаем. Вчера мы тебя всего лишь предупредили...

Вся эта речь не стоила бы и выеденного яйца, если бы не ключевая фраза — если бы не ночная стрельба по воровской малине. Пули были реальные, поэтому Сухарь слушал Карину внимательно и понимал, что в следующий раз пули могут попасть в него...

— Ты даже не представляешь, с кем связалась, девочка! — хищно зашипел он.

Но это был выпад змеи, неспособной дотянуться до своего обидчика, всего лишь беспомощное сотрясание воздуха.

— Ты не в законе, Сухарь, — холодно и непреклонно смотрела на него Карина. — Ваша воровская братва за тебя подпишется, не вопрос, только под пули из-за тебя никто не пойдет. А у нас все есть — и стволы, и снайперы. И еще я могу выставить против тебя полсотни реальных бойцов, — жестко отчеканила она. — Так что это ты еще не понял, с кем связался...

Сухарь готов был взорваться, но Карина снова произнесла как заклинание:

— Но мы будем платить.

— Плати!

Она многозначительно взглянула на Валерьяна, и тот, все поняв, отправился вниз к машине. Ему хватило минуты, чтобы сходить туда и обратно. Он принес полиэтиленовый пакет, в котором лежали деньги — шестнадцать пачек из пятидесяти- и сторублевых купюр.

Сухарь раскрыл пакет, но деньги считать не стал, только спросил:

— Что это?

— Аванс за август месяц. Двенадцать «штук». Мы еще не подбили бабки. Может, это больше десяти процентов, может, меньше, я пока не знаю... Видишь, нас даже не пришлось искать, мы сами тебя нашли, — с легким торжеством усмехнулась Карина.

Двенадцать тысяч — это самый лучший аргумент, чтобы убедить Сухаря в своей состоятельности. Человек со стороны столько денег не занесет. Значит, Карина действительно представляет интересы братвы, и с ней по-любому надо считаться.

Но это были деньги, полученные от Косолапа за оружие, которое Карина пока еще только собиралась приобрести. Она не побоялась расплатиться ими со «смотрящим»...

— Какие десять процентов?! — возмутился вор. — Разговор за тридцать был!

— Цеховики ворам десять процентов на ваш «общак» платят, а ты с нас тридцатку захотел. Нехорошо! — хищно сощурилась Карина.

И она отнюдь не выглядела беспомощной в своей угрозе, ведь Сухарь вообще мог остаться без денег. Он это понял, поэтому невольно схватился за пакет.

— За тридцать процентов мы удавиться можем, — свысока усмехнулась она. — Но лучше нам тебя удавить.

— За меня вас, бакланов, на понятия поставят! — вскинулся вор.

— Ну, когда это будет... Да и будет ли!.. Не гони волну, Сухарь. Ты заломил цену, мы ее сбили, ничего здесь такого нет. Мы отстегиваем на ваш «общак» десять процентов и живем в мире. Поверь, десять процентов — это больше, чем тридцать, если мы будем жить в мире. Война — это прежде всего потеря в деньгах. Или ты не согласен?

Сухарь немного подумал и хмуро кивнул:

— Ну, в чем-то ты права.

— Но тебя что-то не устраивает, — заметила Карина.

— Ты меня не устраиваешь! — зыркнул на нее «смотрящий». — Баба ты. С бабой вести дела западло!

— Я не баба, — осуждающе глянув на него, покачала головой Карина. — Я — деловая женщина. Или просто деловая. Хочешь ты того или нет, но ты должен со мной считаться...

Судя по его взгляду, Сухарь хотел сказать ей что-то похабное. Хотел, но не решился. Уж очень холодным был у Карины взгляд, и он остудил его непристойный порыв.

— И ты будешь со мной считаться, — веско проговорила она. — Ведь тебе нужны не только наши деньги, тебе нужны и наши бойцы. Если вдруг «стрелка» с кем, если вдруг силу показать... будет тебе поддержка. Можешь рассчитывать на нас. И мы будем рассчитывать на тебя. Ты пока не «законник», но если за тобой будет сила, ты им станешь. И мы будем козырять твоим именем. В разумных пределах, самой собой, чисто для пользы дела.

— Красиво пишешь, — криво усмехнулся Сухарь.

— Ну, так что, мы договорились?

— Выпьешь со мной? — спросил вор, кивком показав на графинчик с водкой.

— Значит, договорились... — холодно улыбнулась Карина. — А пить я с тобой не стану. Грязные у тебя мысли насчет меня. Когда очистишься, тогда я с тобой и выпью. Бывай!

Косолап нервно мерил ногами комнату. Снова он у Карины в гостях, но на этот раз, помимо него, здесь находится и Шах. Обидно ему: один Сухаря точными своими выстрелами напугал, другая дожала вора, а он как бы и не при делах.

— Успокойся, Женя, мы — одна команда, — стараясь казаться невозмутимой, сказала Карина. — Один, как говорится, за всех...

— Сколько ты ему отстегнула?

— Десять процентов... — уклончиво ответила она. — Десять процентов со всех нас. Но надо будет уточнить сумму. Там, возможно, меньше десяти процентов... Короче, мне нужна точная цифра, сколько ты наваришь за август месяц, с нее и будем плясать. И ты, Шах, должен передо мной отчитаться. А я уже отчитаюсь перед Сухарем...

— Я так понимаю, ты — наш общий бухгалтер, — натянуто улыбнулся Косолап.

Карина поднялась со своего места, подошла к нему и вперила в него немигающий взгляд:

— Нет, я ваш общий босс.

— Босс?! — оторопело вытаращился на нее Косолап.

— Что-то я не догоняю, — растерялся и Шах.

— Кто выследил Сухаря? Я выследила. Кто с ментами вопросы решил? Я решила. Кто показал тебе дом, где Сухарь живет? Я показала. Кто решил вопрос с Сухарем? Я решила. А с кого воры будут спрашивать, если вдруг что? С меня они будут спрашивать!

— Э-э... Ну, тебя никто не просил ехать к Сухарю... — в легком замешательстве протянул Шах.

— Но ты же не поехал, а я поехала. И решила с ворами вопрос. И этот вопрос теперь будет держаться на мне. А я буду держаться на вас. И у нас будет общий «общак». Ты, Игорь, сам по себе, ты, Женя, сам по себе, но «общак» у нас общий. С этих денег мы будем отстегивать ворам. С этих денег мы будем решать проблемы с ментами, выкупать у них своих пацанов, а если не получится, то «греть» их на зонах. На эти деньги мы будем хоронить своих пацанов... Да, хоронить! — повысила голос Карина. — Или ты думаешь, что никто никого не станет убивать? Что нам всегда будет светить солнце?.. Нет, дорогой мой. Вчера у нас возникли проблемы с блатными, завтра еще кто-то наедет... Я умею решать эти проблемы. И вы это знаете, поэтому и пришли ко мне, когда на вас наехал Сухарь. Все правильно, так и надо. Я умею решать вопросы и буду решать их. Но вы будете работать подо мной.

— Ты так думаешь? — спросил Косолап. Судя по его виду, чувствовал он себя не очень уверенно.

— Я не думаю — я знаю... Знаю, что без меня вы рано или поздно вцепитесь друг другу в глотки. Будете «мочить» друг друга, пока не появится третья сила... Возможно, это будет моя сила. Братва меня уважает, многие пойдут за мной. Дурная смерть никому не нужна... Ты готов со мной воевать?

— Я с женщинами не воюю, — проворчал он.

— А придется! Ты же знаешь, я за делом в карман не лезу. Разведка — за мной, стволы — за мной, даже разборы и те за мной. Что ты без меня сто́ишь?

— Ну, стволы мы и сами могли бы... — замялся Косолап.

— Могли бы. Но не делаете. Совсем мышей не ловите. Ничего, я возьмусь за вас...

— Как это мы мышей не ловим? Все на мази у нас, — покачал головой Шах.

— На мази?! — набросилась на него Карина. — А давай так: ты сейчас подвинешься, я займу твое место и пройдусь с пацанами по территории. За неделю сниму как минимум в два раза больше, чем ты. Не веришь?

— Ну, это вряд ли...

— Так давай забьемся! Если я сниму в два раза больше, то ты отваливаешь в сторону, а я рулю «северным братством»!

Это был удар под дых, у Шаха даже дыхание от волнения сбилось.

— Как это в сторону?

— А чего ты заколотился? Я же не сниму в два раза больше... Или сниму?

— Да черт тебя знает! — разнервничался он.

— И черт знает! И ты знаешь! Знаешь, что у меня все расклады есть. Есть! Потому что я работаю, а ты сопли жуешь... Но Сухаря ты, Игорь, конкретно закошмарил. — Настало время плеснуть меда в разговор, и Карина легко пошла на это. Не одной же плеткой махать, надо бы и пряником Шаха угостить. А заодно и Косолапа подразнить. — Жаль, Игоря на дело не взяли, но ничего, у него все еще впереди... Да, Игорь?

— Да мне-то чего рвать? У меня все есть, — пожал плечами Косолап.

— Есть. И будет. Но подо мной.

— Ну-у...

— Это решенный вопрос! — сказала она, как шашкой рубанула.

— Ты думаешь? — в замешательстве посмотрел на нее Косолап.

— Уверена в этом! Я буду вести твою бухгалтерию. Я буду держать «общак» и решать проблемы. Если кому-то что-то не нравится, тот может отваливать. Но сам отваливать, братва остается за мной. Я решу, кого поставить на ваше место...

— Но мы так не договаривались, — качнул головой Шах.

— Договорились. Уже договорились. И будем договариваться дальше. «Общак» — дело серьезное, мы должны обсудить все моменты: куда, сколько, на что. Это мы решим, но не сегодня. Сегодня мы решили главный вопрос: кто под кем ходит. Вопрос решен, и мне все равно, нравится это кому-то или нет... Ты меня понимаешь, Женя?

И Шах сдался. Как бы нехотя, но с желанием угодить Карине, он сказал:

— Я, кстати, думал на эту тему. Нельзя так, чтобы мы с «южанами» были сами по себе. Не ужиться нам. Или я на Косолапа дернусь, или он на меня. Кто-то сдерживать нас должен...

— Все нормально будет, братва, — не меняясь в лице, проговорила Карина. — Мы все тут свои, никто никого не обидит. Главное, чужих к нам не подпускать. Но так никто к нам и не полезет, если у нас общая сила будет. Мы тут всю власть с потрохами купим, всех под себя поставим. Только борзеть не надо. Беспредела в поселке быть не должно. За беспредельщиков с вас буду спрашивать... Я вас обоих люблю, вы мне реально братья. Но если вдруг что — не пожалею... Не будем о плохом.

Она принесла бутылку коньяка, передала ее Косолапу, чтобы он ее откупорил, поставила на стол рюмки. Сначала тост произнесла она, затем — Шах, после него Косолап. Все правильно они говорили, но Карина знала, что присматривать за ними все-таки необходимо, и знала, как взять их обоих под надзор...

Глава 11

Бессонная ночь, тяжелый день — стрельба по лампочкам, встреча с Сухарем, не менее тяжелый разговор с Шахом и Косолапом. Устала Карина до изнеможения, но это нестрашно. Главное, что она добилась своего. Строптивые авторитеты признали ее власть над собой, и теперь она твердо сидит в седле на белом коне.

Шах и Косолап уже ушли. Она убралась после них, приняла душ. Хмель от коньяка прошел, опьянение от успеха тоже ослабло. Тогда и вонзился в сознание острый, как раскаленная игла, вопрос: где Антон? Почему его до сих пор нет?..

Может, он обиделся из-за того, что эту ночь она провела в делах со своими друзьями? А может, просто бросил ее, как сделал это с Анной?.. Но ведь он должен понимать, что ее нельзя бросать. Она жестокая. Очень жестокая. Более того, ей нравится быть такой. Она уже сама себя начинает бояться... Нет, не должен Антон становиться ее врагом. Она любит его, очень любит, поэтому готова быть его мягкой домашней кошкой. Но если вдруг он бросит ее...

Антон появился в первом часу ночи. Она уже засыпала, когда раздался звонок в дверь.

— Ты одна? — настороженно спросил он.

— Нет, семь гномов в кровати... Где ты был?

Она смотрела на него, и злость выходила из нее, как вода из простреленного картечью ведра. Что за магическая сила в нем?..

— А ты где вчера была?

Он осторожно обогнул ее, заглянул в одну комнату, в другую. И не любовника он боялся там увидеть, что-то другое пугало Антона. Портфель он не выпускал из своих рук.

— Чисто по делам.

— Ну, так и у меня дела... — Он открыл портфель, достал оттуда одну пачку денег, другую.

И не советские это деньги, а доллары. Стодолларовые купюры в упаковках, перетянутых резинками от бигуди.

— Квартиру выставил?

— Выставил, — кивнул он, закрывая портфель. — Я давно ее уже пас. Цеховик там живет. Такой же темный, как Корейко.

— Какой Корейко? — не поняла Карина.

— Ну, из «Золотого теленка». Читала?

— Это Корейко твой темный, а я просвещенная.

Карина взяла портфель, открыла его и высыпала на стол все содержимое. Там не две пачки, а не меньше трех десятков.

Антону не понравилась ее самодеятельность, но ведь он знал, с кем имеет дело, поэтому промолчал.

— Представляешь, обычная квартира, обычная дверь... С виду обычная, с обычным замком. Думал, отмычкой на раз-два... Обломался. Минут пять провозился... Обратно иду, менты едут. Как раз к этому дому подъехали, в тот самый подъезд зашли... — разволновался Антон. — Мне кажется, меня соседка увидела, когда я с дверью возился. Тайник я быстро нашел... Мне повезло, что быстро, иначе бы прямо там замели...

— Разве тебе не говорили в школе, что воровать нехорошо? — усмехнулась Карина.

— Мне и в зоне это говорили.

— А ты не поверил?

— Поверил. Но мне нужно.

— Денег не хватает?

— Дело не в деньгах. Это азарт охотника. Это сильнее меня.

— Ты даже не представляешь, как тебе повезло! Твоя Анька тебя бы не поняла. Только я тебя могу понять. Мы с тобой — одна сатана...

Карина широким движением руки смахнула на пол деньги, сама села на стол, взяла Антона за галстук, притянула его к себе и жадно впилась в его губы. Плевать ей на его деньги. Она на них даже не претендует. Ей только он сам нужен...

Двести десять тысяч долларов. Пять минут на взлом, десять — на тайник. Всего за каких-то пятнадцать минут. И прессовать никого не надо, и никаких разборок за место под солнцем. Пришел, взял, и привет...

— Умные люди в рублях деньги не хранят, — сказал Антон. — Доллары, фунты...

Деньги уже в портфеле, а на столе закуска, выпивка. После секса Антона потянуло на жратву, и Карина не поленилась поджарить ему яичницу.

— Доллар по пятерке влет уходит. Это что ж получается, ты «лимон» сделал? — не без восхищения спросила Карина.

— Как бы меня самого не сделали...

— Здесь тебя никто не достанет.

— Ну, не знаю...

— Хорошо, завтра новую хату найдем.

— Завтра может быть поздно, — покачал головой Антон. — Соседи видели, как я к тебе заходил. Менты, если что, соседей опрашивать начнут...

— Ты пальчики на месте оставлял?

— Нет, я в перчатках работаю. И в очках... И еще парик у меня был, усы...

— Тогда в чем проблемы?

— Ну, мало ли...

— Пока фоторобот составят, пока «внимание всем постам»... Этой ночью можешь спать спокойно... А если вдруг заметут, буду тебя ждать верно и трепетно, — с шутливой улыбкой сказала Карина.

— Это не меньше десятки потянет...

— Ничего, мне двадцать девять будет, когда ты выйдешь. Я еще молодая буду и красивая... А ждать я тебя буду. Честно, никогда и ни с кем. И дело не в тебе, дело во мне. Я ни с кем больше не смогу. Да мне ни с кем и не надо.

Она совершенно уверена была в том, что говорила. Антон не просто ее наваждение, он еще и навсегда.

— Не говори «гоп»! — польщенно усмехнулся Антон.

— Как я говорю, так и бывает. Потому что я знаю, что говорю. Если я сказала, что весь Тяжмаш моим будет, так оно и оказалось. Я с Сухарем проблему решила, теперь Шах с Косолапом подо мной. Все уже договорено. Я ими рулить буду. И «общак» у меня будет. И власть, и «общак», и люди... Скажи адрес, который ты выставил, я людей возьму, съезжу туда, узнаю, что да как. И с соседкой поговорим, которая тебя могла видеть...

— Как поговорите?

— Ну, мы не беспредельщики, людей почем зря не обижаем. Молчание силой можно выбить, а можно деньгами. Сколько там и чего нужно, я пока не знаю, на месте разберемся...

— Ну, было бы неплохо.

— Я тебя в обиду не дам. Если тебя вдруг повяжут, адвокатов наймем... Ты меня извини, но это будет из твоих денег. Ты не наш человек, из «общака» я на тебя тратить не смогу.

— Я тебя понимаю... Можешь взять все... Ну, если вдруг...

— Все не надо, сколько понадобится, столько и возьму. Сами по себе мне твои деньги не нужны. Ты мне веришь?

— Верю.

— Тогда не дергайся. И слушайся меня во всем. Завтра снимем новую квартиру, и ты будешь там жить, пока все не уляжется. Безвылазно будешь жить.

Карина невольно усмехнулась, поймав себя на интересной мысли. Она вдруг подумала, что Антон мог жить с ней как неработающая жена при состоятельном муже. Но ведь он такой же охотник по жизни, как она, и не сможет она удержать его у себя под юбкой...

Артур отлично вошел в роль — из подъезда он выходил твердой, хотя и раскрепощенной, ментовской походкой. Темно-серый пиджак, белая рубашка с расстегнутым воротом, кожаная папка под мышкой. И выражение лица, как у опера, взявшего след преступника.

Он сел в машину, резко выдохнул из себя воздух, давая понять, как он устал, делая великое дело.

— Да, была кража. В четырнадцатой квартире была. Соседка из семнадцатой квартиры видела человека, который замок вскрывал. Не сразу ментов вызвала, поэтому вор успел уйти.

— Что похитили?

— Бутылку водки.

— Давай без шуточек.

— Я не шучу. Хозяин квартиры гол как сокол. Там у него красть нечего.

— Понятно, — усмехнулась Карина.

Не захотел хозяин квартиры афишировать свое незаконно нажитое богатство, потому про деньги ничего не сказал. Значит, нет кражи в особо крупных размерах. Но ведь и за бутылку водки могут посадить, если была кража со взломом.

— Ты с кем разговаривал?

— Ну, с этой, из семнадцатой квартиры, и разговаривал. Ты же про нее сказала...

— Она запомнила вора?

— Ну да, говорит, что хорошо его рассмотрела...

— Фоторобот составляла?

— А зачем? Уголовное дело заводить не стали. Там же всего бутылка водки пропала. Хозяин заявлять не стал, а менты без заявления работать не будут, им лишние «глухари» не нужны...

— Я спрашиваю, фоторобот составлялся?

— Ну, я точно не знаю.

— Иди, узнавай.

Артур ушел и принес не очень приятную новость. Менты возили женщину в отдел, и там с ее показаний составляли фоторобот. Но это вовсе не значило, что Антона будут искать днем с огнем. Скорее всего, менты просто решили взять его на заметку... Все бы ничего, но ведь он уже мотал срок, его фотография должна находиться в ментовском архиве. Как бы не вычислили его да не закрыли — хотя бы для профилактики. За ментами такое водится...

Дверь в квартиру обычная, замок простой, поэтому Карина не торопилась доставать ключ.

— Справишься? — спросила она, щелкнув пальцами по замочной скважине.

— Легко.

Антон полез в карман, достал оттуда связку с отмычками. Но Карина тут же отобрала ее и открыла дверь своим ключом:

— Остынь.

Она уже была здесь: Треха приводил ее сюда на «смотрины». Квартира ей, в общем-то, понравилась, и она согласилась заплатить хозяину за три месяца вперед. Опять же, двухкомнатный вариант, ремонт даже получше, чем в прежней квартире, обстановка, правда, не полная, но ничего, деньги у них с Антоном есть — будет на что мебель прикупить.

У нее теперь и у самой деньги есть. Разговаривала она с Шахом и Косолапом, ничего не изменилось — они по-прежнему согласны быть единым целым под ней. И выплаты в «общак» они обговорили, и на что деньги расходоваться будут, тоже обсудили. Правда, на себя она много тратить не собирается. Но пару машин для своей команды прикупит. Ну, и еще Артур со своими ребятами. Тут без машин никак не обойтись...

— А здесь неплохо. — Антон обошел квартиру, приблизился к окну в гостиной, глянул на дымящие трубы завода: — Только вид не очень.

— Ничего, занавески повесим.

— И кровать в спальне надо бы поставить.

— Ничего, диваном пока обойдемся.

— Можно румынский гарнитур по блату взять.

— Можно и без блата, — усмехнулась Карина. — Чисто по наезду. Но я сама этим займусь. А ты сидишь здесь.

— Ты же сама сказала, что уголовного дела нет.

— А еще я сказала, что тебя взяли на заметку. И если ты сунешься за гарнитуром... Откуда деньги, дружок?

— Делать «мусорам» нечего, как меня пасти. Не велика фигура. Я редко работаю, но метко...

— Даже стесняюсь спросить, где ты деньги держишь, а спросить надо.

— Лоха нашла? — вроде как в шутку улыбнулся Антон.

— Я же тебе сказала, что на твои капиталы не претендую. Но боюсь, что эти капиталы у тебя в рублях. А ты говоришь, что умные люди в доллары все переводят.

— И в фунты.

— Не хватало еще, чтобы ты валютными махинациями занялся... Нельзя тебе сейчас светиться. Боюсь я за тебя. — Карина подошла к Антону, обняла его за шею, носом потерлась о гладко выбритую щеку.

— Да мне деньги как-то не особо нужны, — сказал он. — Я больше из спортивного интереса... Но денег у меня много... Сказать, где?

— Плевать я хотела на твои деньги.

— Там больше миллиона. Но все в рублях...

— Ты такой богатый? Возьми меня замуж, — улыбнулась она. Ей действительно не нужны его деньги, но замуж она за него очень хотела.

— Там больше миллиона!

— И что?

— Тебе что, правда все равно?

— Ну, если я стану твоей женой, то нет...

— Страна по швам трещит, экономика рушится, цены ползут вверх. Знаешь, что в таких случаях делают?

— Что?

— Деньги меняют — старые на новые. Старые рубли на новые рубли. А доллары так долларами и останутся.

— Миллион рублей обменять на доллары — это тебе не в фантики играть. Тут ведь и за задницу могут взять... А за валюту и под вышку можно попасть, — покачала головой Карина. — Я не хочу без тебя оставаться... И ты не должен остаться без меня...

— Но я могу потерять все!

— Да, но спортивный интерес останется...

— Ну, одно другому не мешает.

— Сам ты этим делом заниматься не будешь.

— Ты так решила?

— Да, я так решила... Если хочешь, я найду людей, которые этим займутся.

— Я сам таких людей могу найти.

— А если они тебя кинут, как ты с них спросишь? Я могу с них за это спросить. Но тут еще другое. Вдруг их «заметут», на кого они тогда покажут? На тебя покажут. А мои люди на меня не покажут. Вот и вся разница... Или ты мне не доверяешь? Если не доверяешь, так и скажи, я не обижусь. Честное слово, не обижусь. Лохом надо быть, чтобы кому-то целый «лимон» доверить. Даже больше, чем «лимон»...

— Да, я буду большим лохом, если ты меня кинешь.

— Но я тебя не кину... Мне правда плевать на твои деньги.

— Но мне на них не наплевать... Хорошо, я тебе доверюсь... Сколько это будет стоить?

— С этим проблема... — задумалась Карина. — Мне ничего не надо. Но валютчики могут меня кинуть. Сама я не справлюсь, людей придется привлекать, тогда Шах все узнает. Что за деньги? — спросит. Почему я их прокручиваю? За какой процент? Что я ему скажу?.. Лично мне ничего не надо, но на «общак» придется со сделки отстегнуть, тогда никаких вопросов.

— Сколько?

— А это смотря сколько я со сделки запросила. В «общак» у нас половина идет... Но так я могу немного попросить, тысяч двадцать. Только десятку на «общак» придется положить. Ты же не хочешь, чтобы меня крысой объявили?

— Двадцать тысяч — это, считай, полтора процента от суммы, — мотнул головой Антон. — Так мало никто не берет. Тебе никто не поверит... Полтинник на свой «общак» положишь. Я тебя подставлять не хочу... Ну, еще и людям отстегнешь, которые работать будут. Процент им назначь, чтобы не за семь рублей доллар покупали, а хотя бы по шесть...

— А лучше по пять.

— Да ладно уж... И себе можешь взять, я не против.

— Я взяла. Я уже взяла. Тебя взяла. Ты дороже всяких денег... И хватит о деньгах. Надоело...

Карина спешила, у нее дел по горло. И все эти дела связаны с деньгами. Она торопилась, но всетаки не устояла перед соблазном еще на часок остаться с Антоном. Но разговор с ним продолжился уже на языке тела.

Глава 12

Кто-то лазит по скалам без страховки, кто-то практикует затяжные прыжки с парашютом, кому-то нет жизни без гонок на мотоцикле. И все это делается ради смертельного риска, ради остроты ощущений, которые он дает... Антон догадывался, что испытывает альпинист, взяв очередную высоту. Когда-то он сам брал такие высоты, влезая в чужие квартиры через открытые форточки. Сейчас у него не такие габариты, чтобы проделывать подобные фортели, зато хорошо получается вскрывать замки. И он этим пользуется, чтобы получать кайф от процесса. Это настолько острое удовольствие, что и секса не надо. Во всяком случае, он мог так подумать сейчас, когда дверь в квартиру, наконец, за ним закрылась, оставив его наедине с богатствами, которые нужно было отыскать. Квартира большая, роскошная, с антиквариатом, с дорогими картинами на стенах. Сигнализации нет — это плюс. А минус — хозяева таких квартир любят хранить свою наличность в сейфах. И чем проще обнаружить такой сейф, тем сложней его вскрыть. Увы, но Антон далеко не самый большой специалист по сейфам, и если вдруг стальной ящик окажется ему не по зубам, он просто покинет эту квартиру. Ведь дело не в деньгах, а в том удовольствии, которое доставляет сам процесс. Но в то же время с добычей в зубах уйти куда приятней, чем без нее. Так что нужно стараться...

Сейф обнаружился за большой картиной, висевшей в зале на самом видном месте. Антон вздохнул.

Хозяин не оригинален в выборе места для тайника, значит, полагался на его надежность... Но нет, к счастью, сейф далеко не самый сложный. Правда, с замком придется повозиться, но у него есть на это время: хозяин вернется домой часа через три, никак не раньше...

С замком Антон управился за полчаса. Послышался легкий щелчок, дверца послушно открылась, и он увидел пачку стодолларовых купюр, три банковские упаковки, по пять тысяч в каждой, и еще шкатулку с драгоценностями, которую отставил в сторону. Деньги, кроме банковского номера, особых примет не имеют. И даже если ментам станут известны номера похищенных купюр, все равно их не трудно будет запустить в оборот, а с драгоценностями все гораздо сложней. Их нужно сбывать, а это прямой путь за решетку...

Деньги Антон рассовал по карманам, аккуратно закрыл сейф, вернул картину на место. Все, пора уходить. Но что-то тревожно вдруг стало на душе, ощущение тупика появилось. Уж не засада ли ожидает его за дверью?

Он открыл окно, глянул вниз. Третий этаж, под окном сплошь асфальт. Если бы земля вскопанная там была или машина... С третьего этажа можно спрыгнуть на машину, мягкий металл кузова прогнется под весом тела, и это смягчит падение. Да и сам кузов на какой-то метр-два поднят над землей, что само по себе уменьшает высоту падения.

Нет, прыгать нельзя, но можно взять пару простыней, связать их, один конец прикрепить к батарее отопления...

До простыней дело не дошло. Входная дверь вдруг распахнулась, и Антон услышал топот ног. Он кинулся к окну, чтобы выпрыгнуть с третьего этажа, надеясь на удачное падение, но в самый последний момент чьи-то сильные руки схватили его за пиджак и сбросили на пол.

Это были менты, только они могли так ловко заламывать руки за спину и защелкивать на них браслеты наручников. В такой момент лучше не сопротивляться, иначе можно заработать перелом запястья...

Секс в тюремной камере представлялся Антону таким же невероятным событием, как высадка марсиан на Луну. Но Карина сделала это невероятное очевидным. Она ураганом ворвалась к нему в камеру, толкнула его на шконку, расчехлила, оседлала... Это не женщина, а стихийное бедствие, к которому сначала привыкают, а потом боготворят...

Она старалась походить на парня, ради этого коротко стригла волосы, одевалась в мужскую одежду. И вела себя как очень крутой парень. Но все-таки она была женщиной. Красивой женщиной. Эти большие глаза с зеленоватым отливом, нежные черты лица, изящный носик, пухлые губки, женственная шея...

Холодно в камере, жуть как неуютно, с трубы над унитазом противно капала вода, но им было все равно. Они согревались теплом друг друга, и их души шептались в царящей тишине...

Но вот Карина соскочила с Антона, ее тонкая, но сильная рука мертвой петлей обвивала его шею, и он повалился на спину.

— Я тебя сейчас придушу, придурок! Я тебя ненавижу! Зачем? Зачем ты полез в эту чертову хату? Я же просила тебя! Умоляла! — чуть не плакала она от обиды.

— А если это выше меня?.. Ты же не можешь жить без своих заморочек... — усмехнулся Антон.

— Я говорила с опером, — вздохнула Карина. — Плохи твои дела... Я же просила тебя не высовываться. Я же чувствовала, что беда где-то рядом...

— Я тоже почувствовал, но, к сожалению, уже поздно.

— Тебя с поличным взяли, а это реальный срок. Я деньги предлагала. Бесполезно. Менты за тобой охотились, поэтому твое дело уже на контроле... Но ничего, я адвоката хорошего найму...

— Адвокат не поможет, — покачал головой Антон. — Это повторная кража, плюс значительный ущерб потерпевшему. Все пять лет впаяют...

— Ты же в институте учишься. Возьмем оттуда положительные характеристики...

— Ну, может, год скостят. Хотя вряд ли... Хорошо, если особо опасным рецидивистом не признают. В противном случае это уже десятка...

— Поэтому тебе нужен адвокат.

— Это деньги. Большие деньги. А ты не знаешь, где мой тайник. Я скажу...

— Тсс! — Карина приложила палец к его губам и прошептала: — Все за мой счет.

Она действительно не претендовала на его деньги. Пару месяцев назад нашла людей, которые обменяли его рубли на доллары по очень выгодному курсу. Непросто было это сделать, но Карина исполнила все в лучшем виде и себе в карман ничего не положила. На «общак» отстегнула, но это понятно. Хоть и молодая поросль у них там в бандитском движении, но установки жесткие...

Доллары у Антона спрятаны в надежном месте, Карина о нем не знает, потому что не хочет знать. Но ведь ей предстоят расходы на него, причем немаленькие.

— Так нельзя, — покачал он головой.

— Можно и нужно... Я не знаю, что будет со мной через месяц, — задумчиво произнесла она. — Пока все спокойно, а завтра так наедут, что костей не соберешь... Вдруг и деньги твои уйдут вместе со мной? Выйдешь — ни меня, ни денег...

— Не рисуй картину сажей.

— Все может быть.

— Я чистосердечное нарисовал. И если адвокат хороший... «треху» могут дать, это не так уж и плохо.

— Я тебя буду ждать, посылки каждый день передавать буду. — Карина приласкалась к Антону, обняла его, щекой прижалась к его плечу.

— Это пока в СИЗО, каждый день можно, а в зоне — два раза в год или, если «строгач», один раз... Ты за меня не переживай, со мной все путем будет... Ты за себя переживай, вдруг правда наедут...

— Я сама наехала, — улыбнулась она. — Подвойск под себя взяла. Моя команда взяла. Шах и Косолап не при делах. Теперь они хрен меня сдвинут...

— А Сухарь что?

— А что Сухарь? Он только пенки с Подвойска снимал, то, что не спрятано. Я же вглубь копну, там на глубине бабла много. Все платить будут, а я Сухарю на «общак» отстегивать буду. С Тяжмаша десятка идет, а с Подвойска — все тридцать. Зато весь Подвойск наш, Сухарю вообще ничего делать не надо... Да и некогда ему будет этим заниматься, в тюрьму ему пора.

— Это кто так решил?

— Сам он так и решил. Хочет, чтобы его на тюрьме короновали, чисто по закону хочет. А его коронуют, это уже решенный вопрос... Хочешь, я с ним поговорю?

— Не понял?

— Ну, чтобы тебе в тюрьме хорошо жилось.

— И не вздумай!

— Почему?

— Я дел с Сухарем не имел, поэтому его подписка за меня — это сопли. Мне такого счастья не надо. Я сам себя поставить могу, так что не переживай за меня. — Голос его затвердел, зазвенел металлом. Это на воле он был студентом, а за решеткой будет вором, превратится в клыкастого и зубастого зверя. И не нужен ему никакой Сухарь...

Глава 13

Ресторан, банкетный зал, спецобслуживание... Хочешь не хочешь, а раз в неделю нужно поужинать в компании с Шахом и Косолапом. Карина сама придумала этот ритуал, чтобы знать, чем живут и дышат подопечные авторитеты. Есть у нее люди, которые сливают ей информацию о том, что происходит в этих командах, но при всем при этом личное общение исключать никак нельзя. Ей нужно было знать, как Шах и Косолап относятся к ней и друг к другу, а судить об этом она могла по их взглядам, разговорам, суждениям. Пока все нормально, пока никаких конфликтов между ними нет. Претензии, трения — это есть, но в открытое недовольство пока не выливается. Шах даже радость выражал по поводу того, что Карина взяла под себя весь Подвойск, хотя малость и завидовал Кобзарю, которого она «поставила» на город. Сам был бы не прочь взять под себя эту территорию, только кто ж ему позволит расшириться?

— Опять, Кара, к своему ездила? — спросил вдруг он.

— И что с того? — холодно посмотрела на него Карина. Ей не понравился его тон.

— Да нет, ничего... Он у тебя за кражу сел?

— Шел к другу, увидел, дверь в квартиру открыта, зашел, а там сейф открытый, а в сейфе деньги. Ты бы удержался?

— Ну, я бы тоже так сказал, если бы меня «мусора» повязали, — осклабился Шах. — Сколько он там взял?

— Нисколько. Унести не успел...

— А срок у него за что был?

— Ты откуда про срок знаешь? — насторожилась Карина.

— Ну, ты не посторонний для меня человек, я должен знать, кто рядом с тобой... В общем, навел, как говорится, справки...

— Тогда зачем спрашиваешь?

— За кражу он сидел. И сейчас за кражу закрыли.

— А если он вор, ты что, на товарищеский суд меня вызовешь? — язвительно спросила она.

— Гы-ы, смешно.

— Может, мы чем-то лучше, чем он? Если ты так думаешь, то так и скажи.

— Ну, каждый зарабатывает, как может... Но у нас все по понятиям. Мы в «общак» отстегиваем... — запнулся Шах, поняв, что переступил черту.

— А почему ты думаешь, что Антон должен в наш «общак» отстегивать? Он сам по себе...

— В наш не должен, а Сухарю должен. Если он вор...

В принципе, Шах был прав. Да и у Карины не раз возникала такая же мысль. Антон в свое время красиво говорил про воровской «общак», но сам в него не отстегивал, дескать, он сам по себе. А она не собиралась ставить его на понятия, зачем, если ей все равно, туго набита воровская мошна или нет?..

— Какой он вор? По малолетству в форточки лазил, а после отсидки за ум взялся, в институт поступил, на четвертом курсе института уже учится... Хата действительно была открыта, а сейф там фуфловый, потому и дернуло Антона...

Не в свое дело влез Шах. Карина уже дала понять, что недовольна этим, но и отношения обострять не хотела. Зато его понесло.

— Так вышло? — не глядя ей в глаза, усмехнулся он.

— Так вышло, — кивнула она.

— А пятьдесят косарей ты на «общак» с чего скинула?..

– Каких пятьдесят косарей? — окатила его Карина ледяным взглядом.

– Проехали... — махнул рукой Шах.

– Вот и я о том же. Не твое это дело.

– Не мое, — согласился он.

Не говорила ему Карина, чьи деньги она переводит в доллары. Нашла людей, поставила им задачу, обеспечила прикрытие, пустила в работу. Всю сумму прокрутила, а пятьдесят «кусков» с нее молча положила в «общак». И запись сделала — столько-то процентов от такой-то суммы. Шах имел право спрашивать отчет, поэтому видел эту запись, но при этом не стал выяснять, откуда у Карины такие деньги. Вернее, у нее не стал выяснять, но сам все вынюхал. Возможно, он прослушивал ее квартиру... А может, даже следил за Антоном, поэтому знает, где у него тайник...

А там ведь большая сумма. Очень большая. У Карины в «общаке» столько не было. Антон работал с умом и без спешки — он долго выслеживал жертву, выясняя, сколько у него может быть наличности. Выслеживал, готовился, а потом делал наскок. Он имел дело только с жирными «карасями», поэтому снимал богатый урожай. И ему долго везло. Очень везло. Пока он вдруг не совершил ошибку, в которой виновата Карина. Она удерживала его от охоты, поэтому он вынужден был спешить и недостаточно подготовился. Вот и попался...

Карина лукавила, когда говорила, что ей не нужны деньги Антона. Как ни крути, а она имела виды на общее с ним будущее, поэтому совсем не прочь была получить от него свадебный подарок в виде роскошного дома, например, но сейчас, когда он за решеткой, распоряжаться этими деньгами не собиралась. Она не прикоснется к ним, пока он не выйдет на свободу. А если вдруг с ним что-то случится, они ей и даром не будут нужны... Хотя, конечно, взять их она могла, потому что знала, где находится тайник. Сама лично выслеживала Антона... И у нее было для этого оправдание. А вдруг он к какой-то бабе повез эти деньги? Вдруг у него есть женщина помимо нее... Но не было никакой женщины. И деньги у него спрятаны под памятником на кладбище. Так спрятаны, что им никакой дождь не страшен...

Из ресторана Карина собралась к себе домой. Она еще жила в той квартире, где была счастлива с Антоном. Жила и не хотела съезжать. Но что-то перестал ей нравиться Шах, да и Косолап все чаще бросал на нее косые взгляды, как бы гроза вдруг не разразилась, поэтому лучше перебраться в Подвойск. Присмотрит там себе хороший дом, будет жить под охраной... Пора, пора всерьез позаботиться о своей безопасности. Что-то нехорошее назревает...

— Ничего, если я тебя провожу? — спросил Шах, показав на свой «Мерседес».

Из Германии эту тачку пригнали, по его личному заказу. Не новое авто, но в отличном состоянии. Только Карина не собиралась следовать его примеру, ей и на «девятке» неплохо. Не в роскоши ведь счастье, а в том, можешь ты ее себе позволить или нет. Она могла...

— Проводи, — кивком показала она на свою «девятку».

Верный Панас стоял возле машины и ждал Карину. Туповатый он, зато преданный до неприличия.

И в Карину сильно влюблен, хотя при этом ни разу косо не глянул на Антона, даже задружился с ним.

— Панас, братуха! — Шах ладонями обжал его могучие плечи. — Давай, с Кашей прокатись, а мы тут сами с Кариной.

Панас не прочь был прокатиться на «мерсе», но без разрешения Карины он туда не сядет. И плевать ему, что Шах его пригласил.

Карина разрешила, и Шах сел за руль ее «девятки». Но сначала помог сесть ей.

— Ты это, не обижайся, — сказал он, въезжая в темноту ночной улицы. — Просто ревную я тебя к твоему Антону... Откуда он вообще взялся? Почему он? Почему не я?

— Потому что я со своими не сплю. А он чужой, с ним можно.

— Вот именно, что чужой!

— Да, но при этом он для меня самый родной.

— Любишь?

— Очень.

— А меня?

— Ты свой.

— А если стану чужим?

— Тогда я тебя просто убью... Не веришь?

— Не стану я чужим... Своим хочу быть. И родным. Как твой Антон... Не злись, ладно? Что думаю, то и говорю. Сколько там твоему Антону светит?

— Пять лет. Адвокат говорит, что до трех сбить можно.

— Это немного. А если еще по условно-досрочному выйти...

— Не получится.

— Почему?

— Антон не хочет. Я спрашивала его, почему, он ответил... Он в тюрьме совсем другой — на свободе мягкий, домашний, а там совсем другая жизнь. Воровская жизнь. И он в этой жизни не чужой, поэтому первый срок от звонка до звонка отмотал...

— Воровская жизнь?.. Не похож он на блатного... — пренебрежительно усмехнулся Шах.

— Я же говорю, это две разные жизни — там и здесь.

— Ну, если он такой правильный, почему на «общак» не отстегивал? Вор всегда должен быть вором. Украл — отстегнул на «общак», а на остальное живи... Мы же отстегиваем, а чем он лучше?

— А с чего ты взял, что он не отстегивал? Ты что, следил за ним?

— Ну, не следил...

— Но сомнения имеются?

— Ну, в общем, да... Только меня это не касается! — спохватился Шах.

— Вот и не лезь в чужие дела... А если влезешь... Ты меня знаешь!

— А я что? Я ничего... Просто обидно, почему он, а не я!

— Я тебе уже все объяснила.

Больше Шах к этому разговору не возвращался. Он подвез Карину к ее дому, проводил до самой квартиры и ушел. Но когда-нибудь он вернется к этому разговору. Что-то подсказывало ей, что этот камень с души он бросит в сторону Антона...

В ту же ночь она отправилась на кладбище, к тайнику. Деньги были на месте, но оставлять их здесь было нельзя. Как бы Шах сразу по двум зайцам не выстрелил...

Глава 14

Обвинение предъявлено, камера предварительного заключения осталась в прошлом, а в настоящем — СИЗО. Знакомый изолятор, знакомая процедура приемки — часа два в отстойнике, затем «большой шмон» — фотографирование, бритье «под ноль», медкомиссия для галочки и, наконец, сборная камера.

Завтра этап прогонят через баню, прожарят одежду, выдадут матрас и прочую казенщину и расфасуют по общим камерам. Но это будет завтра. Или послезавтра. А может, и через неделю — бывает и такое...

Нары трехъярусные в сборной камере — ни белья здесь, ни матрасов. Парашей воняет нестерпимо. Новички жмутся, что называется, по углам. Растеряны они и подавлены, и мечта у них сейчас простая — закрыть глаза и проснуться в зале судебных заседаний, где они самым чудесным образом будут оправданы. А если вдруг не оправдают, то снова можно заснуть и вернуться в действительность в день освобождения....

Бывалые зэки такими мечтами не балуются. Этот народ живет настоящим. Холодно в камере, значит, надо согреться, а заодно и взбодриться. Чифирь для этого — самое то. У кого-то алюминиевая кружка нашлась, кто-то достал пачку чая. А полотенце на растопку можно взять у прыщавого очкарика, который только рад будет угодить самозваной блатоте. Да он и рад. Его полотенце жгут, а он улыбается. Ему и глотка не дадут сделать, но это его не печалит. Главное, чтобы не били.

Антон и сам не прочь был бы присоединиться к «чайной церемонии», но не нравится ему «блаткомитет». «Бакланы» дешевые в нем собрались — кричат, бузят, понты колотят. Серьезные люди так себя не ведут, маленьких не обижают. Серьезные люди на мелочи не размениваются, они из тех быков, которые медленно спускаются с горы и разом окучивают все стадо...

— Э-э, ля, дрова закончились! — заколотился длинноносый верзила с маленькими злыми глазками.

Антон лишь усмехнулся, глядя на него. Полотенце в жгут скручивают, тогда его хватает, чтобы вскипятить кружку с водой, он скомкал его, поэтому прогорело оно зря.

— Слышь, фраерок, утирку давай! — обратился к Антону коренастый парень с красным от фурункулеза лицом.

— А на чифирь приглашаешь? — спросил Антон.

Он человек бывалый, у него в сумке и чай имеется, и две кружки — большая, алюминиевая, и маленькая, из крепкого фарфора.

— Приглашаем! На палку чая! — хохотнул рыжеволосый хмырь с двумя железными зубами в верхнем ряду.

Антон сделал вид, что не услышал его. Но и в сумку за полотенцем не полез.

— Эй, ты чо, заснул? — накинулся на него фурункулезный. — Утирку, говорю, давай!

— Не дам, — коротко ответил Антон.

— Слышь, а ты чего, как девочка, ломаешься? — подошел к Антону длинноносый. — Может, ты и есть девочка?..

Антону пришлось подняться с нар, чтобы не схлопотать коленкой в лицо.

— Да нет, не девочка он, — ухмыльнулся фурункулезный. — Хотел быть девочкой, а не получилось... Хочешь, поможем?

— Не хочу.

— А кто тебя спрашивать будет?

— Ты не думай, кого будешь спрашивать ты, — угрожающе сощурился Антон, — ты думай, как будут спрашивать с тебя. А за гнилые базары спрашивают конкретно.

— И кто с меня спросит? Ты, что ли? — презрительно скривился фурункулезный.

— Оставь меня в покое. И будет тебе счастье.

Антону совсем не хотелось идти на обострение конфликта, но он готов был к этому. И хотя ни боксом, ни восточными единоборствами он не занимался, с ним лучше не связываться.

— А ты чо, о моем счастье заботишься? — хохотнул фурункулезный.

— А о моем позаботишься, сладенький? — похабно осклабился длинноносый, и Антон не выдержал.

Этот хам перешел черту, за которую Антон не мог его пропускать при всем своем миролюбии.

В тюрьме люди дерутся не ради победы, здесь бьются, чтобы выжить. «Опущенным» за решеткой жизни нет, поэтому он обязан был сейчас ударить. Не так важно, победит или нет, главное, что ответит на оскорбление. Но все-таки нужно побеждать, а то ведь «бакланы» могут и не остановиться, когда придется лечь на пол под градом ударов...

— Писание читал? — спросил он.

— Чего?

— Если возжелал ближнего, выколи себе глаз...

С этими словами Антон ударил длинноносого пальцем в глаз, причем с такой силой, что палец наполовину вошел под глазное яблоко. Тот даже не пытался сопротивляться, от страха и боли застыл как вкопанный. И его дружки застопорились, с ужасом глядя на палец в глазу.

— Слышь, братан, ты чего? — простонал длинноносый.

— Твои братаны в овраге падаль доедают! Тебе полотенце дать, да?

— Э-э... Не надо...

— Почему не надо? Сейчас твой глаз заверну и дам.

— Слышь, ну, извини!

— На первый раз прощаю...

Антон выдернул палец и оттолкнул от себя длинноносого. Тот со стоном отскочил в дальний угол.

— Кому еще счастья дать? — спросил Антон, глядя на фурункулезного.

— Да пошел ты, псих!

Все дружно отошли от него. Все правильно, конфликт не исчерпан, и еще не известно, что с ним будет дальше.

Но за ночь ничего не произошло, а утром половину камеры развели по «хатам». И длинноносого Кузему с фурункулезным Котовасом увели. Без них дышать стало спокойней.

Две ночи Антон провел на «сборке», но вот, наконец, после бани, выдав комплект тюремного скарба, его препроводили в общую камеру.

Он зашел, вытер ноги о мокрую тряпку, поздоровался, назвался и бросил «скатку» на свободное место, благо, что такие имелись.

— Эй, а разрешение спросить?

Антон стиснул зубы, глядя, как со шконки в дальнем углу поднимается недавний знакомый с фурункулезным лицом. Отличное место у Котоваса, в «блатном углу», значит, хорошо его здесь приняли. Вряд ли он собой что-то представляет, но, может, знакомство какое-то козырное у него здесь.

Арестанты лежали на шконках, и только трое сидели за столом — судя по всему, местный «блатком-итет» во главе со «смотрящим». Суровые люди, молчаливые, на Антона смотрели хмуро, но без угроз и насмешки. Не будь здесь фурункулезного, они бы слова ему не сказали. Серьезные люди сначала присматриваются к новичку, а потом уже решают, какие разговоры с ним вести.

— Я в «блатной угол» не набиваюсь, — исподлобья глянув на фурункулезного, процедил Антон. — Жизнь сама все расставит по местам.

— Жизнь тебя раком поставит... Если Куземе в глаз воткнул, то уже крутой, да? — Котовас остановился, не доходя до Антона, и покосился на блатную троицу, что осталась у него за спиной.

— Чего тебе надо?

— Так, это, а вдруг ты законтаченный? — опять же с оглядкой, глумливо усмехнулся Котовас. — Порядочных людей зафоршмачишь.

— За слова отвечаешь? — хлестко бросил в него Антон.

— Сладкий ты, подозрительно это. Твое счастье, что хата у нас не беспредельная, а то я бы...

— Что ты? — пристально посмотрел на него Антон.

— Брат, скажи ему... — с надеждой посмотрел Котовас на худощавого мужчину с большими глазами на узком лице, но тот лишь пренебрежительно махнул рукой, призывая его отвалить в сторону.

— Ты кто такой? — обратился к Антону широколицый, щекастый мужчина с глубокой морщиной на лбу, на вид лет пятидесяти. Судя по его поведению и манере говорить, он был здесь за «смотрящего».

— Антон я.

— По какому ходу?

— По второму.

— Где мотал?

Антон назвал город и номер колонии, где отбывал срок.

— Когда?

— Шесть лет как откинулся.

— Молодой ты, — удивленно повел бровью широколицый.

— Я в шестнадцать загремел. Два года на «малолетке», потом на «взросляке». Двадцать шесть мне.

— За что мотал?

— За рубль сорок четыре, — ответил Антон, имея в виду номер статьи, по который был осужден. — Четыре рубля на сдачу получил.

— И все отмотал?

— От звонка до звонка... Я в «отрицалове» был, нельзя мне было по-другому...

— Не гонишь? — уважительно глядя на него, спросил «смотрящий».

— Гонят маляву...

— Это само собой... Сейчас за что закрыли?

— Хату выставил... Думал завязать, учиться поступил, да вот не удержался. Карась такой жирный был... Чего говорить, дело прошлое.

— С кем на воле знаешься?

— Говорю же, завязал я, никаких дел. В институте учился. На экономическом. Три курса, а на четвертом погорел...

— А я смотрю, на «ботаника» ты смахиваешь, но слышал, как ты в глаз кому-то заехал...

— Копоть научил.

— Копоть?

— Да, Виктор Андреевич. Мы с ним в «кондее» парились...

— Он сейчас в законе.

— Да? Не знал....

— А я знаю. И его самого знаю... Я ему прогон на тебя сделаю.

— Кастальский моя фамилия. Он должен меня помнить, я ему свою пайку отдавал. Меня на десять суток закрыли, а его два месяца там держали, без пересадок...

— Что, и через матрас не пропускали?

— Говорю же, без пересадок...

Закон не позволял держать зэка в штрафном изоляторе больше пятнадцати суток. Но арестанта можно было выпустить по истечении этого срока, дать провести ночь в общей камере, а потом снова закрыть в «кондее». Это и называлось — «пропустить через матрас».

— Что у вас там за бес на зоне рулил?

— Полковник Кожин. Или просто Шкура... Тяжело было...

— И ты держался?

— Да мне-то что! Мне два месяца оставалось, когда прессовать начали, а Виктору Андреевичу еще три года оставалось. Он потом зону на бунт поднял, но уже без меня...

— Потому и короновали... Значит, Кастальский? А «погремуха»?

— Касталь.

— Значит, по нашим воровским законам жить собираешься?

— Здесь — да, а на воле — нет.

— Так не бывает, — покачал головой «смотрящий».

— Бывает, — твердо ответил Антон. — Я пробовал.

— Получилось?

— Не очень.

— Тогда беса не гони и слушай, что тебе старшие говорят... Котовас! Шконарь свой освободи!

Блатные еще не приняли Антона в свою среду, но уже оказали ему знак внимания — выделили ему если не самое почетное, но близкое к тому место. Это был хороший знак, но до полного признания еще далеко...

Глава 15

Тюрьма не прибавляет здоровья, зато продлевает жизнь. Звучит противоречиво, но это правда. Во всяком случае, Антону так сейчас казалось. Время в камере течет очень медленно, даже нудные лекции в институте проходят быстрее. Год, проведенный в тюрьме, — это как пять лет на воле. Провел десять лет за решеткой, считай, пятьдесят лет прожил...

— Касталь! — позвал Антона «смотрящий», и вялотекущий ход мыслей оборвался.

Коротай сидел за столом и о чем-то думал, пальцем перебирая свои желтоватые седины. Спина у него больная, трудно ему лежать, да и в тюрьме вроде бы положено сидеть.

— Антон, у меня тут к тебе вопросы появились, — не глядя на него, сказал он.

— Слушаю тебя, Юрий Павлович.

— Ты говоришь, что завязал с нашими делами, в науку ушел, а менты тебе две кражи шьют.

— И что? — нахмурился Антон.

Откуда у Коротая появилась такая информация, вопрос, конечно, интересный, но сейчас нужно было думать о том, чтобы не завраться.

— Значит, не одну ты хату после отсидки выставил...

— Ну, было. — Что было, сколько раз, с каким наваром — на этот счет Антон распространяться не стал.

— А говоришь, завязал.

— По случаю было. Так, нервишки пощекотать...

— А кому ты на «общак» отстегивал?

Именно этого вопроса и ожидал сейчас Антон. Ожидал и боялся.

Нет, никто не осудит его, если он зажимал от братвы добычу. В конце концов, ни в каком сообществе он не состоял, обязательств ни перед кем у него не было. Но все-таки это «косяк», поставивший крест на его блатной карьере. Нет, его не прельщали воровские высоты, но ведь надо было чем-то заниматься на зоне, к чему-то стремиться.

— А что такое, Юрий Павлович?

— А тебе непонятен вопрос?

— Да нет, мне непонятна его постановка... Разве я не отстегнул тебе на «общак»?

Деньги у него были. Карина еще в КПЗ ему занесла, а он сумел пронести их с собой. И деньгами воровскую кассу пополнил, и продукты не зажал.

— Нормально все. И «дачки» каждый день... Конкретные «дачки». Кто тебя так «подогревает»?

— Баба моя.

— Она что, дочь Рокфеллера?

— Нет, скорее, дитя улицы... Ты будешь смеяться, но моя Кара заправляет реальными делами.

Не было у него желания рассказывать про Карину, но сейчас появилась возможность увильнуть от прямого вопроса. Коротаю интересно будет послушать, может, и забудет он о своем разборе. А если не забудет, то его можно в полуправдах запутать.

— Что за дела?

— Рэкет, «крыши», все такое... Три бригады под ней: две Тяжмаш держат, одна Подвойск. Может, слышал?

— Спортсмены?

— Что-то вроде того.

— И над ними баба?

— Вот я и говорю, что ты будешь смеяться. Хотя это и не смешно.

— Не гонишь?

— Закинь «маляву», узнай...

— Кому закинуть?

— Сухарю, он за Подвойском смотрит. Его короновать должны...

— Сухарь? Короновать?.. Ну-у...

Не знал Коротай про Сухаря, не слышал, но признаваться в этом не торопился. Он же человек уважаемый, а потому все про всех в подлунном мире знать должен.

— Кара ему на «общак» отстегивает.

— Ты с ней работаешь?

Антон готов был ответить «да». У него завтра свидание с Карой, и он успеет обо всем договориться: она подтвердит его слова, если воры закинут к ней удочку насчет него. Да, он работал с ней, через нее деньги шли в «общак». Вроде бы и неправда это, но ведь Карина положила с его денег пятьдесят «штук» в общую кассу. Это и есть полуправда, если не уточнять, в какой именно «общак» уходили деньги...

Но не успел он ничего сказать. Дверь в камеру вдруг открылась, и вертухай потребовал Антона Кастальского на выход...

Поистине, Карина фантастическая женщина. Сначала секс в камере предварительного заключения, теперь такое же счастье в помещении для допросов. И снова ураган страстей и полное затмение разума...

— Ты сумасшедшая, — проговорил он, глядя, как она оправляет юбку.

Обычно Карина носила брюки, но сейчас на ней деловой костюм с юбкой. И даже очки без диоптрий. Ну да, она же адвокат, у нее даже удостоверение есть... Только за такое удостоверение и адвокатский ордер она сама могла оказаться за решеткой, ведь и то и другое — чистой воды «липа».

— Ты же видишь, ради тебя я готова на все... — улыбнулась она, занимая свое «рабочее» место. — Присаживайтесь, гражданин Кастальский, нечего здесь передо мной маячить.

— Ну и что мне может предложить защита?

— А ты в ней нуждаешься?

— Если серьезно, то мне очень нужна твоя помощь, — тихо произнес он.

— Можешь говорить громче, нас не слушают.

— Ты уверена?

— За деньги можно многое. Но не все — вот освободить никак не получается. Но громче говорить можешь...

— Сухарь где?

— Сухарь?.. Там, где и был...

— Отстегнуть ему надо.

— За тебя.

— За меня.

— Что случилось? — нахмурилась Карина.

— Да так...

— Братва наехала? За то, что на «общак» зажал?

— Э-э...

— Я так и знала.

— Что ты знала?

— То, что добром это не закончится... Был у меня один момент, ну, да ладно... Сильно наехали?

— Да пока только начали...

— Скажи, пусть пишут письма Сухарю. Я с ним уже все решила... Знала, что так и будет, поэтому все решила... В общем, Сухарь отпишет, что ты через него на «общак» отстегивал. Или не было такого? — улыбнулась Карина.

— Э-э... Было.

— Не надо экать. Смотри вперед бодро и уверенно.

— Но как ты догадалась?

— Говорю же, был момент, — уклончиво ответила она.

— Что за момент?

— Да есть один товарищ, утопить тебя хочет. Вдруг ты из тюрьмы не выйдешь, и я с ним тогда буду...

— Кто такой? Шах?

Антон вспомнил атлета со светлыми курчавыми волосами, который заходил к ним в гости. Если бы не Карина, которую Шах побаивался и уважал, он бы сожрал его живьем — столько злости было в его взгляде. Скрытой от Карины злости. Ей он своей неприязни к Антону не выдавал, хотя бы потому, чтобы не выглядеть в ее глазах неудачником. И сам Антон ей ничего не говорил. Но Карина и так все поняла, поэтому ее «авторитетный» друг в их доме больше не появлялся.

— Почему ты думаешь, что Шах? — с интересом посмотрела она на него.

— Ты же говорила, что он в тебя влюблен.

— Ну, это как-то не особо проявлялось... Раньше не проявлялось, а сейчас вдруг загорелось. И дело здесь не только в любви... Он женится на мне, накачает детьми, выдавит из дела в домашнее хозяйство, а делами займется сам...

— А он на тебе женится?

— Он может жениться только на моем трупе. Но я не думаю, что он у нас некрофил, — усмехнулась Карина.

— Да, но под меня копает.

— И до твоего тайника на кладбище может докопаться.

Антон удивленно посмотрел на нее, а она и глазом не моргнула.

— Ты же знаешь, с кем живешь, так что не надо удивляться... Я на твои деньги не претендую, ты в этом можешь быть уверен. Но пятнадцать штук «зеленью» ушли Сухарю. Он думает, что это четверть от всей суммы. Ты уж его в обратном не убеждай...

— Да, четверть... — ошарашенно кивнул Антон.

На самом деле десять «штук» — это что-то около шести процентов от всей суммы, если, конечно, Карина не уменьшила ее на свое усмотрение.

— Все нормально, дорогой, все остальное в целости и сохранности. Сколько там и чего, знаем только ты и я. Вернешься, получишь все сполна... Я с адвокатом говорила. Если судье хорошо занести, он тебе всего два года даст... Но это за мой счет. Исключительно за мой счет... А потом твои деньги станут нашими... Или ты не женишься на мне?

— Что-то подсказывает мне, что у меня нет выбора, — усмехнулся Антон.

— Ты любишь меня?

— Да.

— Ну и зачем тебе тогда выбор? — улыбнулась она и перебралась к нему на колени.

Шальная баба, рисковая, но именно потому он был от нее без ума...

Так уж устроены женщины — нравится им, когда мужчины обращают на них внимание. Даже если это уроды мужского пола, все равно нравится. Но при этом еще возникает желание наказать их за наглые и похотливые взгляды, которые они бросали на Карину. Она одна за своим столиком, а их двое — за соседним. Панас, Смык и Лехан — чуть в сторонке, ведут себя скромно, но внимательно наблюдают за развитием событий.

Бритоголовый здоровяк с маленькими свинячьими глазками поднялся из-за своего стола, подсел к Карине. Ну вот, началось...

— Слышь, а ты че одна и без охраны? — деловито поигрывая плечами, нахально спросил он.

Глядя на его дегенеративную физиономию, трудно было ожидать какого-нибудь более умного вопроса. Этот стихами разговаривать не будет. Да и его дружок такой же баран, хотя внешне похож на борова. Вот и он тоже поднялся из-за столика и подсел к Карине:

— Знакомиться будем?

— Пошел к черту! — мило улыбнулась в ответ Карина.

— Че-е? — взвыл от возмущения боров и протянул к ней руку, чтобы схватить ее за волосы.

Он не ожидал сопротивления, поэтому не готовил защиту. А зря. Карина схватила со стола бутылку с коньяком и ударила его по лысой башке. Боров подался назад, глядя на Карину ошалевшими глазами, провел рукой по окровавленной лысине и снова шагнул к ней. Но глаза его вдруг закатились, ноги подкосились, и он грудью грохнулся на стол. Хоть и запоздалая, но все-таки правильная реакция на удар.

— Эй, ты че, в натуре! — осатанело таращился на нее бритоголовый. — Да я тебе щас!..

Он шагнул к ней, но Карина вонзила ему в плечо горлышко от бутылки. «Розочка» в руке у нее после первого удара осталась, ею она и пустила кровь безбашенному отморозку.

Дегенерат взбесился, бросился на нее с кулаками, но Панас и Смык уже рядом. Один ударил его сбоку, другой сзади. А Лехан с ноги уложил борова, пытающегося подняться с пола. Еще несколько ударов, и оба затихли.

— Уходим! — Карина бросила на стол смятый четвертной и направилась к выходу.

И плевать, что весь ресторан поставлен на уши. Это чужая территория, за порядком здесь она следить не обязана. И местная братва пусть лучше не ищет с ней встречи. Во-первых, она дала отпор уродам, которые полезли к ней с грязными домоганиями, а во-вторых, дала «ответку» за будущего вора в законе.

На прошлой неделе Сухарь ужинал в этом ресторане со своей женщиной, и эти два лысых отморозка нахамили ему. Сухарь не стал им отвечать, потому что сила была на их стороне, смолчал, проглотил обиду. Но спуску им все-таки не дал. Попросил Карину разобраться с этой непростой ситуацией, разобраться, но никому не говорить, кто и за что был наказан. Она приняла его просьбу, потому что обязана была Сухарю. Он ведь вошел в ее положение, помог решить проблему с Антоном.

Жаль, она не может сказать «спасибо» Шаху, который устроил ей эту проблему. Он же просто посмеется над ней, если она предъявит ему за Антона. Ведь это совсем не просто — пустить по тюрьме слух о том, что Антон не отстегивал в свое время на «общак». Надо справки об Антоне навести, выяснить, с кем он сидит, выйти на этих людей. Было бы что-то серьезное, а тут мелочь какая-то — ну, подумаешь, кто-то на воле скрывал свои доходы от воровской кассы. За это ведь не убивают. И до насилия вряд ли дойдет. Нет, не стал бы заморачиваться на такое дело Шах. Он, конечно, заморочился, но ведь скажет, что не было ничего, и еще только посмеется над Кариной, если будет настаивать...

Глава 16

Полгода под следствием — это уже позади. А впереди еще два года отсидки. Суд вынес приговор — два с половиной года строгого режима, с учетом того, что Антон уже провел в следственном изоляторе. Приговор вступил в силу, и его под конвоем вывели из зала суда. Даже с родственниками попрощаться не позволили. Впрочем, Карина уже попрощалась с ним в камере, где он содержался в ожидании суда. Не так уж трудно было подкупить конвойных, чтобы проникнуть к нему. Да и два с половиной года она тоже купила. Так бы Антону впаяли пять лет, а это слишком долго.

Но и два с половиной года — тоже немало. Впрочем, Карина не расстраивалась. Она добьется, чтобы

Антона далеко не отправляли, будет ездить к нему на свидания. Договорится с начальником зоны, прикормит его и будет видеться с Антоном раз в месяц. По два-три дня видеться, со всем оттуда вытекающим. Да и вообще, разлука только укрепляет любовь.

— Мои соболезнования.

Карина вздрогнула, услышав голос Шаха. Она шла к своей машине, и тут вдруг он, откуда ни возьмись. Хотя с ней была охрана, но они никак не среагировали на него: Шах для Панаса и Смыка — свой человек.

— Откуда ты взялся? — недовольно глянула она на Игоря.

— Да вот, мимо проезжал. Вспомнил, что у тебя суд сегодня, заехал...

— Мимо проезжал? По Москве?.. Москва большая, а ты случайно мимо проезжал? Тебе самому не смешно?

Карина села в свой «БМВ». Шаха она за собой не приглашала, но тот все-таки подсел к ней и спросил:

— Домой?

— Домой.

— А я думал, за «воронком» поедешь. Побег устраивать будешь?

— Нет. Сам вернется. Через два года.

— Ждать будешь?

— Нет, за тебя замуж выйду!

— Да я не против, — улыбнулся Шах.

— Я против!

— А чего тогда говоришь?

— А ты шуток не понимаешь?

— Мы же серьезные люди, какие могут быть шутки?

— Серьезные шутки. Серьезные шутки серьезных людей. Ты можешь серьезно посмеяться. Или серьезно поплакать. Я не знаю, что ты выберешь.

— Мужчины не плачут.

— И не надоедают... Не доставай меня, ладно?

— Я достаю?

— Ты же не зря сегодня подъехал. Ты об Антоне поговорить хотел, да? Давай договоримся, что Антон — это мое личное дело, что там у меня с ним, тебя не касается. Он тебе не друг, так что не надо про него ничего узнавать...

— А чего ты такая злая?

— Злая! Ты даже не представляешь, какая злая!

Полгода уже прошло с тех пор, как Антона пытались подставить, но Карина Шаху ничего не предъявляла. А так порой хотелось... И сейчас внутри все закипело, но свой пар на Шаха она не выпустит. Он подчиняется ей, но ведь и она в какой-то степени зависит от него, так что лучше не ссориться. Тем более за полгода, которые Антон провел под следствием, никаких проблем из-за вольных дел у него не возникало. Сухарь подписался за него, и воры сняли предъяву за «общак», со временем он поднялся и даже стал «смотрящим» по камере. Мягкий на внешность, Антон был кремнем изнутри, потому тюремная братия его уважала. И в зоне с ним ничего не случится...

Мягкая музыка, теплый свет, вилки стучат о тарелки. Карина орудует еще и ножом, но Шах и Косолап ей не подражают. Они люди простые, им эти тонкости ни к чему. С виду простые...

— Кара, ты чего такая грустная? Погода какая... — широко улыбнулся Шах. — Что мы в кабаке делаем? На природу надо ехать, на шашлыки...

— А это идея, — кивнул Косолап. — Я одно место знаю, там дом чисто деревенский, банька, речка... После баньки голышом в реку — самый кайф.

— Если банька, то это без меня, — покачала головой Карина.

Она могла ответить гораздо более острым словцом, но что-то нет настроения шутить. Антона вчера погрузили в «столыпинский» вагон и отправили в мордовские земли. А этап — штука опасная, всякое в дороге приключиться может. Переживала она за него, потому такая кислая.

— По своему сохнешь? — не без ехидства, как ей показалось, спросил Шах.

— Ну, не по твоему же сохнуть, — съязвила она в ответ.

— Как там твой Антон?

— Не дождешься!

— Это ты о чем?..

— Молчи лучше!

— А чего ты? Я же нормально спрашиваю, — не унимался тот. — Он пацан умный, мы перед ним, типа, в долгу... Откуда он знал, что рубли на баксы менять надо?

— Ты у нас где учился, в шараге? А за ним три курса института... — усмехнулась Карина.

Она ведь не только Антоновы деньги в доллары перевела, но «общак» на все сто процентов «озеленила». И Шах с Косолапом свою наличность в американские рубли перевели. А зимой этого года грянул гром — сто- и пятидесятирублевые купюры вышли из обращения. И вклады в банках заморозились. Но и это было еще не все. В апреле цены в магазинах раза в три поднялись. И за доллар сейчас просят уже не семь, а сорок рублей. А на старые деньги уже ничего не купишь. Такая вот беда.

— Если он такой умный, почему тогда сидит? — обиделся Шах.

— А это не твое дело! — вышла из себя Карина.

— Не надо хамить!

— Слушай, ты!..

— А что такое?

— Думаешь, я не знаю, какую ты свинью Антону подложил? Это же ты «утку» запустил, что Антон на «общак» не отстегивает!

— Я?! — оторопел от возмущения Шах.

— Да, ты!

— Гонишь ты! Ничего я не запускал!..

— Смотри, если с Антоном что-то случится, я тебя... — Карина запнулась. Злость злостью, а за свои слова отвечать надо.

Вот если с Антоном что-то случится, тогда она и пристрелит Шаха. Но Антон живой, и поэтому нечего воздух сотрясать.

— Что ты сделаешь? — в запале спросил Шах.

— Узнаешь!

— Эй, может, хватит? — вмешался Косолап. — С пустого места шум поднимаете...

— Проехали, — успокаиваясь, махнула рукой Карина.

— Что — проехали? Ты мне тут «палево» предъявила! — зато Шах продолжал буксовать. — Я ничего такого не делал, а ты на меня наехала!

— Завянь!

— Кара, ты берега не теряй, не надо! Я тебе не какая-то шавка, не надо так со мной! Я ведь и обидеться могу!

— Обиженные в петушатнике спят!

— Да пошла ты! — окончательно психанув, Шах как ужаленный сорвался со своего места, швырнул вилку так, что расколол напополам тарелку, и вышел из-за стола. Останавливать его Карина не стала.

— Может, зря ты палку перегнула? — спросил Косолап, глядя на нее не то чтобы осуждающе, но уж точно без одобрения.

— Может, и зря, — ответила она, швырнув салфетку в тарелку.

Нехорошо все получилось. Очень нехорошо. Но в то же время зачем ей бригадир, который ведет себя как истеричная баба? Ей нужно безукоризненное подчинение, а Шах позволяет себе орать на своего босса. Слишком уж много он на себя стал брать, и с этим нужно что-то решать.

— Ты же ничего ему не сделаешь? — будто прочитав ее мысли, спросил Косолап.

— А что я могу ему сделать? — пристально посмотрела на него Карина.

— Ну, мало ли...

— Мало ли — это у гномика в штанах... И не надо на меня так смотреть!

— Как я на тебя смотрю?

— Плохо ты на меня смотришь. Очень плохо.

— Нормально все. Это нервы у тебя... Я к тебе очень хорошо отношусь, Кара. И если вдруг с Шахом возникнут какие-то проблемы, ты всегда можешь положиться на меня...

— Ну, если не в прямом смысле, то не вопрос, — вымученно улыбнулась она.

Да, она крутая девчонка. Но ведь девчонка, а дело иметь приходится с крутыми парнями. Шах уже давно не тот, каким был еще год назад, и Косолап заматерел за последнее время. Это уже не главари уличных банд, это настоящие криминальные авторитеты, подсевшие на запах больших денег. И крови совсем не боятся. Они знают себе цену, и ей может не хватить авторитета, чтобы удержать их в узде.

Все начиналось настолько хорошо, насколько плохо может закончиться. И она это понимала.

Глава 17

Облака на небе, как рваное пуховое одеяло сиреневого цвета, через дырки в котором пробивались солнечные лучи. Но уж лучше пусть свет через облака пробивается, чем косые зигзаги молний. Два дня бушевала гроза, но сегодня с утра спокойно на дворе и тепло. Солнца, правда, маловато, но к обеду наверняка клочки сиреневого одеяла развеются по небу.

Хорошая сегодня погода будет, жаль, что Антон не разделит ее с Кариной. На этапе он, а может, уже и в колонии, только письма пока нет. Когда еще дойдет...

Хороший дом Карина снимала, цеховик его какой-то для себя строил. С размахом строил. Цеховика этого за жабры взяли, осудили, расстреляли, а дом конфисковали. Новые хозяева дом в аренду сдают, а Карина подумывает, чтобы его в собственность приобрести. Деньги у нее для этого есть, а дом ей очень нравится. Ремонт бы сделать да мебель обновить — цены ему бы не было. Двор большой, зеленый, со второго этажа открывается вид на Москву-реку. Забор высокий — сплошь листовое железо по всему периметру. Пацаны с волынами всегда на стреме, овчарку немецкую с цепи на ночь спускают. Чем богаче становятся тяжмашевские бригады, тем неспокойней у Карины на душе.

Пока все нормально, если не считать недавний конфликт с Шахом. Все идет своим чередом. Коммерсанты иной раз в позу становятся, залетная братва время от времени наезжает, но все решается без особых проблем. И Шах со своими делами справляется, и у Косолапа все путем, и Кобзарь на высоте. А Карине, получается, нечего делать, кроме как над «общаком» чахнуть. Дела идут, а вот авторитет не прибавляется, это ее и беспокоило...

Телефон зазвонил так, что Карина вздрогнула. Вроде бы обычный звонок, но почему тогда тревога захолодила душу?

— Карина!.. — услышала она голос Алисы. — Игорь!.. Карина, Игорь!..

— Что, Игорь?

— Убили!.. Игоря убили!!!.. Он тут... Лежит...

— Где тут?

— Дома.

— Еду!

Панас дрых на диване в каминном зале, Карина разбудила его, велела седлать коней. Через пять минут машина была готова к выезду. Карина тоже была готова отправиться в дорогу, не тот сейчас случай, чтобы макияж наводить...

Возле дома, где жил Шах, стояли две ментовские машины. Автоматчик у подъезда, такой же пэпээсник стоял и у дверей в квартиру.

— Гражданочка, вы куда? — остановил Карину прыщавый сержант.

Сказать бы ему, какая она гражданочка, но сейчас не время «колотить понты».

— Брат мой там! — кивнула она на открытую дверь.

— Нельзя!

— Алису позови!

— Какую Алису?

— Да вот она! — показала Карина за плечо сержанту и, когда тот обернулся, быстро проскользнула мимо него.

— Эй, ты куда? — успел схватить он ее за руку.

— Слышь, командир, не гони корыто! — послышался за ее спиной басовитый, вальяжно-спокойный голос.

Это Панас вмешался, поэтому сержант и не смог удержать Карину.

Шаха она нашла в кухне. Он лежал на спине, широко раскинув руки, во лбу дырка, под головой лужа крови. И в стекле пулевая пробоина. Снайпер стрелял. Из многоэтажки стрелял, что возвышалась метрах в пятидесяти от дома. Может, он все еще там...

Алиса была в гостиной, перед ней на корточках сидел мент в форме и что-то у нее спрашивал, но Карина даже не остановилась, заметив ее. Нет, конечно, снайпер не мог оставаться на месте, наверняка он уже давно слинял. Но она не могла сидеть, сложа руки, ей нужно было что-то делать, чтобы хоть как-то себя успокоить...

О том, что сама может стать жертвой снайперского отстрела, Карина подумала, когда уже входила в единственный подъезд многоэтажки, откуда скорее всего стрелял киллер. На первом этаже она встретила старшего лейтенанта Казанкова, выходившего из лифта в сопровождении какого-то старшины.

— Гражданочка, вы куда? — спросил он, хотя сразу узнал ее и понял, зачем она здесь.

Казанкову сорок лет вот-вот стукнет. Капитаном, говорят, когда-то был, да что-то не так сделал. Выслуга у него есть, на пенсию хоть сейчас можно выходить, но он не торопится, потому что денюжку хорошую от Карины получает, на домик у реки копит, чтобы рыбалить в свое удовольствие на старости лет.

— Отсюда стреляли, — кивнула она себе за спину.

— Да, отсюда... Винтовка на чердаке...

— А снайпер?

— Снайпер ушел... Сейчас соседей будем опрашивать...

— Когда он ушел?

— Ну, с полчаса уже прошло...

— А точнее?

— Вызов в половине девятого поступил... — посмотрел на часы Казанков. —Сорок три... ну, сорок пять минут прошло... Может, вы что-то видели, гражданочка?

— Да нет, не видела.

— Ну, тогда мы пошли.

Казанков и старшина ушли, а Карина поднялась на самый верхний двенадцатый этаж и позвонила в дверь квартиры, окна которой должны были выходить во двор.

За дверью слышалась музыка, запах табачного дыма пробивался через замочную скважину, видать, весело там. Точно, парень, открывший дверь, явно был навеселе. Помятое лицо, круги под глазами — видно, что всю ночь напролет гулял. Папироска в гнилых зубах, тельняшка, разорванная на груди, на плече какой-то черт в объятиях с бабой выколот.

— Оп-ля, какая краля... — раскинул он руки, но договорить не успел.

Панас, тенью следовавший за Кариной, мягко отодвинул ее, схватил парня за горло и прижал к стенке:

— Ты как, падла, с Карой разговариваешь?

Карина зашла в квартиру, закрыла за собой дверь. Если менты начнут сюда ломиться, им просто никто не откроет.

— Ты кто такой? — спросила она, исподлобья рассматривая испуганного парня.

— Богданчик я! — пробормотал он.

— Водку пьянствуешь?

— Ну, есть чуть-чуть...

Карина зашла на кухню. Форточка вроде бы открыта, а табачный дым не рассеивается. На столе водка, закуска, гора немытой посуды, мусор на полу. Бардак, одним словом.

Она подошла к окну, глянула на дом, в котором жил Шах. Панас затащил на кухню Богданчика и с такой силой усадил его на табурет, что подломились все четыре ножки и парень вместе с сиденьем шваркнулся на пол.

— Порохом вроде бы пахнет, — принюхиваясь, сказала Карина.

— Отсюда, что ли, стреляли? — спросил Панас.

— Запросто, — кивнула она, зловеще глядя на Богданчика. — Зачем ты, падла, моего брата убил?

— Я?! Твоего брата?! — заскулил тот.

Винтовку менты нашли на чердаке, но ведь Богданчику ничего не стоило занести ее туда после выстрела. Вдруг это действительно он стрелял?

— Снайпер стрелял. Отсюда. По моему брату, — кивнув на окно, проговорила Карина. — А потом винтовку на чердак занес. Винтовку на чердак, а сам сюда...

— Э-э, не стрелял я... И винтовки никакой не было...

— Кто Шаха заказал?

— Какого Шаха?

— Ты здесь живешь и не знаешь, кто такой Шах?

— А-а, Шах... Ну, слышал о таком, бригада у него, да...

— Была бригада. Бригада осталась, а его самого нет... Зачем ты его убил? — Карина забрала у Панаса пистолет и вдавила ствол в голову Богданчику.

— Не убивал я... — зажмурив глаза, простонал он.

— Кто тебе Шаха заказал?

— Да не убивал я!..

— А кто убивал?..

— Да крутился тут один...

— Где крутился?

— Ну, ходил тут с биноклем... С лестничной площадки смотрел. Потом на чердак поднялся...

— Когда это было?

— Вчера.

— Знаешь его?

— Нет.

— Ну, не знаешь и не знаешь... Нам, в общем-то, все равно, кто Шаха убил. Нам главное — перед братвой отчитаться. Пристрелим тебя сейчас и скажем, что ты убил. — Карина взвела курок.

— Не надо! Я знаю! Видел его!

— Где?

— Ну, он машину в гараж ставил...

— В какой гараж?

— Ну, гаражно-строительный кооператив на Белинского. Я там сторожем работаю...

— Фамилия? Адрес?

— Я не знаю, журнал смотреть надо...

— Собирайся!

Богданчика заталкивали в машину, когда появился Нанаец. На «девятке» подъехал, с двумя бойцами. Он увидел Карину, подошел к ней и, кивнув на машину, спросил:

— Привет! Кто это такой?

— Свидетель. Киллера он видел. И узнал.

— А что с Шахом?

— Глухо.

— Кто ж его так?

— Сейчас узнаем.

— Я с вами!

С Богданчиком не церемонились, из машины его вытолкали взашей, заволокли в сторожку, ткнули носом в рабочий журнал. Он нашел фамилию киллера, его адрес, показал, где находится гараж.

Гараж был закрыт, следы от колес выезжавшей из него машины старые, почти начисто смыты дождем. Но ведь Костя Гусаркин мог появиться в любую минуту.

— Нанаец, ты здесь оставайся, — распорядилась Карина, — и Богданчик с тобой. Как эта рожа появится... Если упустишь, я с тебя шкуру спущу!

Судя по его виду, Нанаец не хотел оставаться в гараже, но в такой ситуации с Кариной спорить бесполезно.

На взводе она была, тормоза отказали напрочь, поэтому дверь в квартиру номер восемь в доме на улице Карла Маркса была выбита ударом ноги. Смык и Панас ворвались в квартиру, вытащили из постели бородатого мужика лет сорока и крашеную блондинку, чуть ли не вдвое его моложе.

— Ну что, Костя, пять секунд тебе на молитву! — прохрипел Смык, вдавливая ствол в живот мужику.

— Я не Костя!

Карина схватила блондинку за волосы:

— Кто это?

— Это не Костя! — в панике простонала та.

— А кто?

— Юрий Данилович это...

— Сосед?

— Нет.

— Начальник?

— Э-э... Да...

— А Костя где?

— В Румынии.

— Где?!

— Ну, он в Румынию за шмотками поехал. Мать у него на рынке торгует, а он возит...

— А мать где?

— Ну, она сейчас в больнице, аппендицит ей вырезали...

— Мать в больнице, а сын в Румынии, да?

— Ну, там за рейс было уже заплачено...

— Когда он уехал?

— Позавчера вечером.

— Когда вернется?

— Завтра.

— Из Румынии?

— Ну да, из Румынии...

— Не было никакой Румынии. Здесь твой Костя, он сейчас вернуться должен...

— Э-э, я пойду! — засуетился Юрий Данилович.

— А чего ты засуетился, урод? — пнула его ногой в бок Карина. — По морде боишься получить, да? Он что, крутой, твой Костя? — обращаясь к блондинке, спросила она. — Может, рожу твоему начальнику начистить?

— Ну-у...

— Как тебя зовут?

— Ира.

— Костя — твой муж?

— Да, муж.

— Где он у тебя служил?

— В десанте.

— Кем?

— Ну, десантником.

— Понятно, что не сантехником... Из снайперской винтовски стрелять умеет?

— Да, умеет, он штатным снайпером был...

— Ну вот, с этого и будем начинать, — успокаиваясь, проговорила Карина.

Все сходилось: Костя Гусаркин — снайпер, поэтому он и смог срубить Шаха. Вопрос: кто ему заказал Игоря?

Она отправила Панаса чинить дверь, а похотливому гостю велела одеться. Киллер долго выслеживал Шаха, стрелял, уходил с места преступления, поэтому устал, и ему надо домой, на отдых. Покружит немного окрест Тяжмаша на своей машине, а затем домой вернется. И если Нанаец не возьмет его возле гаража, то примут Панас и Смык. Здесь примут, в этой квартире. Карина, если что, им поможет. Надо только затаиться.

— Ну, я пойду? — спросил Юрий Данилович.

Глазки воровато бегают, губы трясутся. Нашкодил в чужой постели, попался на «горячем», и в кусты...

— Где работаешь?

— Ну... Не важно...

Карина глянула на Смыка, и тот ударил его в живот. Мужик со стоном опустился на колени и пробормотал:

— Замдиректора завода я.

— Какого?

— Машиностроительного.

— О народе заботишься? — скривилась Карина. — Детей рожать помогаешь?.. Гусаркина у тебя кем работает?

— Ну, в делопроизводстве...

— Повышение ей обещал? Или зарплату повысить?

— Ничего... Она сама захотела...

— А если это неправда? Если ты ее заставил? Я ведь тебя и пристрелить могу. Мне все равно, директор ты или замдиректора. Я здесь главный директор...

— Ну, она в принципе не против была...

— Муж у нее киллер.

— Кто, простите?

— Наемный убийца. Сейчас придет и завалит тебя, кобеля паршивого! Что, страшно стало?..

— Э-э... Ну-у...

— Здесь пока побудешь...

Карина велела Смыку связать мужика, заткнуть ему рот и закрыть в ванной.

— Будет выть — пристрелишь, — добавила она и отправилась к Ире, которая уже оделась и дрожала за торшером в спальне. — Значит, на рынке твоя свекровь торгует? На Пролетарке?

— Да, на Пролетарке...

— И Костя там с ней бывает, ну, когда в Румынию не ездит?

— Ну да, помогает...

— Его что, братва обижала?

— Братва? В смысле, бандиты?

Карина и сама понимала, что «северные братья» из уличных пацанов давно уже превратились в типичных бандитов новой формации, но на эту тему распространяться не хотела. Хотя бы потому, что ей все равно, так это на самом деле или нет... Все равно, хотя немного обидно.

— Я спрашиваю, братва его обижала?

— Ну, было раз...

— Что, именно?

— Ну, у него денег не было, чтобы за место заплатить, и он сказал, что завтра принесет. Сказал, а не принес. Его крепко избили...

— Кто избил?

— Ну, бандиты...

— А кто конкретно?

— Я не знаю...

— Про Шаха он что-нибудь говорил?

— Про Шаха?.. Да, говорил... Говорил, что Шах рынок держит, ему все платят.

— Убить грозился, да?

— Да нет, не грозился... — Ира отвернула голову и взглядом скользнула по стенке.

Карина грубо схватила ее за подбородок и повернула лицом к себе:

— В глаза смотри! Когда это было?

— Ну, месяц назад...

— Где Костя винтовку взял?

— Какую винтовку?

— Из которой Шаха убил?

— Как убил?

— Ты мне тут дуру не валяй, а то я эту дуру из тебя пинками выбью! Любишь, когда ногами в живот?..

— Я не знаю про винтовку...

— А про что знаешь?

— Я вообще ничего не знаю! И Костя никого не убивал!

— Да, не убивал, — решила сбавить обороты Карина. — Это я так сказала... Но он собирается убить, и мы с тобой должны его остановить... Ты же не хочешь, чтобы твой муж сидел в тюрьме?

— Не хочу.

— Поэтому давай вспоминай, что он там про Шаха говорил?

— Ничего.

— Ну, на нет и суда нет. Значит, мы зря его подозреваем...

— Зря.

— Значит, твой Костя — отличный парень! А я люблю отличных парней! И не люблю, когда им рога наставляют... Я лично расскажу твоему Косте, как ты здесь со своим начальником кувыркалась...

— Не надо! Ну, пожалуйста!

— Где он винтовку взял?

— Не было у него винтовки... Но ему обещали.

— Кто?

— Да приходил к нему тут один, они на лестнице говорили. Он, ну, который приходил, сказал, что завтра винтовка будет, надо ехать, отстреливать... Я сразу не поняла, о чем разговор... Теперь понимаю...

— Кто приходил?

— Не знаю. Он в дверь позвонил, Костя вышел. Они на лестнице курили, разговаривали...

— Может, друг его приходил? Ты его друзей знаешь?

— Да. Но этого не знаю...

— А если хорошо подумать?

Карина испробовала все, чтобы расколоть Иру, но так и не узнала, кто именно приходил к ее мужу. А времени у нее для разговора было более чем достаточно.

Прошел день, наступила ночь, а Гусаркин так и не появился. У Карины возникло подозрение, что домой этот парень никогда уже не вернется, разве что в гробу...

Глава 18

Король умер. Да здравствует король! Или «свято место пусто не бывает». Только не всегда наследник покойного короля может сразу же взойти на престол. Если он сам чей-то вассал, ему нужно снискать высочайшее благословение, чтобы занять «свято место».

Нанаец был правой рукой Шаха, и он должен был возглавить «северное братство», но Карина поставила ему условие — сначала найти убийцу Шаха, и только тогда ему будет позволено занять место покойного бригадира. Причем он должен был доставить ей живого Гусаркина, а не мертвого. Если он вдруг убьет киллера, то его самого ждет место на кладбище. Так решила Карина, и она могла обосновать почему.

— Нанаец сам мог заказать Шаха, — сказала она, обращаясь к Косолапу, — чтобы занять его место.

Они сидели в кафе. Ни выпивки на столе, ни закусок, только кофе, и все.

Это было кафе, с недавних пор облюбованное Шахом. Уютное кафе и очень удобное, поскольку располагалось в самой сердцевине территории, которой владели «северяне». Косолап сам приехал сюда, Карина его не звала. Она собиралась встретиться с ним завтра, но раз уж он сам ее нашел, то гнать его было глупо.

— Мы допросим Гусаркина, и он сдаст нам заказчика, — продолжала она. — И если это Нанаец...

— Все может быть, — кивнул Косолап.

— Гусаркин на рынке торговал, братва на него наезжала. Навалили ему конкретно. Может, и не было никакого заказчика, — пожала плечами Карина.

— Может, и не было, — эхом отозвался Косолап.

— Но к нему кто-то приходил, про винтовку говорил. Винтовка, говорит, будет, надо ехать отстреливать... Может, еще что-то говорил, а может, это всего лишь продавец винтовки... Но винтовки на дом не разносят...

— Не разносят... — согласился Косолап.

— Кто-то заказал Шаха.

— Кто? — пристально посмотрел на Карину Косолап.

— А ты сам что думаешь?

— Может, и Нанаец...

— Ты в это веришь?

— Ну, всякое бывает.

— А может, ты на меня думаешь? — с вызовом спросила она. — Ты давай, говори, не стесняйся.

— Да нет, не думаю, — отвел глаза в сторону Косолап.

— Совсем не думаешь?

— Ну, есть момент... Ты с Шахом из-за своего Антона поцапалась, разве нет? Ты ему предъявила, он психанул...

— И ты думаешь, что я из-за этого убила Шаха?

— Ну, не из-за этого.

— А из-за чего? Ты говори, говори!

— Шах от рук отбился.

— Кто тебе такое сказал?

— Ты могла так подумать... Не, я тебя не осуждаю, в принципе все правильно. Шах действительно много на себя взял...

— Да, но я его не заказывала. Шах — мой брат! Не стала бы я его заказывать!

— Ну, нет так нет, — пожал плечами Косолап.

— Если бы я его заказывала, разве я стала бы киллера искать?

— Ну, одно дело искать, и совсем другое дело — найти. Ты же не нашла этого Гусаркина?

— Найду. Обязательно найду. И накажу. Очень жестоко накажу. Будь в этом уверен.

Косолап уехал, а Карина заказала себе рюмку коньяка: ей нужно было успокоиться и взять себя в руки. У Косолапа были основания подозревать ее в убийстве Шаха, но все-таки чувствовалась в его опасениях какая-то фальшь... Что ж, есть у нее один человек на «чужом поле», и надо поговорить с ним. Самой лично поговорить, потому что про его тайную миссию знала только она одна.

Обидно — так быстро все разогналось, и вдруг тупик. Нет киллера.

— Как сквозь землю провалился, — развел руками Нанаец. — Где мы его только не искали!.. Ни его, ни машины.

— Ни живого, ни мертвого, — усмехнулась Карина.

Она почти была уверена в том, что Гусаркин пропал наглухо вместе со своей машиной. Но не мог же он исчезнуть бесследно. Или действительно никаких следов не осталось, или Нанаец что-то темнит.

— Может, его и в живых уже нет.

— Может, и нет, — кивнула она. — Но искать все равно надо.

— Да не вопрос!

— И его искать надо, и заказчика.

— Так, может, он сам по себе... Я его знаю, мы его на бабки ставили, он залупился конкретно. Мы ему навалили, чтобы не борзел. Может, он злобу затаил...

— А «СВД» он где взял? В магазине купил?..

— Ну, достал где-то...

— Где? Искать надо, где он ствол взял. Продавца ищите. Где он был перед убийством, что делал, с кем общался?

— Ну, общался...

— С кем?

— Ну, друзья у него есть...

— Кто такие?

— Да так, левые, не при делах...

— Давай этих друзей сюда, я сама с ними поговорю.

— Не доверяешь? — сощурил свои и без того узкие глаза Нанаец.

— Почему не доверяю?

— Ты, наверное, думаешь, что это я Шаха заказал?

— Кто тебе такое сказал? — нахмурилась Карина.

Она делилась своими соображениями с Косолапом. Здесь, в этом самом кафе, делилась, и вокруг не было ушей, которые могли подслушать разговор. Или все-таки кто-то подслушал? А может, сам Косолап Нанайцу слил? Вряд ли, хотя все возможно...

— Никто не говорил, сам догадался, — покачал головой Нанаец.

— Сам догадался или совесть подсказала?

— Ты что, правда на меня думаешь? — побледнел он.

— Я на всех думаю.

— А на себя? — вырвалось у Нанайца.

— Что ты сказал? — вскинулась Карина.

— Да нет, тебе-то зачем... — Нанаец не выдержал ее взгляда, отвел в сторону глаза.

И в этом время на барной стойке зазвонил телефон. Валерьян снял трубку, и спустя минуту Карина узнала пугающую новость. Кто-то стрелял в Косолапа. Из снайперской винтовки. Только киллер промахнулся.

— Ну, и что все это значит? — глядя на Нанайца, озадаченно спросила она.

— Кто-то хочет нас обезглавить.

— Кто?

— Вот и я думаю, кто...

— Поехали, посмотрим, откуда стреляли в Косолапа. Не нравится мне вся эта история. Ох как не нравится!..

События развивались стремительно, танком наезжая на Карину.

Она находилась в своем родном подвале, отдыхала после тренировки. И Кобзарь был с ней, и Нанаец, и даже Алиса, которая искала утешение среди друзей. Все основные в сборе, но это ничуть не напугало Косолапа. Он ураганом ворвался в подвал. Охрана пыталась остановить его, но бесполезно.

Карина сначала услышала шум на входе, затем голос Косолапа и быстро сунула руку под куртку, где за поясом у нее ждал своего часа «ТТ». Ситуация напряженная, поэтому без оружия сейчас лучше не ходить.

Косолап ворвался в директорскую, заполнив собой все свободное пространство. Три амбала с ним, но их быстро зажали в угол. Панас за ними смотрит, Пароход, Слон.

— Ну, и как все это понимать? — кипятясь, прогрохотал Косолап.

— Успокойся, Женя, — произнесла Карина, стараясь казаться невозмутимой. — Не надо поднимать пыль, сам же потом глотать ее будешь.

— Глотать ты будешь!

— Я смотрю, ты совсем базар не фильтруешь...

— А я смотрю, ты совсем с катушек слетела!

— Ты не у себя дома, Косолап!

— Это не мой дом, — кивнул он, — но здесь мои друзья! Да, когда-то мы воевали, но сейчас мы все — одна команда!

— Бурные и продолжительные аплодисменты! — съязвила Карина.

— А не смешно! Совсем не смешно! — продолжал бушевать Косолап. — Все так далеко зашло, что не смешно... Гена, ты знаешь, кто Шаха заказал? — обращаясь к Нанайцу, спросил он. И, не дожидаясь ответа, сам же ответил: — Ты его заказал! Кара сказала, что ты его заказал! Это так, да?

— Нет, не так... — ошалело протянул Нанаец.

— Да ты не напрягайся, никто тебя ни в чем не обвиняет. Кара сама Шаха заказала! И его заказала! И меня! А зачем, знаешь?

— Женя, ты рано пришел. Клоуна мы на завтра заказывали, — со злой иронией перебила его Карина.

— Ну, клоун не клоун, а кто-то же заказал Игоря! — обличительно посмотрела на нее Алиса.

Вот, одна уже повелась на бессовестную, но эффектно поданную ложь.

Неплохо работала разведка у Косолапа, поэтому знал он, где и с кем сейчас находилась Карина. И смелости ему не занимать, если не побоялся прийти сюда со своим уставом. Ва-банк парень пошел — сначала он Карину разоблачит, а потом займет ее место. Нанайца назначит на место Шаха, а Кобзаря утвердит на подвойской бригаде. А Карина... Сначала он опустил ее морально, а потом в ход пойдет пуля...

— Зачем это мне было нужно? — спросила она, бросив злой взгляд на Алису.

— Игорь тебя боялся! — выпалила Алиса. — Он знал, что рано или поздно ты от него избавишься...

— Сама придумала или кто-то подсказал?

— Я не придумала! Так и было! И не надо строить из себя крутую! Тоже мне, донна Корлеоне нашлась!

— Ты перегнула палку, Кара! — подхватил Косолап. — Ты слишком много на себя взяла. Так много, что не унести.

— То есть ты уже доказал, что это я заказала Шаха и тебя?

— А разве ты не наезжала на Шаха? — с торжествующим коварством посмотрел на нее Косолап.

— Долго же ты этого ждал... Это же ты слил ворам, что мой Антон не отстегивал на «общак». Слил и ждал, когда я предъявлю Шаху. А я не сразу предъявила, поэтому ты долго ждал. Но ничего, дождался...

— Что за дичь, Кара? Какой Антон? Какой «общак»?.. Умней ничего не могла придумать?

— У тебя двоюродный брат есть, его Юра зовут. Юра Голованов. Он у тебя в том же СИЗО чалился, что и Антон. Ты с ним договорился, он слух и пустил, что Антон на «общак» не отстегивал...

— Ты на голову больная! — Косолап нахрапом попер на Карину, пытаясь скрыть свою растерянность.

— Я легко докажу, что твой брат сидел в одном СИЗО с Антоном. Это раз. И Сухарю «маляву» отпишу, а он уж позаботится о том, чтобы твой брат сказал правду...

— Какую правду? Что ты несешь?

— Слышь, Косолап, а чего ты разорался? — спросил Кобзарь.

До сих пор он лишь наблюдал за развитием событий, выжидая, чья возьмет. Был у него предварительный договор с Косолапом или нет, но голос он сейчас подал за Карину. Что ж, лед отчуждения тронулся.

— Это наш дом, а не твой, — злорадно улыбнулась она. — И не надо здесь разоряться. Надо слушать, что тебе старшие говорят... А старшие говорят, что ты сам себя заказал. Это твой человек в тебя стрелял. Костя Беляк в тебя стрелял.

— Беляк?! — Судя по реакции Косолапа, выпущенная в него стрела достигла цели.

Не смогла Карина выйти на Беляка через место, откуда он стрелял по Косолапу, всех, кого можно, опросили, но никто ничего. Зато был у нее человек в команде «южных», он-то и помог ей докопаться до правды.

— А давай его сюда, пусть скажет, стрелял он в тебя или нет... Или ты его тоже «замочил»? Хотя вряд ли. С Гусаркиным понятно, он реально Шаха убил, а Беляк всего лишь тебе подыграл...

— Слышь, с больной головы на здоровую не надо! — еще больше растерялся Косолап.

— У меня здоровая голова, Женя, — торжествующе усмехнулась Карина. Она, а не Косолап владела всеобщим вниманием. — И у тебя здоровая. Только чересчур умная. Поэтому ты сам себя переиграл...

— Ты гонишь! — Глазки у Косолапого забегали, понял, что впросак попал, а очко-то не железное. — Я не знаю, кто в меня стрелял! И если ты говоришь, что это Беляк был, значит, ты меня сама и заказала!

— Где Беляк, мне неизвестно, — покачала головой Карина, — как и то, куда ты Гусаркина дел. Я знаю только, что ты все очень хитро задумал. Сначала стравил нас с Шахом, потом нанес удар... Когда ты меня собираешься застрелить: сейчас, сегодня или завтра?

— Сама застрелишься!

Косолап резко повернулся к Карине спиной. Понял он, что ловить ему здесь нечего. Все против него, поэтому пора уносить ноги. А ведь он так рассчитывал произвести эффект, наехав на Карину на ее же территории. Все продумал, да про овраги забыл. Карина его по этим буеракам-рекам и прокатила...

— Стоять! — устремилась за ним Карина, выхватывая на ходу ствол. Нагнала она его в дверях, ткнула стволом в затылок и, когда Косолап остановился, передернула затвор.

— Эй, ты чего?.. — покосившись на своих телохранителей, протянул Косолап.

Но его «быки» намертво были заблокированы «северянами». Панас, Пароход, Слон — против этих монстров не попрешь. Да и помимо них было кому вломить «южанам». Тут главное — настрой, а «северяне» уже целиком на стороне Карины. Все-таки не зря она брала на прицел Косолапа. Кто работает, тот и получает результат, а кто ворон считает, тому пуля в лоб. Так уж сама жизнь распорядилась. Та жизнь, которой жила Карина.

Но мало поймать мышь, ее надо еще и придушить...

— Ты забыл попрощаться! — Она схватила Косолапа за шиворот, потянула на себя. Он дернулся, пытаясь вырваться, но не тут-то было. Сильный удар по затылку рукоятью пистолета охладил его пыл. — В следующий раз убью! — предупредила Карина.

Она велела своим бойцам выставить «быков» Косолапа за дверь, а его самого поставила на колени. Сначала по ногам сзади ударила, а затем надавила стволом пистолета на затылок.

Косолап мог удержаться на ногах, но предпочел опуститься на колени — дескать, удар был очень сильный, а подняться не позволяет ствол пистолета.

— Давай договоримся... — простонал он.

Никак не думал Косолап, что все так обернется. И Шаха уложил, и Карину тем же выстрелом под удар подставил. Договорился, с кем надо, чтобы ее задвинуть, но все пошло прахом.

— Жить хочешь?

— Да!

— Алисе зачем голову заморочил?

— Я? — Да нет, она сама...

— Что, сама?

— Ну, сама, на место Шаха...

— Вот козел! Не было такого! — взвизгнула от возмущения Алиса.

Сначала Карина с размаха ударила Косолапа рукоятью пистолета по затылку и, когда тот без чувств завалился на бок, наставила ствол на Алису и с ненавистью прошипела:

— Ну, ты и сука!

— Я... я не хотела на место Шаха... Врет он! — жалко пробормотала Алиса.

— А чего ты хотела, тварь?

— Я за Шаха... я за Шаха хотела спросить!

— С меня?

— Ну, вообще...

— Ты подыграла Косолапу. А Косолап собирался меня грохнуть. И ты вместе с ним хотела меня грохнуть!

— Не-ет!..

— Да! — Карина приставила ствол пистолета ко лбу Алисе.

Сейчас она была в таком состоянии, что легко могла пристрелить сначала ее, а потом и Косолапа.

Но даже в запале она думала о будущем. Слишком уж много свидетелей вокруг, чтобы убивать...

— Не надо!

— Жить хочешь?

— Да, хочу! — заголосила Алиса.

— Ну, тебе я могу пообещать жизнь. Косолапу не обещала, а тебе обещаю. Если грохнешь эту падлу, будешь жить. Если нет, сама грохну — сначала тебя, потом его... Ну?!

— Я согласна! — не выдержав напряжения, выкрикнула Алиса.

— Ну, тогда вперед!

Карина стащила ее с дивана, взяла на удушающий прием с положения сзади, сунула в руку пистолет, сама навела ее на цель. Алисе осталось только нажать на спусковой крючок. И она это сделала, оглушив Карину звенящим грохотом выстрела.

Дрожала у Алисы рука, и голова тряслась от страха, но пуля попала Косолапу точно в ухо. Это была верная смерть, но Карина все-таки нагнулась, чтобы пощупать пульс.

Не было пульса. Отжил свое Косолап. И от этой мысли Карине стало дурно, ее чуть не стошнило на труп. Но все-таки она смогла взять себя в руки и, забирая пистолет у потрясенной Алисы, спросила:

— Ну, и зачем ты это сделала?

— Я сделала?.. — в ужасе пробормотала та. — Это же ты...

— Нет, это твоя работа. Но ты молодец, умеешь читать мои мысли... Ну, чего стоишь? Давай, труп нужно отсюда выносить. Или хочешь, чтобы тебя менты за убийство закрыли?

Труп Косолапа вывезли в лес и похоронили вместе с проблемой, которую он создал. А ведь там, в безымянной могиле, могла оказаться сама Карина. Как ни крути, а сегодня она стояла на краю гибели. Но теперь все позади. Закончилась бандитская вольница, не будет больше ни «южан», ни «северян» — все это сольется в одно название: «Тяжмаш». Страна семимильными шагами вступала в новую эру, где бал править будет бессовестный ум и грубая убойная сила. Карина уже достаточно наточила зубы, чтобы чувствовать себя уверенно среди хищных акул...

ЧАСТЬ ВТОРАЯ

Глава 19

Удар, еще удар. По глазам растопыренными пальцами, по горлу костяшками кулаков. Грудь у противника — сплошные мышцы, брюшной пресс такой же непробиваемый, до печени не достучаться. Поэтому снова по кадыку костяшками пальцев... Удар этот смертельно опасный, но Антону все равно. Убьет так убьет...

Но нет, громила живой. Лежит на полу, держится рукой за отбитое горло и смотрит на Антона бычьими, налитыми кровью глазами. Вася Бурундук и есть «бык». Бандитский бригадир, осужденный за убийство. Сидеть ему долго, четырнадцать лет, на одной ноге такой срок не отстоишь, потому и начал он врастать в зону всеми корнями. Сколотил команду из бандитов и начал борьбу за власть.

Антон смотрел за отрядом, в своем бараке — он первая величина. С него-то и начал Бурундук. Привел к нему всю свою команду, предложил смахаться раз на раз. Думал, что Антона соплей можно перешибить, и очень жестоко просчитался...

— Почему тебя назвали Бурундуком, Вася? Ты же баран. И кличка у тебя — Баран...

Теперь Антон мог достать пику, и он это сделал. Ударил поверженного противника ногой в грудь, уложил на пол и поднес острие к отбитому горлу.

— Ты баран, Вася?

— Э-э... — Бурундук не хотел сдаваться, но с Антоном не поспоришь.

— Че ты там блеешь? Признаешься, что баран?..

Антон резко разогнулся и стремительно приблизился к ближайшему от него бандиту из свиты Бурундука. У него своя охрана, бойцы неслабые, поэтому нарваться на грубость он не боялся, да и не в том состоянии сейчас противник, чтобы давать «ответку».

— Как его погоняло? — спросил он, показав на Бурундука.

— Баран, — повелся парень.

— Слышь, Бурундук, теперь ты никто, и звать тебя Баран... А ты в натуре баран. Даже не вкурил, какой у меня сегодня день! Слышишь? — Антон поднял палец, прислушиваясь к далекой тишине. — Слышишь, звенит! Это звонок мой звенит! Я сегодня на волю выхожу! Мог бы денек подождать, Баран... Пошел в стойло, крутогорий. Или ты в «петушатник» хочешь? Так у тебя все впереди!

Не успел Вася убраться, как за Антоном пришли. Все, открываются ворота на свободу, и надо спешить, пока они вдруг не захлопнулись...

Свобода меняет человека. Совсем недавно Антон чуть ли не с замиранием сердца представлял, как будет садиться в роскошную машину на глазах у братвы, предвкушал восхищение и зависть, а сейчас его почти не волновало, кто и что будет о нем думать. Зона осталась за воротами, а впереди — Карина возле сверкающего лаком лимузина, который увезет его в новую жизнь.

Карина — само совершенство. Мало того, что красивая, так еще и ухожена от и до. В меру короткая прическа, строгий костюм с юбкой чуть выше колен, выдержанный минимум косметики на лице. Она придерживалась делового стиля, который, по идее, должен был усилить мужественные черты ее характера, но, как ни странно, он только подчеркивал ее женственность. Выглядела очень сексуально и так же недоступно, как охраняемая королева. Свита, как всегда, с ней — крутые «быки» в строгих костюмах и при галстуках. Да и Антон одет неплохо: за ворота он выходил в костюме за тысячу долларов.

— Здравствуй, дорогой! — тепло улыбнулась она, но лишь слегка коснулась губами его щеки. Зато дала волю своим чувствам прямо в машине. Ее телохранители сели в джип, а от водителя «Линкольна» Карина отгородилась звуконепроницаемой перегородкой...

— Помнишь, как раньше называлось вино в больших бутылках? — позже спросила она расслабленным голосом, доставая из мини-бара шампанское.

— Вроде бы «огнетушителями».

— Все правильно. Чем холодней, тем лучше тушит.

— Да уж...

Холодное шампанское освежило горло и успокоило кровь, распаленную радостью встречи. Машина шла по плохой дороге мягко, почти бесшумно. Ритм движения размеренный, убаюкивающий. А вокруг — море свободы. И это лучше всякого океана вокруг тропического острова. Хотя и на Багамах было бы неплохо позагорать...

— Скажи, это же не сон? — закрывая глаза, блаженно улыбнулся Антон.

— Тебе виднее.

— Четыре года мать без сына... — вспомнил он старую военную песню.

— И жена без мужа... И не четыре, а четыре с половиной. Знаешь, я думала, что убью тебя, когда узнала про добавку...

На два года Антона отправили в зону и еще столько же добавили за нанесение тяжких увечий. Он хотел по-тихому своего врага сделать, но не вышло. Глаз мужику выбил, а кто-то стукнул, и пошло-поехало...

— Происки врагов, — усмехнулся он.

— Кто бы сомневался...

— И вообще, это не я был, не я глаз Афоне выбил.

— А кто?

— Не знаю... Поверить не могу, что сегодня я...

— Что ты сегодня? — заинтригованно спросила Карина и провела рукой по свежей ссадине на щеке:

— Что это у тебя?

Это Вася пытался отбиваться, скребнул по лицу ногтями. Ничего особенного, но и приятного мало.

— Да бандиты борзеют, к власти рвутся. Приходится ставить на «понятия».

— Бандиты везде к власти рвутся.

— У нас этот номер не проходит... Пока не проходит...

Антон знал про зоны, где новая русская братва отбила власть у махровых воров, установила свои правила и порядки. Беспредел там царствует... Но ему сейчас не хотелось об этом говорить — устал он.

— Чего замолчал? — спросила Карина.

— Да что уж там, дело прошлое...

— Ну, прошлое не прошлое, а зона у вас воровская. И ты в авторитете был... Хотя наколочку так и не приобрел...

Что верно, то верно — тело свое Антон портить не позволял. Не нужны ему особые приметы, а кому на словах что не понятно, он всегда готов был объяснить. И горло порвать, и пику под ребро...

— Будут наколочки. Звезды на ключицах. Как только коронуют, так сразу, — вроде в шутку, но без улыбки сказал он.

— А коронуют?

— Ну, еще три-четыре годика на зоне, и все возможно.

Антон частенько гонял чаи со «смотрящим», а это был известный на всю страну «законник». Холеный мужик, статный, благородная седина в волосах. Одень его в строгий костюм, никогда не поверишь, что под белой сорочкой скрываются воровские звезды. Анфас мог дать ответ любому — и на словах проблему развести, и кровь пустить, если надо, но при этом жаргонными словами не сыпал, пальцы веером не выбрасывал, сквозь зубы не сплевывал. Все у него чинно, строго, по уму. Именно потому Антон ему и нравился, что не было в нем ничего бакланско-показушного. «Еду, еду, не свищу, а наеду — не спущу» — это был их общий принцип, на этом они и сошлись.

Анфас видел в Антоне перспективу, на место «смотрящего» поставил, даже за корону разговор заходил, но при этом считал, что ему еще рано выдвигаться. Анфас через год освобождался. Антон мог занять его место, и через пару лет после этого можно было заводить разговор о коронации.

— Не надо три года, — покачала головой Карина.

— Так я и не хочу... Зачем это мне?

Действительно, зачем ему корона? Что он с ней будет делать? Самое интересное, что за «колючкой» такой вопрос у него не возникал. Он даже не прочь был бы задержаться в лагере на годик-другой, чтобы примерить на себя место «смотрящего» за лагерем. Хорошо, что ума хватило не продлевать срок. Во-первых, домой хотелось, а во-вторых, Карина точно бы его убила...

— Вот и не надо. И без короны хорошо... Это Сухарю без короны плохо. Совсем плохой стал.

Не повезло Сухарю — в тюрьму он сел, но корона так на него и не свалилась. «Косяк» старый всплыл — прокатили его вдоль по Питерской, Питерской... Отсидел вор свой короткий срок, вернулся в Подвойск, так и живет там. Карина отстегивает ему с барского плеча, он с этого перед воровской братвой и отчитывается...

— Чего?

— Раньше с телками по кабакам зависал, а сейчас одно только удовольствие — на баяне сыграть. На прошлой неделе от передоза чуть не загнулся. Еле откачали...

— А надо было откачивать?

— Само собой. Откуда я знаю, кто на его место придет, а этот безобидный. Что скормлю, то и ест...

— Тигру мяса не докладывают? — усмехнулся Антон.

— Хочешь, чтобы мы реально десять процентов отстегивали?

— Я хочу?! Да мне все равно.

Глупо было бы упрекать Карину в том, что она водит за нос беспомощного, в общем-то, Сухаря. Худно-бедно, но на воровской «общак» она отстегивала. Это раз. «Подогревала» самого Антона, засылая на зону деньги, продукты. Это два. А в-третьих, его не волновали финансовые дела воровского клана, который представлял Сухарь.

— Десять процентов — это много, — заметила Карина. — На свои проекты не хватает, занимать приходится.

— Ну, ты из банков не вылезаешь, — усмехнулся Антон.

Это был его совет — брать кредиты на развитие бизнеса. В условиях гиперинфляции это очень выгодное дело. Цены росли быстрей, чем процентные ставки, и отдавать банкам порой приходилось в несколько раз меньше, чем было взято в кредит. На этом Карина конкретно поднялась. Сначала она, пользуясь своим особым положением, приватизировала торговые и прочие площади, затем перешла на более крупный калибр. Шутка или нет, но ей удалось прибрать к рукам контрольный пакет акций завода тяжелого машиностроения. Она добилась этого на волне приватизации, которую смогла взять под свой контроль. Тут в ход шла скупка и отдельных ваучеров, и чьих-то мелких долей. А еще свою роль сыграла ситуация, в которой продукция завода вдруг перестала пользоваться спросом. Под давлением рынка рухнула плановая экономика, и умные головы бросились продавать все, что плохо лежало. Как итог, производство «легло на бок».

Но чтобы продать металл, его нужно выплавить из руды, которую так просто из земли не выковырять, необходимо специальное оборудование для горнодобывающей и металлургической промышленности. Все это «Тяжмаш» и производил. Плюс оборудование для строительной промышленности, для теплоэлектростанций на угле и мазуте. И для страны производилось оборудование, и на экспорт шло. Российская экономика все в том же загоне, но завод выживает за счет экспортных поставок в Индию, Вьетнам, Иран, ЮАР. Ну, еще ремонт и обслуживание — прибыль от этого дела неважная, зато репутация сохраняется...

— Пока занимают, а дальше видно будет, — пожала плечами Карина.

— А что дальше?

— Банкиры тоже не дураки, и у них «крыши» есть. Как бы чего не вышло. Грохнут меня когда-нибудь, чтобы не наглела... Меру надо знать, а меня заносит...

— Ну, сбавь обороты.

— Легко сказать... Я же под завод занимаю, а это такая прорва... Что-то работает, что-то стоит...

— Оставь это гиблое дело.

— Как?

— Продай завод.

— Целиком никто не купит, а по частям продавать — разорят все, к чертовой матери.

— Тебе не все равно?

— Да нет, не все равно. Ту же барахолку взять, там и сейчас реальные деньги крутятся. А почему торговля хорошо идет? Да потому, что у людей деньги есть. А если завод завернется, откуда у людей деньги будут? Такой вот замкнутый круг. Да и завод не в убыток работает. Прибыль мизерная, зато люди зарплату получают...

— Прибыль мизерная, но она есть, а ты деньги в кредит берешь.

— Капитализацию за свой счет увеличиваю, чужие доли размываю, а производство перестраивать надо. Что-то уже никому не нужно, а на что-то спрос начинает расти. Строительство оживает, оборудование для строительства выгодно производить. Но там в основном частное финансирование, тяжелое оборудование никому не нужно, а на мелкие и средние линии спрос неплохой, вот и приходится новые цеха открывать. Опять же, исследования закрывать никак нельзя, завод на заграницу в основном работает, не будет новых разработок, в отстой сольют и спасибо не скажут... Я тебя не утомила?

— Да нет.

— Ну, если коротко, то сейчас нормально все. Мы на специальную программу вышли: Европейский банк, реконструкции, все дела и с британцами договор заключили. Там все на внешнюю экономику заточено. Главное, нос по ветру держать, тогда все путем будет. Может, еще и на солидную прибыль выйдем... Если интересно, могу тебя на завод устроить.

— Кем?

— Моим официальным представителем.

— И что я буду делать?

— За работой смотреть.

— Типа, смотрящий за заводом?

— А что, не справишься?

— Ну, я не знаю.

— Особо в дела вникать не надо. Кожедаров — директор толковый, команда у него серьезная, там и внешний рынок, и маркетинг, и снижение затрат. Нормально все работает...

— Тогда почему прибыли нет?

— Страна загнулась, Антон. Здесь никому ничего не нужно, одна заграница спасает, а на ней пока много не заработаешь. Но все к этому идет... Для нас главное, чтобы поселок не загнулся, чтобы у людей деньги были. Эти деньги мы потом обратно отжимаем. Магазины, рестораны, рынок, таксопарк, охранная фирма — все есть, все работает. Все это наше. И поселок наш с потрохами. И в Москве бизнес есть...

— Да я в курсе.

В Москве и в ее окрестностях давно все уже поделено и освоено, поэтому Карина не пыталась расширить свою территорию с помощью силы. Что смогла взять в девяностом году, то за собой и оставила, но при этом с головой ушла в бизнес. И так увлеклась этим делом, что даже градообразующий завод к рукам прибрала. Антон помогал ей советами, но такими, до которых она сама способна была дойти. А может, она все знала и без него, только вид делала, что его советы действительно ей в чем-то помогли. Что ж, если так, то спасибо ей за это...

— Это хорошо, что ты в курсе, — кивнула она. — Теперь надо еще и в дело войти. Я на тебя очень надеюсь. У тебя как-никак экономическое образование.

— Незаконченное.

— Закончить можно.

— Восстанавливаться надо.

— Так в чем же дело?

— Судимость у меня.

— Не проблема.

— Да и желания, если честно, нет. Мне уже тридцать два, какой из меня студент?

— Заочно закончишь. По ускоренному курсу.

— Это как?

— Диплом тебе купим. Я узнавала, это нетрудно. Ты учился и не отчислялся, а в девяносто втором году выпустился. Ты только скажи, тебя во все архивы занесут, никто не подкопается, если что... И вообще, зачем кому-то знать, что ты сидел?

— Кому надо, тот знает.

— А кто не знает, тому и не надо знать... Ну так что, с дипломом решаем?

— Можно, — пожал плечами Антон, — но только не сейчас, мне отдохнуть надо.

— Отдохнешь... С документами за пару дней решим, а потом сразу на Канары рванем. Думаю, недельки на три...

— С нар на Канары — это круто. Но мне и без Канар хорошо. Если ты рядом...

Глава 20

Любовь любовью, а денежки врозь. И дело вовсе не в том, что Карина такая жадная. Как раз наоборот. Она за свои деньги «грела» Антона, решала его проблемы — сама тратилась, а его казну приумножила. Сначала «отмыла» его деньги, потом отдала в рост в надежный банк, а теперь вложила их в акции завода. Он сам захотел войти в долю. Карина его не подталкивала к этому решению, но возражать даже не пыталась...

Три курса института у него за плечами, кое-какие знания, но все это мелочь по сравнению с тем, что требовалось для той работы, которую поручила ему Карина. Она действительно отправила его на завод в качестве своего представителя. К тому же с недавних пор у него появился свой пакет акций, который давал ему право заседать в совете директоров завода. Кабинет у него свой, с евроремонтом, факс, компьютер, все дела. И еще секретарша. Очень красивая в прошлом женщина. В далеком прошлом. Сейчас Марине Владимировне пятьдесят четыре года, для своих лет она смотрится неплохо, но это совсем не вариант для поворота «налево». Он бы не отказался от молоденькой и очень симпатичной секретарши, но Карина ему такую не предлагала. Да он и не настаивал, хотя и хотелось. На подсознательном уровне хотелось.

Завод огромный, производственный механизм очень сложный, финансовые схемы столь запутанные, что с тремя курсами образования в них не разберешься. Управленческая деятельность, экономическая, финансовая, инвестиционная, оптимизация функционирования завода, исследование и прогнозирование рынков сбыта, движение цен... Пока это все для Антона — темный лес, но ничего, он ходит по нему с топором из учебников и отчетов, которые представляет ему руководство завода. Вникает во все эти дела медленно, без спешки. Да его никто и не торопит. Гайки закручиваются, масло подливается, шестеренки крутятся — все это происходит без его участия. Но ничего, когда-нибудь настанет момент, когда он освоит все эти премудрости... Когда-нибудь освоит. Когда-нибудь...

Не торопится Антон. Может, потому, что желания особого нет?.. Раньше был у него посыл — кооператив свой открыть, бизнесом заняться, потому и поступил на экономический. А сейчас у него появилась возможность взвалить на себя огромный завод, но что-то не тянет его на такой подвиг. Нет, желание освоиться здесь у него есть, но не острое оно, не жгучее. Такое ощущение, что перегорела в нем коммерческая жилка, если она вообще была... Ведь воровать ему больше нравилось, чем созидать. Чего уж греха таить, так ведь все и было. Потому и «выставлял» он богатые квартиры. И сейчас неплохо было бы погреть руки на «горяченьком». Но нельзя ему щекотать себе нервы — Карина не разрешает. Даже «тело» к нему приставила, которое не столько охраняет его, сколько следит за ним. Жора в приемной сейчас сидит, лясы с Мариной Владимировной точит. И той нечем заняться, и этому. Да и Антон сам не знает, что делает в этом кабинете. Пытается вникнуть в процесс, и кое-что у него получается, но ведь скучно... А может, он просто еще не отдохнул как следует после зоны?

И на Канарах они с Кариной были, и еще он все лето в ее загородном доме прохлаждался — там ведь и лес, и озеро, шашлыки, рыбалка, гребля на свежем воздухе... Казалось бы, сколько можно отдыхать?

Осень уже на дворе, дождь за окном льет, настроение такое же хмурое, как небо над заводом. Что ж, надо выйти из кабинета, развеяться.

Жора с охотой оторвался от кресла, когда Антон вышел в приемную.

— Да сиди ты, — движением руки осадил его Антон. — В отдел маркетинга я...

Красивых девчонок в отделе нет, поэтому Жора мог за него не беспокоиться. Зато ребята там головастые, общаться с ними не только интересно, но и полезно, тем более что у Антона вопросы возникли. Ответы не к спеху, но так и в кабинете заседать уже обрыдло.

И все же Жора вышел в коридор вслед за Антоном — смотреть будет, куда босс пойдет. Подконтрольный босс... Карина ему пока не жена, но глаз с него не спускает. С одной стороны, это тяготит, но с другой — есть и понимание того, что семейная жизнь предполагает ограничения в личной свободе.

Жора наблюдал за Антоном, поэтому он должен был увидеть девушку, которая шла по коридору. Очень красивую девушку — пышноволосую, большеглазую, тоненькую и длинноногую. Яркая, стильная, сексуальная. Дорогой кожаный плащ нараспашку, под ним короткое черное платье типа «шанель», блестящие колготки, изящные ботфорты на шпильке... Такое ощущение, что модель спутала подиум с заводским коридором.

Девушка явно была довольна собой и на всех смотрела свысока. И на Антона взглянула со снисходительной насмешкой, в которой все-таки угадывался женский интерес.

— Привет! — с небрежной улыбкой поздоровался он, когда она поравнялась с ним, обдав ароматом французских духов.

Но та даже ухом не повела. Зато резко остановилась и быстро повернулась, когда ее окликнул Александр Ефимович, генеральный директор завода.

Это был грузный, с виду неповоротливый и немолодой уже мужчина, со всем набором возрастных болячек — от простатита до гипертонии. Добродушный с виду, жесткий изнутри. Он страдал одышкой, но это не мешало ему крутиться белкой в колесе. И это было не бесполезное вращение — его кипучая деятельность приводила в действие сложный механизм завода.

Кожедаров окликнул девушку, подозвал ее к себе, и она, стремительно подойдя к нему, позволила себя обнять и поцеловать. Судя по тому, как загорелись глазки у мужика, эта Оксана, как он ее назвал, сводила его с ума. Только не совсем понятно, во вред ему эта любовь или на пользу. Все-таки организм у него дряхлеющий, и вряд ли ему прописано переутомление в постели.

— Здорово, Ефимович! — поприветствовал его Антон.

Он обращался к нему по отчеству, но не сокращая его до небрежного «Ефимыча».

— А-а, Антон Иннокентьевич! — Кожедаров посмотрел на него так, как будто только что увидел. Видно, с появлением Оксаны все остальное для него просто перестало существовать, потому и не заметил он Антона. А может, просто сделал вид, что не заметил.

Карина столько сделала для завода, но Кожедаров при этом считал ее выскочкой и проходимкой. Нет, в лицо он ей этого не говорил, но показывал всем своим к ней отношением. Карина прощала его: на возраст скидку делала, на совковый менталитет и талант управленца.

Свое отношение к главному акционеру Кожедаров перенес и на его представителя. Антон все понимал, поэтому и не особо обижался на директора, тем более что тот помогал ему входить в курс дела. Без особого, конечно, желания, но помогал...

На обратном пути, выйдя из отдела, он снова встретил Оксану.

Она шла одна, летящей походкой, только вот улыбка у нее была какая-то кислая. Уж не отказал ли ей «папик» в норковой шубке? А ведь зима уже не за горами...

— Уже уходишь? — спросил Антон с таким видом, словно они знакомы уже много лет.

— А ты что, проводить хочешь? — вроде бы в язвительном тоне, но с тайным ожиданием спросила Оксана.

— Хочу.

— Нет, я сама... А ты как-нибудь... — на ходу, не оборачиваясь, бросила она.

Антон понял намек. Оксана ждала от него подвига. Что ж, он готов.

Из кабинета Антон спустился на веревке, а завод покинул, перемахнув через забор. Поймал такси, добрался до четырехэтажной «сталинки» на улице Мира, отмычками вскрыл дверь в квартиру Кожедарова. Казалось бы, все просто, но на этот ход он убил целый месяц. Все, что нужно, узнал, расчет сделал, отмычки подобрал и еще заранее определил, что квартира Кожедарова не стоит на сигнализации.

Жора думает, что Антон у себя в кабинете, а он здесь, в десяти минутах езды от завода. Кожедаров тоже на работе, а его молодая жена вот-вот должна вернуться домой.

Квартира у гендиректора большая, с модным евроремонтом, мебель новая, дорогая. Вряд ли это нравится ему, человеку советской закалки, но на что не пойдешь ради молодой красавицы жены.

Дверь открылась, послышался шлепок — кто-то швырнул сумочку на трюмо. Оксана это. Вот она сняла плащ, затем села на пуфик, слышно было, как вжикнула молния на сапоге. Антон мог бы помочь ей раздеться, но не хотел шокировать красотку раньше времени.

Оксана должна была зайти в зал, где он ее дожидался, но она прошла в спальню. Проходя мимо, даже не заглянула в комнату. Сейчас она будет переодеваться, но Антон не мог терять время, не для того он пришел сюда, чтобы ждать.

Он собрался войти в спальню, но столкнулся с ней в дверях. Оксана уже разделась и шла в ванную.

— Ой! — вскрикнула она, увидев его.

— Тихо, Маша, я Дубровский! — на всю ширину рта улыбнулся Антон.

— Ты?! Что ты здесь делаешь? И как ты в квартиру попал?

— Муж твой ключи дал. Я, говорит, сам с Оксаной не справляюсь.

— Врешь! — кокетливо улыбнулась она.

Ей даже в голову не пришло спросить, может, с Кожедаровым что-то произошло, может, Антон пришел сюда как дурной вестник... Не любила она своего мужа. Да и какая могла быть любовь, когда ей двадцать с копейками, а ему за пятьдесят? Ей нужна была квартира, машина, деньги на карманные расходы, на это она и купилась... Только машина у нее не очень, и квартира далеко не самая роскошная, норковой шубы в гардеробе нет. Потому и клюнула она на Антона тогда, в первый день их знакомства. Возможно, Кожедаров проговорился ей, кто такой Антон Иннокентьевич. Может, она не так все поняла и держит его не за представителя, а за самого главного акционера. Тогда она и про Карину ничего не знает.

— А что, справляется?

— Да нет, не очень...

— Тогда почему я вру?

— Не присылал тебя Саша.

— Хорошо. Я сам пришел.

— Зачем?

— Ну, ты же сказала, что Саша сам с тобой не очень справляется.

— Хочешь ему помочь?

— Все зависит от тебя...

— Ну, если ты такой тимуровец... — Завлекающе глядя на Антона, Оксана закрутила на палец локон своих волос.

— Еще какой!

Ее даже раздевать не надо, и кровать у нее за спиной, в каких-то двух шагах. Уложил на спину, раздвинул ноги, и вперед... Но что-то вдруг расхотелось совершать подвиг. То ли легкая победа охладила пыл, то ли совесть вдруг заговорила.

— Только не сейчас. Тебе нужно привыкнуть. Давай завтра, в это же время.

— Ладно, я буду ждать, — раздалось за его спиной, когда он уже открывал дверь.

Оксана хороша, спору нет, и он получил острое удовольствие, пока добрался до этого. Такое удовольствие, что большего и не нужно...

Мельницы мокрого самоизмельчения, дробилки молотковые, конвейеры катучие реверсивные, дымососы, сепараторы пыли... Много чего производит завод, есть еще и перспективные направления, которые нужно осваивать, но что-то нет желания все это досконально изучать. Сейчас бы в окно да на волю, зайти бы в шестнадцатую квартиру в доме номер восемь на улице Мира...

Дверь в кабинет вдруг открылась, и через порог стремительно переступила Оксана. Взгляд у нее был возмущенный, более того, на Антона она смотрела как на свою непокорную собственность.

— Ты почему не пришел? — требовательно спросила она.

— Во-первых, здравствуй...

— Я, между прочим, тебя ждала!

— Извини.

— И это все, что ты хочешь мне сказать?

Оксана села на приставной стол, откинув полы пальто и забросив ногу за ногу. От открывшихся видов у Антона захватило дух.

На Жору можно наплевать. В закрытую дверь он ломиться не станет, а они с Оксаной будут тихо. Если получится... Да, Жору можно послать куда подальше, но на Карину Антон наплевать не мог. Как бы ни рвалась на волю его кобелиная сущность, изменить он ей не смог. Пытался, но не смог. И вряд ли сможет.

— Извини, это была игра, — развел он руками.

— Какая, к черту, игра?

— Иди домой.

Он мог бы отправить ее к Кожедарову, но тот в больнице, криз у него гипертонический, не может он выполнять свой супружеский долг, потому и приперлась к нему Оксана...

— Ты это серьезно? — чуть не задохнулась она от возмущения.

Антон ничего не ответил, он просто повернулся к Оксане спиной. Вместе с креслом повернулся. Неприличный жест, зато доходчивый.

— Ну, знаешь! — Оксана пулей вылетела из кабинета, громко хлопнув дверью.

Антон снова повернул кресло к столу и вдруг вздрогнул, увидев Карину, стоявшую в знаменитой позе: «А мне по фигу, на какой стороне у тебя тюбетейка!»

— И как все это называется? — ожесточенно спросила она.

— Да вот, ходят всякие, домогаются...

— А ты к ней домой не ходил, отмычками дверь не вскрывал?

— Отмычками... дверь... — оторопело протянул Антон.

— И как она голышом смотрится? — добила его Карина.

— Ты что, следишь за мной? — нахмурился он.

Семейные отношения — дело серьезное, но все-таки даже Карина должна была знать меру. В конце концов, Антон — не ее собственность.

— Да нет, все гораздо проще... Оксана — наш человек, и с Кожедаровым она живет не просто так.

— Не понял?

— А ты немного подумай и поймешь.

— Ты держишь Кожедарова под контролем?

— Ну вот, дошло наконец.

— И Оксана — твой человек...

— Ты хотел с ней переспать? — строго спросила Карина.

— Да, хотел. Но не смог.

— Почему?

— Потому что ты меня заговорила. Не могу я тебе изменить.

— Я тебя не заговаривала.

— Ты меня ждала... Ты для меня все...

— А в квартиру к ней зачем полез?

— Говорю же, нервы пощекотать надо было...

— Плохой из тебя «медвежатник», да и здесь ты не на своем месте, — усмехнувшись, Карина взглядом обвела его стол.

— Почему?

— Сам знаешь, почему...

— Да нет, нормально все.

— Не нормально. Я в заводских делах больше разбираюсь, чем ты, и штаны здесь не просиживаю... Нервы, говоришь, чешутся? — с ехидной иронией сощурилась она. — Что ж, можешь их почесать. Если тебе так нравится рисковать, то вперед и с песней.

— Куда?

Антон не знал, радоваться ему или нет. Одной своей половиной он рвался на свободу, но другой прочно был привязан к Карине. Но если она дает ему отставку, цепляться за нее он не станет.

— На войну. Где стреляют и убивают...

— Это ты о чем?

— Проблемы у нас. Очень серьезные проблемы.

Карина не шутила. И Антона от себя не гнала. Она отправляла его на дело, которое могло стоить ему жизни. Но так ведь он трудностей никогда не боялся. И вообще, не дело это, когда баба ходит по лезвию бритвы, а мужик штаны в теплом кабинете протирает...

Глава 21

Волчий взгляд исподлобья, морщинистое, дубленое лагерными ветрами лицо, шрам «розочкой» на щеке, рубец на губе, золотые фиксы в коричневых от чифиря зубах... Для полноты картины не хватало только ушанки, ватника с номером на груди и кирзовых «прохорей».

Этот человек вышел из сурового лагерного мира, но так ведь и Антон семь с половиной лет в зоне провел, но не кичится своим уголовным прошлым.

— Ты кто такой? — спросил вор.

Не смогла Карина уберечь Сухаря, все-таки скопытился он от передоза. Видимо, сам этого хотел. Не успел он загнуться, как появился этот тип. Назвался вором в законе, но так это у него на лбу не выбито. А если есть звезды на ключицах — это еще не доказательство.

— Кастальский Антон Иннокентьевич.

— Да мне по барабану, как тебя зовут! Ты кто такой, чтобы со мной базар держать?

— Ты с меня иметь хочешь и при этом спрашиваешь, кто я такой? — удивленно повел бровью Антон.

— Я с тобой на «стрелу» не забивался.

— А с кем ты хотел говорить, с Карой?.. Так она женщина порядочная и с незнакомыми людьми на «стрелке» не встречается.

Разговор шел возле кафе на окраине Подвойска. Антон нарочно не стал заходить внутрь, давая понять, что ему западло садиться за стол с каким-то там Бореем.

И зря этот так называемый вор борзо с ним ведет, ясно же, что Антон не хрен с бугра, если подъехал на «стрелку» на дорогой машине, с отборными бойцами. Свита у него внушительная, Борей такой похвастаться не мог. Разношерстная свора у него какая-то, а не свита. Но это совсем не значит, что вор не опасен. Взгляд у него, как у матерого волка, это выдает в нем сильную натуру. Но так ведь и Антон не из мыльного пузыря родился.

— Или ты думаешь, что с бабой легче договориться? — с пренебрежительной ухмылкой укусил он вора.

— Хочешь сказать, что ты за бабу? — скривил губы Борей.

— Я назвался, а про тебя ничего не слышу, — сурово нахмурил брови Антон. Он был далек от того, чтобы выходить из себя. Тем более что собеседник ответил в стиле «сам дурак», а это само по себе вызывает усмешку. — Может, и сказать нечего?

— Я уже назывался.

— Ты что-нибудь слышал? — Антон с удивлением посмотрел на Славяна, который считался правой рукой Карины.

Этот битый волк был слегка возмущен тем, что Карина поручила «держать базар» не ему, а своему гражданскому мужу или просто сожителю. И хотя он знал, за что и сколько сидел Антон, все равно ему было немного обидно. Но при этом он подыграл ему и небрежно отозвался:

— Да нет, не слышал.

— Может, ничего и не пролетало? — криво усмехнулся Антон. — Может, и летать нечему?

— Слышь ты, фраерок... — подал голос Борей.

— А вот насчет фраерка ты зря загнул. — Антон вложил в свой взгляд всю свою злость, которая помогала ему выживать в зоне и брать верх над своими врагами. — Я — пацан правильный и в зоне по закону жил, «смотрел» за бараком. Меня «мусора» из «отрицала» выбить не могли... Так что не надо, дядя.

— Я тебе не дядя! Я в законе!

— В законе? Так объявись! Или что-то не так?

— Борей я!

— Борей?! Не знаю такого... Не прогоняли по тебе «маляву» по зонам.

— Так и я про тебя не знаю.

— А ты Анфасу «маляву» зашли, он тебе отпишет, кто такой Антон Кастальский...

— Ну, может, и «смотрел» ты за бараком, и что? — презрительно фыркнул Борей. — Мне-то что с того?

— Как что? Ты же «смотрящим» себя объявил. Ты за районом «смотреть» собираешься и должен знать, с кем дело имеешь. А мне, например, все равно, кто тут права качает. Сухарь умер, теперь я за районом «смотреть» буду.

— Че?! Ты?! Да кто ты такой?

— А это Анфас решит. Он — вор уважаемый, за областью «смотрит», а там восемь зон, туда «грев» гнать нужно. Пока Сухарь был, никто ничего не менял, а теперь Сухаря нет, теперь наша братва решает, кого «греть»... Я понимаю, за тобой уважаемые люди, но так у Анфаса свой «общак»...

— Слышь, пацан, борзеть не надо! — заколотился Борей.

— Я не борзею, я дело продвигаю. Свое дело продвигаю. Если бы за тобой Анфас был, у нас были бы общие интересы, но за тобой другие люди, с которыми у нас никаких дел нет.

— Нарываешься? — сквозь зубы процедил вор.

— Нарываются, когда на рожон лезут. А мы никуда не лезем, мы здесь стоим. На рожон ты лезешь... Но я тебя, бродяга, понимаю: за тобой уважаемые люди, тебе ответ перед ними надо держать. Но так и ты меня пойми... Я Анфасу «маляву» заслал, как он скажет, так и будет. Если ему нужен «слам» на «общак», мы будем ему отстегивать... Ты сам, Борей, как думаешь, какой ответ будет?

— И когда ты «маляву» заслал? — заскрипел зубами вор.

— А как только Сухарь загнулся, так и заслал...

Антон лукавил: письмо Анфасу он отправил вчера, сразу же, как только Карина сообщила ему о проблеме, причем отправил нарочным. По воровской почте письмо идет долго — и месяц может, и два. И вряд ли бы оно дошло до адресата, если бы Антон отправил его таким путем сразу после смерти Сухаря. А тут — раз-два. Ночью письмо было уже у Анфаса, а утром он позвонил Антону на телефон. Признаться, предложение от тяжмашевской братвы его удивило, но отказаться он не мог. Там ведь очень солидные деньги, и, чтобы их получать, надо всего лишь дать согласие. Будь Анфас дураком, был бы сейчас чьей-нибудь шестеркой, а не паханом...

Но про то, что Анфас дал согласие, Антон не говорил. Братва словам не верит, тут подпись Анфаса должна быть. А тому, чтобы подписаться под такое дело, нужно заручиться поддержкой своего клана, для этого сход собирать надо.

— Так, может, ты Сухаря и загнул?

— Что?! — Это были не просто слова. Это был крик души, вырвавшийся наружу через бездну, в которую вдруг превратились глаза Антона.

Он не стал говорить, что это предьява, за которую можно ответить кровью. Его глаза кричали об этом. Вор даже в лице изменился. Он хоть и не из пугливых, но ему стало не по себе.

— Ну, все может быть...

— Так было или может быть? — холодно спросил Антон.

— Сход разберется.

— А кто вопрос поставит? Ты?

— Ну, хотя бы и я.

— Ну, хорошо... — Антон резко повернулся к вору спиной.

— Эй, ты куда?

Борей не должен был кричать ему вслед, но вырвалось у него. От страха вырвалось. От страха, который сумел внушить ему Антон своим взглядом.

Напрасно Борей пытался исправить ситуацию, Антон на компромисс идти не собирался...

Пожарная лестница ржавая — без перчаток можно ободрать руки. Но Антон без перчаток на дело не ходил. Ночь, чуть в стороне болтается на ветру фонарь, размазывая свет по аллее, что тянется к парадному входу. А с торца гостиница не освещена, и можно спокойно залезть на балкон по лестнице.

Дверь, правда, закрыта, но справиться с ней легко. Антон все знает, у него все есть. Правило у него такое: без разведки на дело не выходить. Дверь открывается легко — достаточно вырезать кружок из стекла и сунуть в отверстие руку, чтобы провернуть защелку. На это ушло всего три минуты.

Четыре часа утра, в это время, как правило, засыпают самые стойкие. Гостиница бедная, дежурных по этажу здесь нет, поэтому в коридоре никого. Антону нужен триста семнадцатый номер, но заходит он в триста девятнадцатый. Там сейчас никто не живет, а замок такой, что его и гвоздем открыть можно. Тихо в номере, где обосновался Борей. Антон фоноскопом прослушал стену, чтобы убедиться в этом. Только храп слышен, и все. Никто не переговаривается между собой, значит, никакой засады в номере нет.

Борей понимает, что допустил большой косяк, но шок уже прошел, и вряд ли он думает, что Антон сможет дать ему ответ. Во-первых, духу ему не хватит, а во-вторых, Борей в законе, и за его кровь спрос особый.

А духу Антону хватит. Борей обвинил его в гибели пусть и не законного, но вора — такое не прощается. А если Антон простит, то об него можно будет вытереть ноги...

Действительно, не бережется Борей. Изнутри дверь у него не заперта, а снаружи она открывается легко. Жаль, Антон надеялся, что у него сегодня ничего не выйдет, а завтра он мог и передумать. Но нет, дверь открыта, Борей спит, с храпом выдыхая из себя перегар. В кабаке он сегодня заряжался, много выпил. Что ж, надо добавить...

Сначала удар по шее, чтобы вор не проснулся. Затем Антон разжал ему зубы, сунул в пасть шланг, на верхнем конце которого была закреплена воронка. Самопальная водка из технического спирта — вещь очень токсичная. Главное, чтобы она попала внутрь организма.

Борей даже не дернулся, отдавая концы. Сердце в груди бешено заколотилось, а потом вдруг заглохло. Пить меньше надо. И за базар отвечать...

Деньги вроде бы не пахнут, но почему тогда на их запах слетается воронье с говорящими ртами?

Антон заслал «маляву» Анфасу, а приехал к нему совсем другой вор. Из его сообщества вор, но другой. Хотя и коронованный.

Против Березняка Антон ничего не имел, но все равно сравнил его с вороном. Может, он чем-то внешне напоминал эту важную носатую птицу. Глаза у него вороньи, нос похож на острый и сильный клюв, даже волосы цвета вороньего крыла. И во взгляде есть что-то магическое. Такое ощущение, что не в глаза он смотрит, а прямо в душу.

— Что там с Бореем случилось? — спросил он, внимательно глядя на Антона.

Они сидели в ресторане, которым владела тяжмашевская братва. Ни посетителей здесь, ни обслуги, ни поваров. Даже охрана и та на улице. Антон сам подавал блюда.

— Водкой отравился. В кабаке мало было, так он еще где-то прикупил.

— Где прикупил?

— Да без разницы где, главное, что подавился. На чужой кусок пасть открыл и подавился...

— Ну, чужой не чужой, а пасть открыл. И кто-то ему туда непроглотный кусок сунул. — Березняк не сводил глаз с Антона.

— Все может быть.

— Батум тебе может предъявить.

— При чем здесь я?

Батум возглавлял сообщество воров, которое представлял Борей, с мнением этого законника приходилось считаться. Но Антон и сам понимал, что за смерть несостоявшегося «смотрящего» предъявят ему, поэтому прогноз вора совсем его не удивил.

— Борей тебе за Сухаря предъявил, тебя это очень расстроило.

— Очень.

— И в ту же ночь Борея не стало... Ты, Антон, ничего не говори, не надо. Зачем говорить? Я не на разбор приехал, за Борея спрашивать не собираюсь. Просто знать надо, что там да как... Анфас про тебя говорил, пацан ты резкий, быстрый на расправу... Может, и правильно все. Предъявлять человеку без разбора — это косяк. Был бы ты сявкой какой-нибудь, а ты — человек. И я с тобой по-человечески говорю, так, чтобы ты все понимал. Сам знаешь, Анфас человек очень уважаемый, и здесь, в Москве, ему будут очень рады. Но ему где-то закрепиться надо. Ты меня понимаешь?

Антон молча кивнул. Он действительно все понимал. Москва сейчас — центр притяжения для всех, потому что здесь реальные деньги крутятся. Вот и Анфасу захотелось погреть руки на московских деньгах, потому и рванет он сюда после отсидки. База ему нужна, плацдарм для наступления на московскую землю, и Подвойский район — идеальное для этого место.

— Анфас уже скоро откинется, сюда приедет. Мы с тобой должны помочь ему устроиться.

— Не вопрос. Финансовый вопрос решим, дом будет, машина будет, бойцы будут. Все будет.

— Хорошо. Очень хорошо... Сколько на «общак» от вас будет поступать?

— От кого «от вас»?

— Ну, ты же братву представляешь, которая этот район держит.

— Братву Кара представляет. Она здесь все держит, и она будет на «общак» отстегивать. Мне будет отстегивать, как представителю Анфаса. Десять процентов с навара.

— Сколько это?

— Что-то около миллиона долларов.

— В месяц?

— В год.

— Что-то не очень много, — нахмурил брови Березняк.

— А откуда здесь много? Это же не Арбат, где казино на каждом шагу. У нас рабочий поселок, обороты здесь небольшие...

— А завод?

— Что завод?

— Ну, ваша братва не просто «снимает» с него, но и владеет им. Или нет?

Антон попытался сдержать удивление, но не получилось. Березняк заметил его смятение, но не позволил себе выдать свое самодовольство и смотрел на Антона с непроницаемым лицом.

Хотелось бы знать, откуда вор узнал про завод. Ведь он вчера приехал, причем всего с одним бойцом в свите. Это чужая для него земля, здесь у него нет связей, а он уже так много знает...

— Чем владеет? Убытками?

— Ну, вы же не лохи, чтобы в убыток себе работать, — парировал Березняк.

— Нет, не лохи. Поэтому конкретно вложились в завод, на ноль его вывели. В ноль завод работает — без убытков и без прибыли. Когда-нибудь на рентабельность выведем.

— Когда-нибудь?

— Что-то я тебя не понимаю, Виктор Петрович. Ты к чему клонишь?

— Мне нужна полная информация о ваших доходах и расходах.

— О каких ваших? Я тебе еще раз говорю, братву Кара держит, у нее все в руках. Мы с ней договорились, и она готова отстегивать в наш «общак». Раньше Сухарю отстегивала, теперь нам будет отстегивать. Через меня.

— Через тебя?

— Да, через меня. Тебя что-то не устраивает?

— Я так понимаю, ты за этим районом собираешься «смотреть»?

— Ну, если Анфас назначит.

— Сход все решает. Анфас уже собирает сход, там все и решится... А пока пусть все остается как есть. Ты собираешь здесь на «общак» и «слам» передаешь Анфасу. Через меня.

— Так и будет, — кивнул Антон.

— Мне нужны деньги за этот месяц и за два месяца вперед.

— Сделаем.

— Вот и хорошо, братишка... А чего мы здесь как в склепе сидим? — улыбнулся Березняк. — Где музыка? Где бабы?

И музыка появилась, и женщин подогнали. Но Антона уже ничего не радовало, и не было никакого желания угодить вору...

Кто-то вяжет, когда на душе неспокойно, кто-то наблюдает за рыбками в аквариуме, а у Антона свое средство от стресса. Он сидел в кресле перед камином и смотрел на огонь. Дрова горели с успокаивающим треском, и тепло от камина согревало озябшую душу. А еще Карина подала бокал горячего вина.

— Ты чем-то озабочен, — заметила она.

— Зря мы втянулись в это дело. Надо было с Бореем договариваться.

— Он двадцать пять процентов требовал.

— Не знаю, он мне этого не говорил.

— Не успел. — Карина села к Антону на колени, поерзала немного, устраиваясь поудобней, уютно прижалась к нему. — Ты такой мягкий. Такой теплый... Я бы так не смогла, как ты с Бореем...

— Ну, ты же сама вернула меня в этот зверинец... Я бежал от него, а ты меня вернула...

Антон вернулся к нормальной жизни, едва оказавшись за воротами зоны. Вся дикая и жестокая действительность зарешеченного мира, казалось, осталась за колючей проволокой. Но так только казалось. Тюрьма с ее свирепыми законами прочно вошла в его подсознание, потому он, не раздумывая, ответил ударом на оскорбление. Здесь ответил, на воле... А может, это и не воля вовсе. Ведь ему снова приходилось иметь дело с людьми, которые даже на воле живут по тюремным законам. От которых в любой момент можно получить перо в бок...

— Чем тебе твой Березняк не угодил? — с заметным напряжением в голосе спросила Карина.

— Мой... В том-то и дело, что мой — мы из одной стаи. Но ты же знаешь, что внутри стаи мира нет. Всегда кому-то чего-то не хватает...

— Чего Березняку не хватает?

— Закрепиться он здесь хочет. Ему наша земля нужна. И ему, и Анфасу.

— Я это уже поняла.

— Березняк хочет «смотреть» за нашим районом.

— Он сам тебе это сказал?

— Пока не сказал. Потому что все вилами по воде писано... Сход соберется, Анфас решать будет. А меня туда даже не позвали...

— А ты хочешь «смотреть» за районом?

— Да нет, я лучше бы на завод вернулся... — Окунулся Антон в воровское болото, почувствовал себя в нем как рыба в воде, даже наглую щуку сожрать успел, но все-таки это не его стихия. — Я столько адреналина хлебнул, что мне на год хватит...

— Ну, так в чем же дело? Пусть Березняк за районом «смотрит».

— Дело не в том, кто «смотреть» будет, а в том, что я для Анфаса — пешка, которую можно подвинуть. Я ему ферзя в зубах принес, а он меня все равно за пешку держит...

— Ну, так еще ничего не решено...

— Решено, Карина, все уже решено... Они все про нас знают. Про завод знают, про наши с тобой отношения. Про завод Березняк мне сказал, а про наши с тобой отношения скажет на сходняке. Чтобы меня подвинуть, скажет. Логика простая: если мы с тобой в сговоре, то с тебя много не возьмешь. А если Березняк станет «смотрящим»... Я думаю, им десяти процентов будет мало. Все двадцать поставят и еще аудит нам по полной программе устроят... Мы сунули палец в пасть акуле. Как бы нам руку по локоть не откусили.

— Ну, с акулами у нас разговор короткий, — поднялась на ноги Карина.

— Это воры, с ними так просто не решишь...

— С Бореем же ты решил...

— Анфас за меня подпишется. Батум не решится спрашивать с меня, если за мной Анфас будет стоять. Но это нам дорого встанет...

— Ничего, выкрутимся...

— Хочешь жить — умей вертеться... — усмехнулся Антон. — А я хочу жить. С тобой.

Угроза над ним нависла. И над ним, и над Кариной. Сложно им придется, зато никакой скуки. И вряд ли у него возникнет желание залезть в квартиру к какой-нибудь красотке...

Глава 22

Тридцать первое декабря — особый день, преддверие Нового года, новой жизни. В этот день люди загадывают желания, чтобы выстрелить их в небо вместе с праздничным салютом. В этот день накрываются столы, к черту омаров и «Вдову Клико», сегодня в центре внимания — салат «Оливье», мандарины и «Советское шампанское». И еще приветствуется Дед Мороз с подарками...

Но Деда Мороза на сегодня никто не заказывал. Нет у Карины с Антоном детей. Пока нет. А сами они уже давно вышли из детского возраста... Но, увы, Дед Мороз появился. Увы — потому что это был Анфас.

И появился он без приглашения. В норковой шапке, в старой, но вполне приличной на вид дубленке. Выражение лица благодушное, а взгляд морозный, колючий. Только вот мешка с подарками при нем не было. Да и сам по себе он вовсе не подарок.

Никто его не звал, не приглашал, но и за дверь его Антон выставить не мог. Приняли незваного гостя хорошо — накормили, напоили. А потом Антон вместе с ним отправился в баню, что стояла у озера неподалеку от дома.

— Прорубь в озере есть? — спросил вор. — Я что-то не заметил.

Они сидели в парилке, жара здесь такая, что Антон и сам с удовольствием бы окунулся в ледяную воду.

— Сделаем. — Он вышел из парилки, по рации связался с начальником охраны, поставил задачу, после чего вернулся к Анфасу и сел на полок. — Будет прорубь.

— Да можно просто снегом растереться... Я же тебя не напрягаю, брат.

— Зачем так говоришь, Дмитрий Николаевич?

Почти полгода прошло с тех пор, как Березняк уехал с деньгами. Сход был, но Антона на место «смотрящего» там не утверждали. И Березняка тоже на Подвойск не назначили. Антон продолжал жить своей жизнью, перегонял деньги Анфасу. Нормально все было. Клан Батума на него не наезжал, киллер по его душу не приходил. Все спокойно было, пока не появился Анфас. Освободился он и первым делом к Антону домой отправился. Появился у него под Новый год, но вряд ли это хороший знак...

— Ну, может, наша воровская жизнь тебе обрыдла?

Собственно, воровской жизнью Антон и не жил, так что в самой постановке вопроса заключен был подвох.

— Что-то не так, Дмитрий Николаевич?

— Жениться собираешься, да?

— Я уже давно на Карине женат. Осталось только официально оформить отношения.

— Законный вор не должен иметь жену.

— Я не в законе.

— Ну, какие твои годы... Человек ты правильный, косяков за тобой нет. А то, что с Бореем решил... Так с этим ничего не ясно, ты его сделал или нет. Может, и не ты... А если ты, но ведь даже законный вор должен следить за своим базаром... Да и не вор он, этот Борей. Апельсин доморощенный, вот он кто... А мы тебя по всем правилам коронуем... Ну, если ты этого заслужишь...

Антон мысленно усмехнулся. Туманное обещание, из разряда «когда-нибудь», «может быть». Оно похоже на морковку, которую вешают перед глазами ослика, чтобы он шел за ней и тащил за собой тележку чужих проблем.

Воровская корона — это не столько почет, сколько ответственность. Слишком уж тяжелой может оказаться «шапка Мономаха» для Антона. Столько обязательств возникнет у него перед воровским сообществом, что с головой придется окунуться в этот мир. А оно ему нужно? Ему и без короны хорошо. После встречи с Березняком вдруг захотелось поскорее освоиться на заводе, войти в курс дел, втянуться в решение производственных и финансовых проблем. И освоился он, и втянулся. Нет, он еще не готов управлять заводом, но все ближе подходит к этому. Потому что нравится ему такая жизнь...

— К чему ты клонишь, Дмитрий Николаевич?

— Ты — наш человек, Антон, тебе с нами по пути, а не с твоей Карой.

— Я должен отказаться от Кары?

— Ты должен стать законным вором. И ты должен жить для братвы.

— Одно другому не мешает, — неуверенно проговорил Антон.

— Мешает!

Анфас не стал развивать свою мысль, он поднялся с полока, вышел в трапезную, смахнул со стула простынь, укутался в нее и направился к выходу.

Прорубь в озере была размером с теннисный стол, но разбить ледяную корку оказалось несложно. Охранники уже справились со своей задачей, поэтому Анфас быстро нырнул в студеную воду. У Антона не было никакого желания подражать ему, но и на берегу он остаться не мог. Надо было показать, что ледяная вода ничуть его не пугает.

Он нырнул в прорубь вслед за Анфасом. Вода обожгла тело, сжала в лепешку мозг, но сейчас все пройдет, и кровь наполнится особым теплом. Чем сильнее расслабишься, тем быстрее согреешься...

Анфас фырчал, делая резкие движения, чтобы согреться. Все, надоело ему купание, на лестницу он уже смотрит, которую установили на краю проруби. Зато Антон внешне спокоен, такое ощущение, словно он в теплом бассейне плавает.

— Так что ты там хотел мне сказать, Дмитрий Николаевич? — неторопливо спросил он. — Для братвы жить надо?

— А разве нет?

— Я могу жить для братвы. Но зачем Карину бросать?

— Мешать она тебе будет.

— Обоснуй!

Но Анфас больше не мог выдержать в ледяной воде. Махнув на Антона рукой, он выбрался на лед, накинул простыню и босиком прошлепал к бане. Антон выждал пару минут и только тогда последовал за ним.

Вор отогревался в парилке. Воды на каменку плеснул, подняв к потолку обжигающий пар, и руки к бокам притер, чтобы согреться. Он заметил иронию в глазах Антона и вздохнул:

— Старею я. Уже не такой, как раньше. Сорок восемь лет, мотор уже не тянет...

— Ничего, после баньки как новенький станешь... Так почему я должен бросить Карину? — не унимался Антон.

— А почему вору нельзя жениться? А потому, что баба его к дому привязывает, на семейные дела подписывает. А у тебя с твоей Карой семья, ее деньги — твои деньги. Чем больше она отстегивает на «общак», тем больше теряешь ты. И наоборот, чем больше берешь ты, тем больше теряет она...

— То есть, пока я с ней, денег тебе на «общак» больше не будет?

— Нам на «общак», — поправил Антона Анфас. — Нам. Ты вор, и наш «общак» — твой «общак». Или не так?

— Все так.

— Тогда почему мы теряем в деньгах?

— А мы теряем в деньгах?

— Твоя Кара назначила миллион в год, а должна отстегивать все три. Это если снимать с нее десять процентов, о которых был уговор. А если назначить двадцать процентов?..

— Что-то ты круто замахнулся, Дмитрий Николаевич. Я же объяснил, что мы не Москва...

— А кто ночной клуб на Новом Арбате открыл?

Антон не удивился. Для него не было секретом, что воры собирают информацию о бизнесе тяжмашевской братвы. Тихой сапой собирают, не привлекая к себе внимания. Именно поэтому и появился сегодня Анфас, чтобы поставить Антона перед фактом. Торопится он, но так ведь его можно понять. На дворе последний день старого года, и ему хотелось решить все проблемы уже сейчас, чтобы завтра начать новую жизнь.

— Новый Арбат — это не наша земля. У этой земли есть хозяева, Кара им отстегивает за «крышу». Все чисто «по понятиям».

— Но доход она с клуба имеет?

— Да, но за «крышу» платит. Если ты перебьешь «крышу», то будем платить за клуб тебе.

— А что ты насчет «Тяжмаша» скажешь? Он тоже под чьей-то «крышей»?

— Да, под «крышей» тяжмашевской братвы, и она платит тебе. Десять процентов платит. А за что платит? Когда с клубом проблема встала, кто ее Каре помог разрулить? Никто. Сама все разрулила. А она тебе за «крышу» платит, хотя ее пока нет...

— А ты на что? Разве ты не меня здесь представляешь?

— А меня что, кто-то «смотрящим» назначал? Какие у меня полномочия? Кто меня в Москве знает?

— Будут у тебя полномочия. И корона будет. Все будет.

— Но для этого я должен бросить Кару?

— Это твое личное дело. Главное, ты должен повысить выплаты с нее.

— Значит, я должен просто ее кинуть.

— Не надо никого кидать, — поморщился Анфас, — надо всего лишь решить вопрос.

— Как? Кара — это мафия. Там своя система, там свой «общак», свои авторитеты. Это тебе, Дмитрий Николаевич, не мужики с лесоповала, их на понт не возьмешь. Сход собирать надо, решать вопрос. А кто захочет поднимать тебе выплаты себе в убыток? Братва постановит поднять тебя на вилы. Тебе это нужно?

— Тпрр! — осадил Антона вор. — Не гони коней, а то сам загонишься... Ты или на самом деле ничего не понял, или не хочешь понимать. Проблемы с выплатами решишь ты. Увеличишь их в три раза, станешь на положение, там и корона не за горами.

— Цена слишком высокая, — покачал головой Антон. — Я бы сказал, нереальная цена. Кара на это не пойдет.

— Вот и я говорю, что не надо ее слушать. Ты вор, ты должен рулить тяжмашевскими вместо какой-то бабы. Забери у нее власть, подними выплаты, а мы в долгу не останемся... Я мог бы решить с твоей короной прямо сейчас, но ты должен доказать, что имеешь право на нее. Задвинь свою Кару, поставь район под себя, реши вопрос с выплатами...

— Кара четыре года меня из лагеря ждала. Ты же знаешь, она каждый месяц ко мне приезжала. Кара любит меня... И я ее люблю... А ты мне, Дмитрий Николаевич, предлагаешь такое...

— Только сопли пускать не надо, — скривился Анфас.

— Это не сопли, это жизнь. Моя жизнь, — сурово посмотрел на него Антон. — И ломать ее я никому не позволю.

— Ты должен жить для братвы.

— Я же сказал, одно другому не мешает. Я живу с Кариной, ты получаешь на «общак» деньги, и никаких проблем. А если поднять выплаты, то проблемы появятся. И для тебя, и для меня, и для всех.

Анфас кивнул, будто бы соглашаясь, но ничего не сказал. Поднялся со своего места, вышел из парилки. Не нравился ему настрой Антона, но переубеждать он его не стал, понял, что бесполезно. А может, просто решил отложить разговор до следующего раза.

А через неделю на место «смотрящего» по району был назначен Березняк. Антон возражать не стал. Во-первых, все равно ничего не изменишь, а во-вторых, если Березняк — враг, то держать его нужно близко к себе. Что-то затевал Анфас, и это надо было выяснить. Тем более что Карина понимала это ничуть не хуже, чем он...

Глава 23

Если мужчинам нравятся красивые женщины, то почему не должно быть наоборот? И Карине нравились интересные мужчины. В конце концов, она же не монашка, чтобы закрывать глаза на земные соблазны.

Но если у Антона учащался пульс, когда он видел красивую женщину, то Карина в присутствии привлекательного мужчины вела себя совершенно спокойно. Глянула, отметила, что хорош собой, и все, на этом ее интерес затухал. И все потому, что для нее существовал только Антон. Это напасть, наваждение, но в этом и счастье.

Да, у Антона бывают заскоки. Для него все едино — что выставлять чужие квартиры, что залезать в постель к замужним бабам, главное — получить адреналиновый заряд. Но ведь при этом он не смог изменить Карине. Считай, уложил Оксану на лопатки, но закреплять свою победу не стал... Вот если бы закрепил, тогда другое дело... Тогда... тогда бы она, возможно, тоже изменила ему... хотя бы с директором своего ресторана.

— Карина Васильевна, как вам наше фирменное блюдо?

Овощной рататуй с ягнятиной действительно был очень вкусным.

— Гурманы будут рады, — улыбнулась она.

Карина активно осваивала Москву: и казино здесь недавно открыла, и уже шесть ресторанов у нее, не считая кафе. Но не каждым новым заведением управлял столь видный мужчина. Олегу Соколову тридцать четыре года, он большой любитель вкусно поесть, но при этом его фигуре мог позавидовать любой мужчина — высокий, статный, подтянутый. Темные волосы, черные брови, правильные черты лица. Тип лица славянский, но кожа при этом смуглая, как у настоящего итальянца, и искусственный загар здесь ни при чем. А глаза — это уже повод для волнения. Красивые глаза, глубокие, загадочные... Только почему-то Карину совсем не тянет к нему в постель. Пообщаться с ним приятно, но не более того. Хотя этого вполне достаточно, чтобы каждый раз, приезжая в Москву, обедать именно в этом ресторане. И кухня здесь на высоте, и уровень сервиса — один из лучших.

— Вот! Именно это я и ожидал от вас услышать! — одарил ее белозубой улыбкой Олег.

Карина сидела в отдельном кабинете, на мягком диване, приятная тихая музыка ласкала слух, а Соколов — радовал глаз. Так хорошо ей было, что не хотелось отсюда уезжать.

— Прикажете подать клубнику со сливками?

— Хочешь, чтобы я была толстой и некрасивой? — расслабленно улыбнулась она.

— А кто говорит, что полнота женщинам не идет? — удивленно спросил Олег.

— А кто говорит?

— Вы, Карина Васильевна, так говорите. Если толстая, значит, некрасивая. Но это совсем не так.

— Тебе нравятся рубенсовские женщины?

— Я бы не сказал.

— Может, ты не знаешь, что это такое?

— Нет, я знаю... Это пышные формы... — Олег коснулся пальцами спинки соседнего кресла и выразительно взглянул на Карину, прося разрешения присесть рядом с ней.

Она согласно кивнула и продолжила:

— Так я не поняла, нравятся тебе пышные формы или нет?

— Мне нравятся ваши формы... — ответил он, смущенно отводя взгляд в сторону.

— Вот это уже интересно! — покровительственно улыбнулась Карина. — А тебе не стыдно заигрывать с замужней женщиной?

Фактически Карина флиртовала с Соколовым, но это ее не особо смущало. Во-первых, все это не серьезно, во-вторых, этот красавчик безопасен. А в-третьих, она взрослая и самостоятельная женщина, и если ей что-то нравится, почему она должна себе в этом отказывать? А ей нравилось общаться с Олегом. Особенно сейчас, когда он признался ей в своих чувствах.

— А вы разве замужем? — Олег набрался решимости и посмотрел ей в глаза.

— Замужем. Замужем за мафией.

— Никогда бы не поверил...

— Если бы не знал, да?

— Все это неправда.

— Что — неправда?

— Такая красивая и милая женщина — и во главе мафии. Это все слухи, да?

— Где-то слухи, где-то не очень... Ты меня не бойся, я не кусаюсь.

— Да я не боюсь.

— Боишься, — игриво улыбнулась она.

— Да нет, не боюсь.

— Ну, тогда поцелуй меня.

Игра продолжалась. Сейчас мышка должна атаковать кошку, но у нее ничего не выйдет, потому что коготки заточены.

Только Карина ничего не успела предпринять — столь резво Соколов отреагировал на ее просьбу. Быстро приблизил голову к ее лицу и клюнул губами в щеку.

— Это все? — шаловливо улыбнулась она.

Ее реакция вдохновила его на новый подвиг. На этот раз он нацелился на губы, но уже с меньшей прытью. Карина поймала пальцами его губы и сильно сжала их. Олег отскочил от нее как ужаленный.

— Ты что, шуток не понимаешь? — поднимаясь из-за стола, съехидничала она.

— Извините, Карина Васильевна!

Она снисходительно усмехнулась, с хищной иронией глядя на Соколова, вытерла руки салфеткой, скомкала и швырнула на стол. Но, покидая кабинет, все-таки смилостивилась над ним:

— Можно просто Карина.

Ничего страшного не произошло, ну, увлеклась слегка, с кем не бывает. Антон еще дальше зашел в своих отношениях с Оксаной. Гораздо дальше. А может, и было у них что-то такое, что обоим выгодно было скрывать...

Карина должна была ехать в банк, но велела водителю поворачивать назад. В поселок ей надо, на завод, поскорее увидеть Антона. Но чем ближе она подъезжала к поселку, тем больше накручивала себя. Если вдруг Антон с кем-то, она убьет его... Один раз простила, но на этом ее доброта и закончилась.

Но Антон был в своем кабинете один. Он так сосредоточенно изучал какие-то бумаги, что не сразу заметил, как зашла Карина. Руку к ней протянул, думая, что это секретарша, пальцами пошевелил, давая понять, что не отказался бы от чашечки кофе, а потом все-таки поднял голову:

— А-а, это ты, дорогая! — Он поднялся с кресла, обнял Карину за талию, поцеловал в щеку. — Я тут отчет за месяц просмотрел. По сравнению с апрелем прошлого года мы увеличили отгрузку продукции на восемь процентов...

— Ты говоришь об этом с таким восторгом, — заметила Карина.

— А это плохо?

— Ты сейчас похож на бухгалтера, — улыбнулась она. — Очков только не хватает...

— А чем тебе не нравятся бухгалтеры?

— Мне нравится *мой* бухгалтер. Особенно если он на своем месте...

Антон уже успокоился. Не тянет его больше на приключения и воровская жизнь не прельщает. Во всяком случае, пока. Поэтому ему совершенно не интересно место, которое сейчас занимал Березняк с подачи своего воровского патрона... Но можно ли быть уверенной в том, что все так будет и дальше? Карина всерьез подозревала, что у Антона что-то вроде раздвоения личности. В мире людей — он обычный человек, а в мире волков принимает обличье зверя. Он же ничуть не терзался сомнениями, когда шел убивать Борея. Карину его поведение тогда даже напугало, хотя при этом и восхитило. Он был таким крутым тогда, что она даже не знала, с кем его можно было сравнить. Тот же Косолап казался жалким его подобием... Зато сейчас он такой мягкий, что веревки из него вить можно. Но так будет до тех пор, пока он снова не окажется в мире, где правит закон джунглей. Или пока ему не станет скучно, в этом случае он захочет получить свою порцию адреналина. Хорошо, если просто залезет в чужую квартиру. А если «оседлает» какую-нибудь бабу?..

— Я на своем месте. Можешь назначить меня генеральным директором завода. Я справлюсь.

— Уверен?

— Да. Хотя и не очень... Махина сложная, вдруг не потяну? Это не добровольные пожертвования с братвы собирать, — усмехнулся Антон.

Воры Анфаса не проявляли особой активности. Порядки свои в районе установили, но только среди своих. На подконтрольный братве бизнес не покушались, увеличения выплат не требовали, с нравоучениями к Антону больше не лезли. Потому Карина и мирилась с их существованием, хотя, если честно, была бы рада придушить Анфаса собственными руками. Эта скотина требовала, чтобы Антон сначала отрекся от нее, а потом занял ее место. А он бы смог держать братву в кулаке, никто в этом не сомневался, даже те, кто недолюбливал Антона. Но не захотел он предать Карину. Потому что любил ее...

А вдруг из него выскочит вторая, темная личность, которая устремится под крыло Анфаса?.. Что, если Антон все-таки предаст Карину?

Такой вариант нельзя было исключать, но Карина в него почему-то не верила. Или просто не хотела верить?

— Кожедарову на пенсию пора, — сказала она. — Засиделся он, да и болеет часто. Думаю, через полгодика ты его заменишь. Готовься.

Если через полгода он будет готов сменить Кожедарова, Карина поднимет вопрос на совете директоров, если нет, то Антона можно определить в замы. Пусть займется реальной работой, это удержит его зверя в клетке реальных производственных проблем. Да и о бабах некогда будет думать...

Ананасы в шампанском, клубника со сливками, мороженое с шоколадом... Нет, все это не аморально, но ведет к ожирению. А стоит ли из-за этого переживать? Ведь Олегу все равно, худенькая и стройная она, как сейчас, или толстая, как может случиться в будущем. Тем более что клубника со сливками очень вкусная, пальчики оближешь.

— Вам понравилось, Карина Васильевна? — угодливо спросил Соколов.

— Я же сказала, просто Карина, — указывая на кресло подле себя, любезно улыбнулась она.

— Э-э, как я могу?

— Если хочешь понравиться женщине, то не заискивай перед ней. Ты хочешь мне нравиться?

Не должна она была приезжать сюда снова, но приехала. Могла бы отказаться от обеда, но не отказалась. Можно было бы воспользоваться услугами официанта, но ей захотелось видеть Олега. И говорить с ним в таком тоне она не должна. Но говорит. Антон далеко, охрана за дверью, никто ничего не узнает. Да и узнавать нечего, потому что ничего не будет. Покуражится над мужиком в свое удовольствие, и домой, к Антону.

— Хочу!

— Ну, тогда предложи даме выпить.

Действительно, почему бы не выпить бокал вина? Настроение как раз самое то...

— Да, конечно! — вскочил со своего места Соколов. — Чего изволите?

— Слушай, ты мужик или лакей? Если ты кучер, то пошел вон!

Олег торопливо вышел из кабинета, вернулся с подносом, на котором стояла бутылка белого вина.

— Себе тоже налей... На брудершафт пить не будем. Ишь, чего захотел! — хихикнула Карина.

— Я не хотел! — мотнул головой он.

— Ты не хочешь пить со мной на брудерша-афт? — с насмешливым возмущением протянула она.

— Э-э... Хочу.

— А теперь я не хочу...

Карина выпила, даже не чокаясь с Олегом. Зато соприкоснулась с ним бокалами, повторив заход. Ну а потом был тост на брудершафт. И с такой страстностью он поцеловал ее в губы, что у нее мышцы под коленками ослабли и низ живота вдруг наполнился приятной, щекочущей тяжестью.

— Ну-ну! — Она отстранилась от Соколова, опустилась в кресло и, приложив ко лбу два пальца, посмотрела на него из-под них: — Далеко зайдешь, долго потом выходить будешь... Чем ты меня напоил?

— «Шабли Премье»...

— Что-то пьяное твое «Шабли»... Ты что, споить меня хочешь?

— Я?! Не-ет!

— Ты меня не хочешь? Или ты не мужик?

— Мужик. И вы знаете, что хочу...

Олег вдруг оказался перед ней на коленях, руками нежно провел по ее бедрам, обтянутым юбкой.

— О! Да ты у нас герой!

Ей бы врезать ему коленкой в челюсть, но почему-то не хочется напрягаться. Такая приятная расслабленность в теле, что лень шевелить рукой или ногой. Зато кровь волнуется, как теплый океан вокруг нагретого солнцем тропического острова.

— Да я ради вас на смерть пойду! — заявил вдруг Олег.

— А я ведь и убить могу! — засмеялась Карина.

Это был дурацкий смех, нездоровый, с истерическими нотками. Но ей все равно, ее уже несло по волнам, как бревно по бурному течению реки. И хорошо, если прибьет к правильному берегу...

— Все равно!

Его пальцы нащупали молнию на ее юбке, и она окончательно отключилась, не понимая, что с ней происходит...

Глава 24

Анонимка. Так и написано на конверте, что анонимка. Антон усмехнулся, вспомнив, как герой Крамарова в «Большой перемене» писал донос на свою возлюбленную. Это, говорит, анонимка от меня... Смешно. Еще бы написали, что анонимка эта пришла от «доброжелателя».

Только улыбка вдруг сошла, когда он увидел первую фотографию из тех, что лежали в конверте. Его Карина полулежала на диванчике перед накрытым столом, какой-то тип стоял перед ней на коленях и стаскивал с нее трусики... На следующем снимке она лежала на спине, и чернявый красавчик барахтался на ней, на третьей фотографии оба лежала на боку, она — спиной к нему, глаза закрыты...

Рука нервно потянулась к телефону, но Антон осадил себя. Нет, не надо гнать коней, нужно сначала разобраться. Может, это фотомонтаж какой-то... Хотя это ее, Карины, тело, изображение плохое, но шрам на правом плече точно такой же, как у нее. От шипованного кастета шрам.

Ладно, Карина не святая, она могла согрешить, но почему ее измена попала в фотообъектив? Кому это нужно? Зачем? «Доброжелатель» какой-то постарался? Но так этот человек должен понимать, что с Кариной шутки плохи... А искать этого «доброжелателя» нужно среди своих, среди тех, кто знает, с кем Карина живет и где работает Антон...

Да, надо сначала во всем разобраться... Надо позвонить Карине! Одной рукой Антон шарахнул по столу, а другой снял с рычага трубку телефона.

Но только он набрал ее номер, как дверь открылась и в кабинет зашла Карина. Легка на помине... Она была чем-то взволнована. Может, кто-то предупредил ее, что к нему попал компромат, и она поняла, что тайное стало явным?

— Ну, и что ты скажешь? — спросил он, шлепая фотографиями по раскрытой ладони.

— Ты уже в курсе? — всполошенно спросила она.

— В курсе!

— Банкротить нас собираются.

— Да ну?!

— Все очень серьезно. За этим всем люди из правительства стоят.

— Из какого правительства?

— Из российского. Но с американскими интересами...

— Почему с американскими? Порнуху больше в Германии снимают. Дастиш фантастиш! Айн! — Антон швырнул на стол одну фотографию. — Цвай! — полетела за ней и вторая. — Трах!.. Айн! Цвайн! Трах!.. Не знал, что ты любишь сбоку!

— Это что такое? — Карина взяла со стола фотографии, и тут же краска схлынула с ее лица, а глаза увеличились в размерах чуть ли не в два раза. Дрожащей рукой она подтянула к себе стул и обессиленно опустилась на него.

— Это, конечно же, не ты!

— Я... Это я... — опустив голову, прошептала она.

— Ну, давай объясняй, что я не все так понял!

Антон должен был наорать на нее, взашей вытолкать из кабинета, столкнуть с лестницы. И он с удовольствием сделает это. Но сначала надо разобраться... Слишком уж все это подозрительно. И невыносимо реально!

— Ну, чего молчишь?! — заорал он.

— Ты все правильно понял... — сказала она, еще ниже опустив голову.

— Ты трахалась с этим уродом?

— Я ничего не помню... Он мне что-то подмешал... в клубнику со сливками... Сначала я думала, что в вино, но крыша начала ехать после клубники...

— Сначала клубника! Потом клубничка!!! Со сливками!!!.. Что это за урод?

— Соколов, директор «Русского изыска». Это наш ресторан, я пообедать заехала...

— Наелась!

— Прекрати!

— Что «прекрати»!.. Ты улыбалась ему! Я же видел, как ты ему улыбалась!

— Улыбалась! Потому что ни черта не соображала... Люди себя так под наркотой ведут.

— Сейчас расплачусь!

— Ты что, не понимаешь? Это же подстава! Реальная подстава! Кто-то хочет нас развести! По всем статьям развести!

— Кто-то хочет, а ты ему подыгрываешь...

— Подожди, пожалуйста, подожди!

Карина достала из сумочки телефон, позвонила Улику и велела ему найти директора ресторана «Русский изыск».

— Я знаю, что его нет на работе. Ты мне его из-под земли достанешь! Делай, что хочешь, но он должен быть у меня! — орала она в трубку.

Но Антона этот спектакль не тронул.

— Может, лучше переименуем кабак в «Русское блядство»? А что, повод есть!

— Хорошо, давай переименуем ресторан в «Русское блядство». Только сначала выслушай меня! — Карина, чуть не плача, смотрела на Антона.

— А-а, ну да, я не так все понял, но сейчас ты объяснишь мне, что это совсем не то, о чем я думаю...

— Это все то, о чем ты думаешь. Только думать глубже надо. Не было ничего такого... Я хоть и смутно, но все помню... Не было ничего! Сплошная имитация! — Она в гневе разорвала фотографии, а остатки скормила бумагоизмельчителю.

— Просто это начало. Первая серия. Завтра будет вторая. Чисто мексиканский сериал!

— Сериал, — кивнула Карина. — И это действительно первая серия. А завтра будет вторая. Завтра нас начнут банкротить. Потребуют вернуть все долги, обложат со всех сторон исками, наложат запрет на имущество, арестуют счета... И мы ничего не сможем сделать. Ничего! Если не будем держаться вместе. Нас потому и хотят развести...

— Сама придумала или кто-то подсказал? Натворила бед — и в кусты?

— Антон, пойми, завод хотят обанкротить.

— Зачем? Кому нужен наш убыточный завод? Если бы мы бензин гнали, цветмет, тогда понятно!

— Ты что, не понимаешь политику партии и правительства?

— Какой партии? Давно уже нет никакой партии!

— Есть. Американская партия есть. Я не знаю, кто там, консерваторы или демократы, знаю только, что Америка свалила страну с ног, а сейчас добивает.

Лежачего бьют! Союз развалили! Армию развалили! Промышленность развалили! Это политика нашего правительства! Потому что там сплошь все американские марионетки!

— Ух ты! Лихо! А трахнул тебя агент ЦРУ! Нервный истерический смех!

— Посмейся, а я подожду, — вздохнула Карина.

— Смех очень долгий. И очень истерический.

— Истерикой делу не поможешь.

— Откуда я знаю, кто нас банкротит? Может, ты сама нас и банкротишь? — ухмыльнулся Антон.

— Я банкрочу наш завод?! — вытаращилась на него Карина.

— Ты банкротишь мои мозги! Накосячила с каким-то хренделем и втираешь мне тут!.. Может, он тебя шантажировал? Может, бабла хотел? Может, еще чего-то? Но ты же крутая, у тебя братва на подхвате! Шуганула ты этого урода, а он эти фотки мне заслал! Ты об этом узнала, примчалась сюда, сочинила на ходу какую-то ересь про банкротство... Что, так и было?.. Не надо мне здесь горбатого лепить! — Антон порывисто вскочил с кресла и направился к двери.

— Ты куда?

— В ресторан «Русское блядство»! Тоже «сниму» кого-нибудь! Если нас подставляют, то жди компру на меня! А если нет... то хотя бы согреюсь!

— Ты никуда не пойдешь!

— Еще как пойду!

— Ты не должен этого делать!

— А сделаю!

— Нет!

— Да!

— Нет!!!

— Да пошла ты!

Антон вышел из кабинета, и Жора поднялся ему навстречу. Но брать телохранителя с собой он не собирался, поэтому махнул рукой, заставляя вернуться на место. И все-таки Жора последовал за ним, правда, далеко не ушел: Антон так посмотрел на парня, что его ноги сами развернулись в обратную сторону.

«Мерседес» у здания администрации, водитель Антону не нужен, ключи в кармане, деньги есть. Костюм дорогой, галстук можно снять...

Ехать далеко не пришлось. От завода в сторону поселка, грациозно виляя бредами, шла высокая девушка с распущенными светло-русыми волосами. Легкая кожаная курточка, короткая джинсовая юбка, туфли на высоком каблуке. Лица ее Антон не видел, но фигурой она была похожа на Оксану. Если бы еще и на лицо такая красивая...

Обогнав девушку, Антон замедлил ход, прижал машину к обочине, остановился. Нет, не Оксана это и на лицо не так хороша. Глаза небольшие, узковатые, нос длинноват, но при этом смотрелась девушка довольно-таки соблазнительно. Кожа лица чистая, губки пухлые, аппетитные. Может, и не красавица, но очень миленькая.

Антон вышел из машины, открыл правую заднюю дверь с таким видом, будто был личным шофером этой мисс. Она удивленно посмотрела на него, замедлила шаг, но не остановилась.

— Ой, извините! — смущенно улыбаясь, сказал он.

— Что — извините?

— Я думал, вы — Оксана... Но раз уж я вас обидел, прошу! — Антон закрыл заднюю дверцу и распахнул переднюю.

— Э-э...

— Не бойся, я не кусаюсь. — Он повернулся к ней боком и стал обходить машину. — Дверь закроешь сама. Как зовут?

— Лена.

— Куда Лену везти?

— В поселок. Улица Белинского.

— Работаешь на заводе?

— Да, устраиваться ходила. В бухгалтерии вакансия была.

— Что, уже нет? Заняла вакансию?

— Нет, опередили... А кто такая Оксана?

— Жена директора завода.

— А ты — водитель директора?

Действительно, кто он такой? Карина — председатель совета директоров. Бизнес в районе и в Москве — это собственность всей братвы, а завод она отбила чисто под себя. И в кредиты сама влезла... Она фактически владеет заводом, а кто Антон при ней? Муж? Так они даже не расписаны... Да, на заводе он представляет интересы главного акционера, но что будет, если они расстанутся с Кариной? А они расстанутся. Он ей измену не простит! Значит, он никто на заводе, ну, разве что мелкий акционер. Хотя, конечно, можно преувеличить свою значимость.

— Нет, я — член совета директоров завода.

Все, не хочет он быть членом при Карине. Пусть она выкупает у него акции и дает развод. А не выкупит, черт с ней... К прежнему ремеслу можно вернуться — выискивать богатеев, искать к ним подходы, выставлять их квартиры. В этом есть свое удовольствие. Хоть и сомнительное, но удовольствие.

— И это твоя машина?

— Моя.

А может, ему вернуться под крыло Анфаса? Но тогда придется объявить войну Карине... Она, конечно, сука, но ведь с ней он был счастлив. Был. Счастья больше нет, но память не сотрешь.

— Классная машина! Не то что наши!

— Да, этот «мерин» нас обогнал...

Что ни говори, а немцы сделали большой рывок в автомобилестроении. И все за счет того, что при Горбачеве Союз сначала перестал развиваться, а потом и вовсе рухнул. Горьковская «эмка» тридцатых годов вполне соответствовала мировому уровню — не фаворит, конечно, но и далеко не аутсайдер. «Победа», «Волга» с оленем на капоте — и это уровень. Те же «четыреста двенадцатые» «Москвичи» по своему дизайну ничем не хуже тех машин, что в те времена колесили по улицам европейских городов, не говоря уже о «Ладах». Ломались, говорят, часто, но так диагностику и техобслуживание надо вовремя проходить. «Газ-24», «Газ-3102» — тоже отличная машина для семидесятых и начала восьмидесятых годов, по внешнему виду и комфорту немногим хуже среднелитражных «107-х», «114-х» и даже «116-х» «мерсов». А дальше, увы, провал. Тот же «Мерседес» со своими новыми моделями ушел далеко вперед, «БМВ» ему в спину дышит, «Ауди» идет в том же фарватере, «Опель» и «Фольксваген» где-то рядом, а российский автопром так и остался в советской эпохе. «Девятка» вазовская еще вроде бы ничего, но так и ее уже вовсю обгоняют иномарки малолитражного класса. Все, встала страна, налетели на нее вороны, клюют со всех сторон. Заводы стоят, люди голодают, потому что работать негде, а заграница дальше лютует. Еще не все развалено, еще есть где руку приложить. «Тяжмаш» все еще работает? Непорядок. Обанкротить его — и на свалку истории... Может, и права Карина? Может, кто-то действительно роет под завод?..

— Но ничего, надо верить в лучшее... Значит, не взяли на работу?

— Нет.

— А ты финансовый институт закончила?

— Да нет, какой институт! Курсы бухгалтеров.

— С курсами бухгалтеров тебя на завод не возьмут. У нас все серьезно... Пока все серьезно... С курсами бухгалтеров в мелкой лавочке возьмут... Хочешь работать в мелкой лавочке?

— Нет.

— Тогда в институт поступать надо.

— Ну, это сложно.

— А кому сейчас легко? Ну, помощником бухгалтера мы тебя устроить сможем. Или кассиром там... Будешь работать и учиться...

— Ну, если устроите... — Лена чуть съехала вперед на сиденье, выдвигая длинные ноги из-под юбки и сигнализируя этим, что готова на многое ради личного успеха. Что ж, Антон совсем не прочь принять этот сигнал и дать на него увлекательный ответ...

— Почему нет? Ты живешь на Белинского?

— Да.

— Домой торопишься?

— Не очень.

— Может, в Москву прокатимся?

— Ну, я не знаю...

— Что, парень будет возражать?

— Нет у меня парня.

— Тогда считай, что уже есть... Знаешь, где рябчиков в сметанном соусе подают?

— Нет.

— А я знаю.

Антон привез ее в небольшой, но с отличной кухней ресторан. Ужин для гурманов, танцы под медленную музыку, пьяные желания... Лена прекрасно ориентировалась в жизненных реалиях, поэтому ничуть не удивилась, когда он предложил ей переночевать в гостинице.

Она разделась сама, легла в постель, и Антон забрался к ней под покрывало, губами лаская мочку ее уха...

А Карина говорила, что он не сможет...

Сможет... Обязательно сможет... Надо лишь немного подождать. Сейчас он успокоится, справится со своими эмоциями, и все, можно переходить последнюю черту. Силы для этого есть, только что-то наступательный порыв иссяк.

Антон резко поднялся с постели, потянулся за брюками:

— Извини.

— Что такое, дорогой?

— С работой все решим, со всем остальным тоже... — Он достал из бумажника деньги, положил их на тумбочку: — Купишь себе чего-нибудь. И за такси расплатишься...

Все-таки права была Карина. Не смог он переступить через себя. Не смог изменить ей. Но все равно к Карине он не вернется...

Глава 25

Костюм английский, ремень французский, штиблет японский... правитель хренов. Вернее, председатель правления банка. Сытая краснощекая морда, откормленный живот, толстые ляжки. Этот урод замахнулся на «Тяжмаш», и Карина должна его остановить. И плевать, что его банк пользуется поддержкой правительства. Продажного правительства.

— И что все это значит? — Голос у господина Платова грудной, дребезжащий.

Он смотрел на Карину с интересом и опасением. Его секретарша пыталась убедить, что ее босс чрезвычайно занят, но та ее и слушать не захотела. Она ворвалась в его кабинет, как это привыкла делать, наезжая на крутых, по их собственному мнению, бизнесменов. Банк под охраной, но так в том и вся соль. Если она смогла со своими бойцами преодолеть этот заслон, то и снайперский привет от нее дойдет до него с такой же легкостью.

В кабинет она зашла в окружении лучших своих бойцов, но их уже здесь нет, в приемной они. Возможен эксцесс со службой безопасности, так что им еще, возможно, придется себя показать. Хотелось бы, чтобы проявили они себя с лучшей стороны.

— Спокойно, Виктор Евгеньевич, спокойно. Никто вас обижать пока не собирается, — с демонической улыбкой произнесла Карина.

— Пока?.. Кто ты такая?

— Не надо «тыкать». А то ведь, если я тыкну, у тебя дырка в башке останется...

— Угрожаете мне? Вы даже не знаете, с кем связались! Сейчас здесь будет СОБР, вас тут как тараканов...

— Я же сказала, спокойно, Виктор Евгеньевич. Я — не рэкет, и не надо пугать меня своей «крышей»... Не рэкет мы, — повторила она. — Но наехать можем очень жестко. «Тяжмаш» на тебя наехать может...

— Какой еще «Тяжмаш»?

— Поселок такой есть. И завод там есть, тоже «Тяжмаш». Но не завод на тебя наехал, а тяжмашевская братва. А на завод ты наехал. И сделал это очень зря... Ты меня понимаешь?

— Я наехал на завод?

— А разве нет?

— Ну, я не знаю, о каком заводе идет речь...

— Ты дал команду своим псам банкротить наш завод. Или нет?

— Давайте разбираться, — нервно замахал руками Платов.

— Значит, команда была... Да мы это и так знаем.

Все-таки не зря Карина взяла Кожедарова под свой контроль, женив его на проститутке из подконтрольного «цветника». На Кожедарова и вышли представители «ПлатоГен-банка». Надо отдать должное Кожедарову, банкротить завод он отказался, но и Карине ничего не сказал. Свои у него какие-то на этот счет соображения. Ничего, на пенсии соображать будет. Но это потом, сначала надо разобраться с банкиром.

— Я так понимаю, вы снимаете дань с завода, — сказал Платов.

— Кто, «мы»?

— Ну, ваша тяжмашевская группировка...

— Не группировка, а сообщество. И если вы, Виктор Евгеньевич, не хотите считаться с ней, то мы заставим вас пожалеть об этом. Выбор оружия за вами. Снайперская винтовка, автоматная очередь, гранатометный выстрел, бомба под машиной, цианистый калий, — жестко выговаривала Карина, ядовито глядя собеседнику в глаза.

— Погодите, погодите, не надо меня пугать, — занервничал банкир.

— Я не пугаю. Я предлагаю вам выбор. Или вы думаете, что вас защитит ваша красная «крыша»? Можно построить целую крепость, но это не спасет его владельца от укуса ядовитой змеи, которая ночью приползет к нему в спальню. Змею, конечно, можно будет потом убить, но вас это уже не спасет...

— Я же говорю, не надо меня запугивать. Просто выслушайте меня. Мы можем с вами договориться.

— Как?

— Я знаю, прибыли завод особой не получает, поэтому много вы с него иметь не можете. А мы можем дать много. Миллион долларов, надеюсь, вас устроит?

— В месяц?

— Нет, сразу и навсегда.

— А с заводом что будет?

Карина была слегка озадачена. Похоже, Платов не очень хорошо владеет ситуацией. Знает, кто занимает кресло генерального директора, но ему не известно, кто держит основной пакет акций... Или он просто не может сопоставить женщину, которую видит перед собой, с Пахомовой Кариной Васильевной. Знает, что есть такая бизнес-вумен, но не в курсе, какую силу она собой представляет.

— С заводом? Завод неэффективный... Чтобы повысить эффективность, нужно разбить его на ряд более мелких предприятий...

— А затем эти предприятия выгодно продать?

— Ну, если выгода обнаружится, тогда и думать будем...

— Не будет никакой выгоды, потому что в раздробленном состоянии завод работать не будет. Он просто заглохнет... Зачем это вам?

— Ну, заглохнет не заглохнет, это еще бабушка надвое сказала, — отвел в сторону глаза Платов.

— Бабушка сама загнется. Дети ее работу потеряют, ей пенсию придется им отдавать. Недолго протянет бабушка, когда в нашей стране жируют такие дедушки, как ты, Виктор Евгеньевич! — в презрительной усмешке скривила губы Карина.

— А тебя бабушка заботит? — так же перешел на «ты» Платов.

На Карину он смотрел, как профессор на студента, возомнившего из себя светилу мировой науки.

Вроде бы и правильно тот говорит, но это смешно, когда яйцо учит курицу.

— Ну, я тебе не бюро добрых услуг, чтобы бабушек через дорогу переводить. Но если встанет завод, то люди останутся без зарплат и весь наш бизнес в поселке зачахнет. Если ты такой умный, докажи, что это не так?

— Думаю, резон в твоих словах есть...

— Есть резон! И мы за этот резон будет стоять до последнего... Только стоять — это не наша тактика. Мы работаем на опережение. Хоть одно движение в сторону завода, и ты — покойник!

— Это уже явная угроза, — нахмурился банкир.

Карина не исключала, что их разговор записывается.

— Совесть тебя замучает, сердце не выдержит, — усмехнулась она. — Не веришь?

— У меня нет совести.

— Человек без совести долго не живет. Берусь это доказать.

— Ну, хватит! — не выдержал Платов.

— А если не хватит? Что ты сделаешь, если не хватит? Ментов позовешь? Так у нас деловой разговор, и я — лицо официальное. Кстати, мы не познакомились. Пахомова Карина Васильевна, председатель совета директоров завода. Надеюсь, тебе это имя что-то говорит?

Не сказать, что Платов изменился в лице, но и равнодушным он точно не остался.

— Допустим. Но, во-первых, это не моя идея. Во-вторых, в данном случае я представляю интересы определенных людей. И раз уж у нас возник конфликт интересов...

— Я не буду искать этих определенных людей. За все ответишь лично ты!

— Ну зачем же так огульно? — разволновался Платов.

— Затем, что мне чужого не надо, но своего я не отдам!

— Ну, мы бы могли договориться... — в раздумье промямлил банкир.

— Как?

— Например, выкупить акции завода.

— А как же банкротство?

— Не будет банкротства...

— Но это же дешевле, чем выкупить акции.

— Дешевле.

— Но ты готов на это пойти.

— Ну, в общем, да...

— И какой у тебя в этом интерес?

— Есть интерес...

— Я даже знаю какой... Тебе выделили деньги на то, чтобы ты закрыл завод. Тебе все равно, что с ним будет дальше, для тебя главное — навариться с этих денег. Но раз уж я уперлась рогом, то надо меня купить. А это еще бо́льшие деньги, и ты еще больше с них наваришься... Почем нынче Родина, Виктор Евгеньевич? Оптом дешевле?

— Что ты такое говоришь? — скривился Платов.

Судя по его реакции, Карина была недалека от истины. Хотя, конечно, могла и ошибаться. В чем-то, но вряд ли во всем.

— А то, что хозяева у тебя есть и ты на них работаешь. Можешь передать им, что я не продам завод. Им это не понравится, они примут меры, возможно, меня убьют. Твоим хозяевам ничего за это не будет, а тебе будет. Если со мной вдруг что-то случится, киллер получит команду «фас». Поверь, этого человека нельзя остановить, он пройдет через любую стенку. А если я вдруг дам ему команду «отбой», он меня не послушает. Ты можешь поймать рукой выпущенную в тебя пулю? Если можешь, тогда тебе бояться нечего. А если не можешь, то лучше не рисковать... Ты меня понимаешь?

— Понимаю, — побледнев, кивнул банкир. Похоже, Карина все-таки дожала его.

— Найди себе какую-нибудь другую забаву, а наш «Тяжмаш» оставьте в покое.

— Ну, если вопрос встал ребром...

— Приятно иметь дело с понятливыми людьми, — презрительно усмехнулась Карина.

— Я слышал про вашу группировку... э-э, про ваше сообщество... — пробормотал Платов.

— Что ты слышал?

— Ну, организация у вас серьезная. В известном смысле...

— А в неизвестном?.. Кто меня подставил? Кто рассорил меня с мужем?

— Я не понимаю, о чем разговор... Если бы понимал, я бы сказал... На самом деле мы еще только начали кампанию, так далеко не заходили, чтобы кого-то подставлять...

— Понятно. Дальше можете не продолжать.

Возможно, Платов не совсем в курсе относительно грязных методов работы, которыми грешат его люди. Но это вряд ли. Воротничок у этого человека белый, а душа черная, и грязные методы — это его стиль. Но, похоже, он действительно не понимает, о чем идет речь. Скорее всего, это кто-то другой подставил Карину. Но кто?..

Возможно, была еще какая-то третья сила. Но Платова все же исключать никак нельзя.

— Значит, мы договорились? Вы идете лесом, мы идем полем, и наши дороги не пересекаются, так?

— Так, — согласно кивнул банкир.

— Вы даете гарантии?

— Даю.

Может, и не самая сильная команда у Карины в Московском регионе, но своей разведкой она осталась довольна.

Глава 26

В доме на втором этаже горит свет, черный «Мерседес-210» в гараже... Антон вернулся домой. Карина этому страшно рада, даже если он приехал за вещами, у нее будет возможность остановить его.

Антон сидел за столом в своем кабинете, глаза были устремлены на монитор компьютера, пальцы неторопливо теребили мышку. Карину он в упор не замечал.

— Ничего не хочешь мне сказать? — спросила она.

Не отрывая глаз от монитора, он направил на нее мышку, несколько раз нажал на кнопку.

— И что это значит?

— Это я тебя раздел... Игра такая. Ты же любишь такие игры?

— Не смешно.

— Почему так поздно? — все так же не глядя на нее, спросил Антон.

— У любовника была.

У него дурное настроение, но так ведь и Карина не ангел. Да и почему она должна терпеть его выходки, если он три дня где-то пропадал?..

— Можешь сюда его привезти.

— Он уже здесь.

— Значит, я свободен?

— Выходит, что так.

— Ты не переживай, я сейчас доиграю и уеду.

— Только недолго играй. Поздно уже, нам спать пора.

— Я вам не помешаю.

— Будем надеяться!

Она закрыла дверь в кабинет и прислонилась спиной к стене, высоко вскинув голову. Дура! Какая же она дура!!! Надо вернуться в комнату, сказать Антону, что никакого любовника у нее нет и никогда не было. И прощения попросить у него за ту глупость, которую она совершила. Как ни крути, а она сама дала повод Соколову...

Да, Антон где-то пропадал, но ведь его можно понять. И она его понимает. Поэтому и обрадовалась, когда увидела свет в окошке. Очень обрадовалась. Тогда зачем гадостей ему наговорила? Надо вернуться к нему, сказать, что нет никакого любовника. Надо как-то перебороть свою гордость.

Дверь открылась сама. Антон на мгновение остановился, увидев ее, но совладал с собой и продолжил путь, проходя мимо.

— Ты куда? — не отрываясь от стены, спросила она.

— Я же сказал, что сейчас уеду.

И хотя оба внутренне были уже готовы к перемирию, Карина мысленно проклинала себя за несговорчивость, но тут в руке у нее зазвонил мобильник.

— Кара, Соколов у нас! — возбужденно прогрохотал в трубку Улик.

— Соколов?! Живой?!

— Ну, помяли слегка.

— Сюда его, ко мне везите! Прямо сейчас! Уж очень я по нему соскучилась!

Антон смотрел на нее, с язвительной иронией смотрел, и криво улыбался:

— Альфонса заказала?

— Как ты догадался?

— Фотоаппарат подарить?

— Спасибо, у меня есть!

— Да нет, я подарю, я сейчас... — Он повернулся к ней спиной и направился к лестнице.

Карина зажмурила глаза и сжала кулаки, пытаясь унять рвущиеся наружу эмоции. Соколова поймали, везут к ней, эта сволочь во всем сознается, и Антон сам все поймет.

Но Антон не появлялся, и вскоре Карина поняла почему. Уехал он. Сел в машину и уехал.

Она больно ударила себя ладонью по лбу. Ну почему она такая идиотка? Ну почему не удержала его?..

В кабаке гуляла братва. Березняк во главе стола, два бугая с ним — оба в майках с открытыми плечами, чтобы видны были лагерные наколки. Один сорвался с места, когда Антон подошел к столу:

— Слышь ты, фраерок!

— Ты кого фраером назвал? — Хрусь, хрясь, хлюп... Удар в печень, в кадык, по носу.

Татуированный отскочил назад. Кровь из носа хлынула, но рука тянулась к заднему карману брюк, пика там. Антону совсем не страшно. Он похож был сейчас на того буревестника, который не только жаждет бури, но и находит в ней покой.

Он же к Карине с миром приходил, думал, она обрадуется, а нет, собак на него спустила. Он так надеялся, что Карина одумается... Конечно, сам тоже хорош, надо было язык за зубами держать... Но почему он должен первым уступать? Она вертит им как хочет, а он подпрыгивает как последний лох. И сколько все это можно терпеть?..

Бугай схватился за нож, но Антон лишь хищно усмехнулся, глядя на него. Туго ему придется против ножа, но не станет он отступать. Лучше на перо сесть, чем такое. Да и не страшна смерть. Тем более что шансов против пики нет...

— Ша! Лапа! Это Касталь!

Но нет, шанс есть. Березняк увидел его и одернул своего пса. Тот хоть и неохотно, но все-таки вернулся на цепь.

— За базаром следи, — зыркнул на бугая Антон.

Тот опустил голову и ничего не сказал. Вроде и не хочется признавать свое поражение, но ведь все знают, кто и за что «замочил» Борея. Вернее, догадываются, что, в общем-то, одно и то же.

— Присаживайся, брат! — Березняк не стал протягивать Антону руки, но из-за стола поднялся, отодвинул свободный стул. Это жест большого уважения.

— Благодарю.

— Каким ветром тебя к нам надуло? Дело есть, или так, на интерес, пришел?

— А если на интерес?

— Да без разницы, мы тебе всегда рады...

К Антону подскочил угодливый официант, но тот выразительно крутанул указательным пальцем — дескать, на свое усмотрение. И по ополовиненной бутылке на столе щелкнул пальцем — именно это он и собирался пить.

Пить он будет, но не напиваться. Пьяная голова — дурная голова, а среди братвы каждое слово нужно фильтровать.

Официант сбегал за водкой, угодливо наполнил рюмку. Чокаться пришлось с одним Березняком, потому что за столом остался только он. Остальные разошлись, и вовсе не из-за неприязни к Антону. Похоже, Березняк задумал серьезный разговор.

— Я так понимаю, бизнес у вас идет в гору, — начал вор.

— Это ты о чем? — недовольно глянул на него Антон.

— Ну, апрельская выплата на десять «штук» больше, — скорее с ехидством, чем с благодарностью сказал Березняк.

— Я здесь ни при чем. Ты же знаешь, я за что купил, за то продал...

— Ну да, всеми делами твоя баба заправляет...

— Она еще до меня эти дела запрягла, так что не надо.

— Ну, запрягла и запрягла... Баба у тебя конкретная, не вопрос. Огонь-баба! И откуда такие берутся?

— Берутся. На мою голову, — ухмыльнулся Антон.

— Что-то не так?

— Да нет, нормально все...

— Да, тебе от Коротая привет. Помнишь такого?

— А я ничего не забываю... Жив еще бродяга?

— Жив. Только недолго ему осталось. Тубик у него, помирать его выпустили. Коротай тебя хорошо помнит. Я ему сказал, что в казенном доме ты свой, а здесь на воле — сам по себе, а он ответил, что так не бывает.

— К чему разговор, Виктор Петрович?

— Да вот смотрю на тебя и жалею. Жаль, что такой человек у бабы под юбкой пропадает.

— Кто у бабы под юбкой?! — вскинулся Антон.

Березняк не мог проигнорировать этот выпад в свою сторону. Антон ведь и спросить мог — не сейчас, так в ближайшем будущем. Все ведь знают, что он не пустослов.

— Тсс! Не горячись, брат! Я же без обиды... Но факт есть факт. Кара твоя всеми делами заправляет, а не ты...

Антон вздохнул, достал из кармана бумажник, вытащил оттуда стодолларовую купюру, положил на стол — дескать, это за водку, которую он заказал. Встал и, не прощаясь, направился к выходу. Спрашивать он с Березняка не станет, но и сидеть с ним за столом больше не хочет. Не для того он сюда приходил, чтобы нотации выслушивать...

К машине он шел с оглядкой. Головой не крутил, но пространство за спиной прослушивал. Вдруг тот же Лапа подкрадется к нему сзади? Вдруг Березняк ему отмашку дал?

Антон беспрепятственно дошел до машины, сел за руль. В гостиницу он поедет, где провел последние две ночи, снова закажет себе в номер выпивку. Но двигатель почему-то не заводился. По ходу, кто-то картофелину в выхлопную трубу забил.

Он почти угадал. Действительно, забита была выхлопная труба, но не картошкой, а тряпкой. Антон вытащил ветошь, отшвырнул ее в сторону, открыл дверцу, и тут кто-то окликнул его:

— Антон! — От парадного входа с сигаретой в зубах шел Березняк. — Ты это, брат, извини. Просто обидно за тебя...

— Обидно, когда обижают.

— Коней не гони! Давай нормально поговорим... Пошли в кабак, братва ждет.

— Если я ушел, то не возвращаюсь.

Антон сел в машину, завел двигатель. Но Березняк не оставлял в покое, подсел к нему на переднее сиденье и спросил:

— Выпить есть?

— У меня не кабак...

Но выпить у Антона нашлось — в бардачке лежала целая бутылка «Хеннесси». Он достал ее, открутил пробку, подал Березняку. Тот отхлебнул и вернул ему со словами:

— Из горла со мной не брезгуешь?

— Слышь, Виктор Петрович, ты хоть и в законе, но здесь никого нет, так что я ведь и ударить могу.

— Ты можешь. Ты реально можешь, — совершенно серьезно проговорил вор. — Потому что ты не «баклан» какой-то. Крыльями зря не машешь, а летишь высоко. Нам такие люди нужны.

— И дальше что?

— Бросай свою бабу, к нам давай, реальные дела будем делать...

— А без меня никак?

— Почему никак? Мы тут казино на днях взяли, у «пиковых» отбили... Кстати, насчет тебя разговор был. Батум на тебя злится.

— Так в чем же дело? Пусть предъявляет.

— Ты же с нами, как он может? Ну, он думает, что с нами...

— А я с Карой, да? — съязвил Антон.

— Кара тоже в авторитете. Не воровской, но авторитет. И дела за ней реальные. И ответ она конкретно дать может. Батум это понимает, поэтому не дергается. Так что... — Березняк взял паузу и запил ее коньяком.

— Так что? — поторопил его Антон.

— Ну, выбор за тобой. Или ты с нами, или ты с ней. И так для тебя хорошо, и так. Только с нами ты сам поднимешься, а без нас так и останешься под ней...

— Как я поднимусь?

— А разве Анфас тебе не говорил? Тяжмашевские тебя уважают, плюс наш авторитет. Если мы подпишемся, ты их точно всех под себя поставишь. А мы подпишемся... Из уважения к тебе. Из уважения к себе. Карина — баба крутая, но ты сам знаешь, что зажимает она лавэ. А мы братву в зонах «греем», ты сам должен понимать, какие это расходы...

— Да я-то понимаю, только Карину так просто не задвинешь.

— Ну, если очень захотеть...

Антон вдруг почувствовал себя в подвешенном состоянии. Мало того, что в нем возникло ощущение невесомости, так его сознание стало раздваиваться. Одно полушарие тянулось к Карине, другое отталкивало ее... Карина любит его, и он не мог ее предать. Но ведь Карина сама предала его, изменила ему. Может, она только и делала, что грешила на стороне? Ну да, привыкла подставляться, пока он срок мотал, а теперь остановиться не может. Ну, и кто она после этого?

— Что захотеть?

— Валить мы ее, конечно, не будем, это слишком.

— Слишком, — эхом отозвался Антон.

— Можно просто похитить ее.

— Похитить?

— Да, вывезем куда-нибудь... Нет, чеченам не продадим, но в горах поселить ее можно. В Алтайских горах. Хатку найдем, поселим ее там, охрану поставим, пусть живет. Ты тяжмашевских на уши поставишь, искать ее будешь, а под шумок на ее место выскочишь. Ну, так что с Карой решили?

— Не надо ее похищать, — покачал головой Антон.

— А что надо?

Антон не ответил. Не знал он, что нужно делать с Кариной. Наказать ее надо, не вопрос. Но как? Как-нибудь, да накажет. Сам накажет. И не надо никого в это дело впутывать.

Он взял бутылку, сделал несколько больших глотков и резко выдохнул.

— Молчишь?

— Да не знаю я... Думать надо.

— Ну, думай, думай...

Антон сделал еще несколько глотков. Загустела кровь от хмельной тяжести, успокоилась, и мысли улеглись, накрывшись вязким одеялом. Думать он будет. Крепко думать. Кара — это очень серьезно, с ней ошибиться никак нельзя.

Глава 27

Орла можно опустить до уровня мокрой курицы. Опустить и презирать. Но Соколов никогда не был орлом, и зря он такую фамилию носит. Жалкое ничтожество, рожденное ползать. Такой даже презрения не достоин.

— Я... я никому ничего не сказал...

Он действительно ползал. Перед Кариной на коленях ползал. Взгляд ищущий, взвывающий к пощаде.

— Что ты никому не сказал?

— Ну, эти, которые меня к вам привезли! Они спрашивали, зачем вы меня ищите, я не сказал!

— Тебе бы никто не поверил. А за такую ложь тебя бы задушили... Или это не ложь?

— Ложь! Ложь!.. Не было ничего! Не было!

— А почему тогда ты здесь?

— Ошибка какая-то вышла.

— Ошибка. Ошибка природы. Это про тебя. Или нет?

— Да! Да! Про меня!

— Ну и гнида же ты, Олежа!

— Я... я не виноват... Меня заставили...

— Кто?

— Я не знаю...

— Дух Святой снизошел?

— Нет, конечно... Человек подошел, сказал, что поговорить надо.

— Поговорили?

— Поговорили... Он мне денег дал.

— Сколько?

— Тысячу долларов.

— Ты меня за тысячу долларов продал?! — Карина от всей души вломила этому хлыщу коленкой по его смазливой подлой роже.

— Ну, нет, конечно! — размазывая красные сопли, простонал он. — Эту тысячу мне за килограмм красной икры дали.

— При чем здесь икра?

— Ну, я думал, им икра нужна. Тысяча долларов... Если бы черная икра, тогда понятно, а тут просто красная... Думал, это придурок какой-то. А они меня на крючок взяли. Ты, говорят, с нами теперь повязан. Если нет, мы тебя на «перо» поставим...

— Кто это мы?

— Ну, он сказал, что очень серьезные люди. Такие, которые ни с кем и никогда не церемонятся. Если я откажусь, то мне крышка. И мне крышка, и моей маме... Я сказал, что вы меня тоже убьете, если узнаете. Но Игнат ответил, что маму мою вы не тронете. Меня, может, убьете, а маму не тронете. Даже не убьете, а, самое большее, покалечите.

— Зачем тебя калечить? Ты по жизни покалеченный... Значит, Игнат его звали? И этот Игнат запугал тебя?

— Да, запугал...

— И денег дал?

— Да, две тысячи долларов. Остальные три потом обещал, ну, когда все сделаю...

— И ты сделал... Чем ты меня опоил, падла?

— Я... я виноват... но я не думал, что так все будет, — рыдая, проговорил Соколов.

— А индюк думал. Но в мясорубку все равно попал. И ты там будешь...

— Не надо! Ну, пожалуйста!

— Что ты про этого Игната знаешь? Кого он представляет? Зачем ему компромат на меня нужен?

— Я не знаю, он не говорил.

— Как он выглядел?

— Ну, высокий такой, волосы темные... Нос большой, губы тонкие...

— Ты говоришь, он тебя на «перо» посадить собирался.

— Да, да, было такое...

— Вот я и спрашиваю: как он выглядел? Как обычный человек или как типичный уголовник?

— Э-э... Ну, было в нем что-то такое...

— Какое такое?

— Ну, зэковское что-то... Вроде бы и одет хорошо, а что-то в нем дефективное. Злобное что-то такое. Дикая такая злоба... Что со мной будет?

— Утопят. В озере. Как щенка. Но казнить принято на рассвете, так что поживешь еще немного.

Карина не знала, что делать с этим ублюдком. Она готова была придушить его собственными руками, но нельзя убивать человека в подвале своего дома, а то потом приведение будет по ночам являться. К тому же у нее к завтрашнему дню могли появиться еще вопросы. И обязательно появятся. Ей нужно во всех подробностях знать, как выглядел человек, назвавшийся Игнатом, — словесный портрет, особые приметы.

Карина заперла Соколова в подвале, поднялась в дом. Антон так и не вернулся.

Жаль, что все так вышло. Она ведь для того и велела доставить Соколова к себе домой, чтобы Антон послушал его. Они бы вместе догадались, что это не банкир Платов стоял за историей с компроматом, тут, похоже, воры начудили. Уж очень похоже, что это Анфас и Березняк со своей кодлой копают под Карину. Мало им денег, которые Карина отстегивает им, вот и пытаются взять ее на крючок.

Но тогда почему фотографии они предъявили Антону, а не ей? Могли бы взять ее на шантаж... Но нет, не стали они выходить на нее, через Антона действуют. Рассорить его с Кариной хотят? Похоже на то. Зачем? Чтобы Антон отказался от нее? А смысл?

Она открыла дверь в спальню и остановилась как вкопанная. Острая пронзительная мысль пригвоздила ее к полу. Воры хотели, чтобы Антон ушел от нее. И не абы куда ушел, а к ним. Они давно хотели, чтобы Антон перетянул на себя тяжмашевскую братву, для этого и подбивали его на разрыв с Кариной. Что, если подбили? Что, если он уже с ними?..

Антон пропадал где-то три дня, сегодня вернулся домой, ждал ее, чтобы поговорить. Поговорили. И снова разбежались. Она вела себя как последняя идиотка... Но сейчас надо забыть про гордость. Сейчас надо действовать. Карина взяла мобильник, набрала номер Антона. Но, увы, его телефон не отвечал.

Что ж, завтра утром она отправит людей на его розыски. И это даже хорошо, что у нее появился повод вернуть его силой. Она поговорит с ним, все ему объяснит, и они вместе разрулят ситуацию.

И еще она завтра продолжит разговор с Соколовым. Один важный момент она не выяснила. Игнат выплатил ему аванс, значит, он должен встретиться с ним, чтобы рассчитаться сполна. Возможно, расчет должны произвести в свинцово-пороховом эквиваленте. Может, потому Соколов и сбежал от всех, что раскусил намерение своего заказчика? Может, у него есть выход на Игната? Может, его нужно просто вернуть в ресторан, чтобы воры сами вышли на него? Вышли, да попали в капкан...

Что это? Явь, похожая на сон? Или сон, похожий на явь?.. Вооруженные спецназовцы в масках, жесткий паркетный пол вместо постели, руки за спиной, стальные браслеты на них. Хорошо, что ночная рубашка на ней шелковая, но не прозрачная. И не короткая она... А может, это и не сон вовсе?..

— В машину ее давайте! — услышала Карина чей-то жесткий властный голос.

— Эй, что за беспредел? — крикнула она. — За это ведь и ответить можно!

— Ответишь. Обязательно ответишь. За похищение человека ответишь!

Точно, не сон это. Соколов у нее в подвале, за ним менты и пришли. Кто-то навел их на цель... И если это московские менты, то дело дрянь.

— Одеться можно? — в отчаянии спросила она.

— Можно.

Одевалась Карина под присмотром спецназовцев. Не омоновцы это, а собровцы, верные псы московского РУБОПа... Похоже, вляпалась она конкретно.

Да, это действительно был РУБОП. Ее привезли на Шаболовку, закрыли в одиночной камере.

Менты приехали за ней ночью, перед самым рассветом. Темно было, когда они штурмом взяли дом, а сейчас уже светло. Солнце над Москвой поднимается, у кого-то хороший день впереди, а что ей светит? Это в «Тяжмаше» все схвачено, за все заплачено, а с московскими рубоповцами так просто не договоришься, особенно если они взяли с поличным.

Ближе к полудню Карину выдернули на допрос. Немолодой, но крепкого телосложения мужчина сидел за столом и сосредоточенно изучал содержимое листа бумаги, который он почему-то держал на вытянутой руке. Или глаза у него вблизи без очков не видят, или это понты у него такие. Судя по тому, что он старательно игнорировал Карину, похоже было на последнее.

Она села на стул, и только тогда он обратил на нее внимание.

— Ну что, Пахомова, будем с тобой дружить? — спросил мужчина, с жесткой иронией глядя на нее из-под густых бровей.

— А ты кто, крокодил Гена? — язвительно парировала она.

— Нет, не Гена. И не крокодил. Майор Кормилин. Сейчас ты расскажешь мне, как похищала гражданина Соколова, и мы начнем с тобой дружить. В соответствии с нормами Уголовно-процессуального кодекса. А нормы эти таковы, что чистосердечное признание облегчает вину...

— Но утяжеляет наказание.

— Это вряд ли. Скорее, наоборот.

— Я Соколова не похищала. Он сам ко мне пришел.

— И в подвале сам закрылся?

— Нет, не сам. Он попросил, чтобы его там закрыли...

— А избить себя тоже попросил?

— Попросил.

— Да нет, не просил он. Вот протокол его допроса. — Кормилин щелкнул пальцами по той самой бумаге, которую только что изучал. — Гражданин Соколов утверждает, что его похитили.

— Кто?

— Твои люди, Пахомова. Приехали за ним, избили, привезли к тебе домой.

— Я его привезла к себе?

— Нет, не ты.

— Тогда какие ко мне претензии?

— Хорошо, уменьшим претензии. С пяти лет до трех. Статья сто двадцать шесть, незаконное лишение свободы. Физические страдания были? Были. Значит, до трех лет лишения свободы.

— Кто его свободы лишал? Я с ним просто поговорила, домой хотела отпустить, но поздно уже было, решила до утра подождать.

— Допустим, суд тебе поверит. И что? А ничего. Соколова ты избивала? Избивала. Побои сняли? Сняли. А это истязание, статья сто тринадцатая, до трех лет лишения свободы. Так что, куда ни кинь, везде клин...

— Чего ты хочешь, майор?

— Закрыть тебя хочу. На три года.

— Зачем?

— Закон ты нарушила, Пахомова.

— Завтра Соколов скажет, что ничего не было.

— Не скажет. Он у нас под особым наблюдением.

— И кто меня заказал?

— Мы тебя заказали. Давно к тебе присматриваемся, Пахомова. Ты у нас личность легендарная, «крестная мать». Очень хотелось с тобой познакомиться.

— Соколов на моих врагов работает. Подставил он меня сильно.

— Знаю. Все знаю, — глумливо усмехнулся майор. — Соколов мне все подробно рассказал.

— Он меня наркотой накачал.

— Чего не знаю, того не знаю...

— Ну, если ты не хочешь этого знать, то какой с тобой может быть разговор? — с ледяным презрением взглянула на мента Карина.

— Будет разговор, Пахомова, будет. В стране объявлен бой бандитизму, и ты попала под этот танк. Сделаешь правильное движение — пройдешь между траками, ошибешься — намотаешься на гусеницу. Как видишь, выбор у тебя есть.

— И что это за правильное движение?

— Возьмешь на себя Соколова, признаешь свою вину, и мы оставим тебя в покое.

— Отпустите меня?

— Да, через три года... Или через два, если тебе повезет... Вернешься к своим, будешь и дальше пировать на чужих костях. А если не возьмешь на себя Соколова, все равно сядешь, только вернешься на пепелище. Не будет у тебя бригады, все прахом пойдет. Есть президентский указ о борьбе с организованной преступностью, начнем прессовать твоих бойцов. Кого с наркотой возьмем, кого с оружием, кому-то и вовсе предъявить будет нечего. Но никто раньше чем через месяц не выйдет. За это время твой «Тяжмаш» другая стая под себя возьмет.

— Я даже знаю какая.

— Голодных волков у нас в стране хватает, дай только запах добычи почувствовать.

— На этих волков ты, майор, и работаешь, да?

— Я работаю на закон.

— Ну да, ну да...

— Так что мы решим?

— Мне позвонить надо.

— Телефон не работает, — сказал Кормилин и поджал губы, подчеркивая свой отказ.

— И кто тебе поверит?

— А ты верь. Когда веришь, легче живется...

— Мне нужно позвонить адвокату. Я имею право на адвоката.

— Кому надо будет, тот тебя найдет. И адвокат появится, и все такое. А звонить ты никому не будешь.

— Что, майор, «очко играет»? Боишься, что тебя на чистую воду выведут? А ведь выведут. Ты еще ответишь за своих воровских дружков. По закону ответишь. Свои же проклянут!

— Я не знаю, о каких воровских дружках ты говоришь, но никто меня не проклянет, — ехидно усмехнулся майор. — Кто-то продается за деньги, кто-то помогает за содействие...

— И кому ты помогаешь?

— Закону. Закону я помогаю. Избавиться от таких кровососов, как ты, помогаю. И поверь, это у меня получится.

Карина задумалась. А ведь есть такой указ, по которому можно закрывать на тридцать суток любого человека, заподозренного в причастности к организованной преступности. Под этим предлогом можно закрыть всю тяжмашевскую братву. Свято место пусто не бывает, и место ее бригады займет кодла Анфаса. Тот махнет рукой на завод, и Платов со своими заказчиками обанкротят его в два счета, а те акции, которыми владеет Карина, накроются мохнатой шапкой.

Уж лучше тогда принять предложенный вариант. Карина садится на три года, а ее место занимает ставленник Анфаса. Антон придет на ее место. Если она даст добро, то братва его примет. А если не даст, то может случиться бунт, и тогда менты просто-напросто закроют братву, а воры сколотят новую бригаду и Антона кинут...

Антон, конечно, сволочь, но уж лучше пусть он займет ее место. Он хоть завод не даст развалить, во всяком случае, попробует его отстоять...

А может, это не воры спустили на Карину собак? Может, это все-таки «ПлатоГен-банк» устроил ей эту подляну?.. Если так, то пусть Антон займет ее место у штурвала. Завод он, может, и не сохранит, зато у него появится шанс продать его по выгодной цене. Ведь Платов как бы и не прочь выкупить у нее акции... Думать надо. Думать и действовать. Вдруг еще есть выход из этой патовой ситуации?..

Глава 28

В голове треск, в кишках всплеск. И на душе тошно. Одним словом, похмелье. А двумя словами — жесткое похмелье. Перебрал вчера Антон, не рассчитал своих сил. Сначала в машине с Березняком коньяк глушил, потом в кабаке оказался, затем куда-то с ним поехал...

И проснулся непонятно где. Комната с белеными, потрескавшимися от времени стенами, засиженная мухами люстра, запыленная картина Айвазовского. Девятый вал на картине, зато в постели полный штиль, только шлюпка перевернутая лежит. Баба голая в постели, черные волосы по простыне разметаны.

Антон сорвал с женщины простынь, шлепнул ее по спине, но та, не отнимая головы от подушки, сонно спросила:

— Чего тебе?

— Ты кто такая?

— Ася.

— Откуда ты взялась, Ася?

— Блин, сначала нажрутся, а потом дурацкие вопросы... — Она повернулась на бок, спиной к нему, нащупала рукой простынь, снова накрылась и затихла.

Антон поднялся, вышел в комнату. Стол накрытый, водка, селедка — все это в остаточном состоянии. Диван разобран, простыня на нем смята, но никто на нем не лежит. Пусто в комнате.

Зато за окном слышны голоса. Он вышел во двор, под навес из дикого винограда, и увидел Березняка. Тот сидел на скамейке в шортах и тельняшке, пил пиво и о чем-то говорил с Лапой. Вид у него беззаботный, праздный.

— О! Антон проснулся! Пиво будешь? — весело спросил он. И, не дожидаясь ответа, отправил свою шестерку за опохмелкой.

— Да, пивка сейчас в самый раз...

— Дали мы вчера копоти, — усмехнулся Березняк. — Глухарь в голове токует.

— А у меня дятел в мозгах.

— Ничего, сейчас полегчает...

Предъявлять Березняку смешно. Ну, нажрался вместе с Антоном, ну, домой к себе привел, что здесь такого? И спрашивать его ни о чем не надо, у правильного человека провал в памяти случаться не должен. А то, что баба в постели, так ведь не было ничего... Во всяком случае, Антон верил в это.

Лапа принес из дома запечатанную бутылку с пивом и протянул Березняку верещавший мобильник:

— Дмитрий Николаевич звонит!

Березняк выхватил трубку, прижал ее к уху, ответил на приветствие, какое-то время слушал Анфаса, кивая, затем сказал, глянув на Антона:

— Здесь он, у меня... Ну, приехал вчера, мы тут с ним кирнули... Не вопрос... — и передал трубку Антону.

— Что там с твоей Карой случилось? — заинтригованно спросил Анфас.

— А что с ней случилось?

— Мусора ее забрали.

— Мусора?! Когда?! Где?!

— Из дома забрали. Сегодня ночью... Странно, я знаю, а ты не знаешь...

— И где она?

— Вот этого я не знаю... А может, и не менты это...

— А кто?

— Вот ты и пробей, а потом мне отзвонишься.

Антон вернул трубку Березняку и зашел в дом. Надел рубашку, пиджак, нащупал в кармане ключи. Надо было еще проверить, на месте документы на машину или нет, но такая мелочь Антона сейчас не волновала.

Во дворе своего дома он обнаружил целую толпу. Человек семь или восемь, все в черных брюках и белых рубашках. Панас, Славян, Улик, Слон, Каша, Смоль, Пашан... Все, с кем Карина когда-то начинала. Когда-то, когда Антон с этим делом и рядом не стоял...

Хотя нет, стоял он рядом. Ведь с той истории с таксистами все и началось...

— Вы чего как на похоронах? — спросил он, стремительным шагом приближаясь к толпе. — Карина где?

— Так это, закрыли ее, — отозвался Славян.

— Кто?

— Ну, менты... А ты что, не в курсе?

— Да у нас «непонятки» с Кариной были...

— Ну да, — окинув Антона внимательным взглядом, усмехнулся Улик. Он-то знал, что Карина с Антоном в ссоре.

— Ты уверен, что это менты были?

— Я уверен? Да я с ней был...

— Ты с ней был? — Антон так взглянул на Улика, что тот отшатнулся, и всю его невозмутимость как рукой сняло:

— Ты не так понял...

— А как я понял?

Улик взял Антона за руку, отвел в сторонку:

— Понимаешь, тут такое дело... Я-то знал, что у Карины с этим козлом было...

— С каким козлом?

— Ну, который «экстази» ей в компот намешал, а потом все на камеру снял.

— Она с тобой это обсуждала?

— Нет, я сам с этим уродом вчера разговаривал. Я его сюда привез. Карина приказала найти его, я его нашел, привез сюда, а ты уехал. Не надо было тебе уезжать. Ты бы все понял, и никаких проблем... Короче, Карина этого козла в подвале закрыла, а под утро менты нагрянули. В масках, в брониках, стволы, все такое. Никто ничего понять не успел... Менты знали, что Соколов здесь, поэтому наехали.

— Как они узнали?

— Без понятия... Может, следили за ним.

— Следили?

— Ну, тут ситуация такая... Ты где-то пропадал, поэтому не в курсе... Короче, один крутой банкир на нас наехал. Завод хочет отбить. Карина к этому черту ездила — рога ему спиливать. Аргументы ему выложила, он «обратку» вроде бы включил. Вроде бы... Может, его это работа.

— Что — его работа?

— Ну, сначала Соколов ему с компроматом помог, затем его нам как наживку подкинули. Мы не знали, где Соколов, искали, а потом раз, а он домой вернулся. Бегал где-то, а домой, типа, на часок заскочил. Ну, мы его и перехватили. А нас, по ходу, самих сделали. Бросили нам наживку, и мы ее заглотили.

— Думаешь, это все банкир?

— Ну, не лично банкир, но у него же люди, которые такое замутить могут...

— Так, может, эти люди и наехали на вас? Ментовскую форму достать нетрудно.

— Да нет, номера на машинах чисто ментовские. Собровцы там были. Собровцы на РУБОП работают. Карину на Шаболовку отвезли, там она, мы уже пробивали. Артур там был... И сейчас там, — кисло усмехнулся Улик. — Менты его вычислили и закрыли...

— За что?

— Ну, за то, что до Карины хотел достучаться. Они ее конкретно там обложили.

— Рубоповцы?

— Рубоповцы... Карина точно там, только нас к ней не пускают. Мы вещи хотели ей передать...

— Что, никакой с ней связи?

— Да пока никакой.

— Ну, и что ты тут делаешь? Ждешь, когда менты к тебе с отчетом приедут?

— Да я-то поеду, — растерянно кивнул Улик, — только смысла нет.

— Почему?

— Ну, пока она на Шаболовке, туда лучше не соваться. Но ее там долго держать не будут, в Бутырку переведут.

— Думаешь, в Бутырке легче будет с ней связаться?

— Может, и не легче, но там через воров можно...

— Через воров?

— Ну, ты же с ними на «ты». Что, если с Анфасом поговорить?

— С Анфасом?.. — задумался Антон. — Ладно, поговорю. Обязательно поговорю... Решим проблему, — заверил он Улика. — И свяжемся с Кариной, и на свободу вытащим. Все сделаем... Что ты там насчет завода говорил?

— Ну, банк есть, «ПлатоГен-банк», так вот они завод наш проглотить хотят.

— Наш завод?! Мы его никому не отдадим!.. Карина, говоришь, к банкиру ездила?

— Ну да.

— Думала, что рога спилила, а нет, остались рога. Боднул ее банкир, да?

— Выходит, что так.

— Ну, и что нам теперь делать? — Антон повернулся к остальным пацанам: —Братва, что с банкиром будем делать?

— С каким банкиром? — нахмурился Панас.

— А который Карину закрыл. Через ментов ее закрыл. Карину закрыл, а завод на флаги порвет, — еще больше распалился Антон.

— Ты думаешь, это банкир? — внимательно посмотрел на него Славян.

— А кто еще? Тут организация чувствуется, а «ПлатоГен-банк» — организация серьезная. Там и ментовская «крыша», и братва наверняка за ними. Ну, и еще правительство страны на него конкретно завязано. Там все очень и очень серьезно.

— Да мы знаем, мы были там...

— Ну, и как?

— Круто, не вопрос...

— И что ты собираешься делать? — наседал Антон.

— Сначала разобраться надо, — замялся Славян.

— Пока ты разбираться будешь, Карину с потрохами сожрут. «Ответку» давать надо. Реальную «ответку». Чтобы камня на камне не осталось.

— Ну да, надо так...

— А чего ты мнешься, братан? Если тебе страшно, так ты скажи.

— Мне страшно?! — взвыл от возмущения Славян.

— А разве нет? — Но и палку перегибать нельзя, поэтому Антон хлопнул Славяна по плечу, дескать, беру тебя в разведку, и продолжил жестким тоном: — За Карину нам ответят кровью... Или кто-то с этим не согласен?

— Ну, мы за Карину любого порвем! — кивнул Панас и, повернувшись к Антону боком, встал к нему плечом к плечу.

Парень поддержал Антона — отличное начало для похмельного дня.

Глава 29

От тюрьмы и от сумы не зарекайся. Золотое правило, и Карина никогда о нем не забывала. И под Богом она ходила, и под статьей. Шесть лет ей везло, но всему хорошему когда-то приходит конец. Задержание, арест, перевод в СИЗО. Женский блок, тюремная камера на восемь шконок, теснота, убогость, мерзкий запах испражнений и тухлой рыбы. Тетки какие-то за столом сидят, о чем-то тихо меж собой разговаривают, посматривая на Карину. Одна девчонка в красном спортивном костюме лежит на шконке, подложив руку под голову, с затравленным интересом разглядывая новенькую. Старуха в черном платке истошно молится — беззвучно шевелит губами и осеняет себя крестным знамением, будто демона какого-то увидела. Карина глянула на нее как на чокнутую и бросила свои пожитки на свободную койку.

Две ночи она уже провела за решеткой, но так ни разу с адвокатом и не встретилась. Жалобы прокурору писала, их у нее любезно принимали, даже регистрировали у нее на глазах, но толку от этого никакого. Да и не было никакой регистрации, просто менты пыль в глаза ей пускали.

И от братвы никаких вестей. Сумку с вещами ей передали, но там даже записки никакой не было, не говоря уже о мобильнике. В плотную блокаду ее менты взяли, не к добру это.

Только она расстелилась, как на ее шконку села самая крупная из теток, что сидели за столом. Бабища лет сорока — морда испитая, глаза желтые, выжженные пергидролем волосы сухие, ломкие. Агрессивный взгляд, нахальная улыбка.

— Это моя шконка! — нагло заявила она.

— Одним местом на двух стульях не усидишь, — скривилась Карина.

— Что?!

— А то!

— Ты с кем разговариваешь, сука? — Бабища сначала резко дернулась, затем вытянула вперед руку, чтобы схватить Карину за грудки, но та успела отшатнуться, и загребущие пальцы поймали пустоту. — Ты, коза прыгучая!

Бабища стала подниматься, но именно этого и ждала Карина. Она поймала противницу в момент наименьшей устойчивости и обрушила на нее серию ударов. В кадык, по грудям, в живот, в пах... А когда бабища упала, стала избивать ее ногами. И била до тех пор, пока та не залезла под койку.

— Вот там твое место, убогая!

— Слышь, психованная!.. — донеслось из-за стола.

На Карину с осуждением смотрела баба лет тридцати с круглым конопатым лицом и с маленьким вздернутым носом.

— Что ты сказала?

Карина сделала движение, будто собиралась ударить ее с ноги, но та со страхом закрылась руками. Типичная жертва — зачем, спрашивается, рот открывала?

— Может, я твою шконку заняла? — вызверилась на нее Карина.

— Нет, нет!..

— Тогда чего пасть раскрываешь?

— Ну, нельзя так...

— Наезжать на меня нельзя! Это нельзя! А мне все можно!

— Зря ты так, — вздохнула третья тетка. Но и она опустила голову под взглядом, который вдавила в нее Карина.

— Меня не трогайте, и я вас не трону, понятно?

— Да, да, — дружно закивали все.

— Ты, это, извини, обозналась, — подавленно пробормотала бабища. Одной рукой она держалась за отбитое горло, а другой отряхивалась от пыли из-под кровати.

— Лучше пол вымой, корова, чем на людей бросаться.

Карина села на койку и взглянула на богомольную старушку. Та смотрела на нее округленными глазами и ожесточенно крестилась:

— Тьфу ты!

Карина легла на шконку, и вытянулась во весь рост. Навела она порядок в камере, поставила себя, теперь нужно следить в оба, чтобы обиженные тетки не взяли реванш. Черт их знает, что у них на уме.

Она лежала с закрытыми глазами, но при этом прислушивалась к тишине. И вот сзади послышались чьи-то шаги, кто-то крался к ней. Карина резко вскочила, и девушка в красном костюме, испуганно отшатнувшись, махнула рукой:

— Да не бойся ты!

Лет восемнадцать ей, не больше. Короткая прическа, которая совсем не шла к ее узкому, вытянутому вперед лицу. Глазки маленькие, нос острый, губы тонкие, сама худая как вобла. Худая, но не сухая. Кожа нежная, приятного матового цвета, грудь вполне развитая, не «доска — два соска», как обычно бывает при такой конституции тела. Черты лица милые, что-то детское в них.

— Кто боится?

— Ну, может, я не так сказала...

— Не так, — кивнула Карина, усаживаясь на койку.

— Можно? — Девушка движением руки огладила свободное место рядом с ней.

— Ну, давай...

Прогнать надо было эту дуру, но нельзя же настраивать против себя всю камеру. Хоть какой-то, но должен быть союзник. На помощь эта «вобла» не придет, но предупредить об опасности может. И вообще, неплохо бы узнать, какие расклады в этой хате.

— Я тут поговорить с тобой хотела, — начала девушка, сев на самый краешек кровати.

— Как зовут?

— Марина.

— Тебе, наверное, скучно здесь, Марина?

— Скучно? Да здесь не соскучишься, — выразительно посмотрела на теток та.

— Обижают?

— Ну, не то чтобы...

— Обижают.

— Да нет, нормально все, — потупила глазки Марина.

— Хочешь, чтобы я тебя под свою «крышу» взяла? — усмехнулась Карина.

— Ну, я об этом не просила...

— Не могу я взять тебя под свою «крышу». — Карина поднялась со своего места и подсела за стол к теткам, вперив взгляд в бабищу. — Народ здесь слишком борзый. А у меня с борзыми разговор короткий. Я «крыши» с девяностого года ставлю. Если на моего коммерсанта какой-то борзый наехал, мы этого борзого в расход. Принцип у нас такой: кто нам деньги платит, того мы защищаем по полной и борзых убиваем. И этих кур я могу грохнуть, если они вдруг на тебя наедут... Слышишь меня, кура? — обращаясь к своей недавней жертве, спросила она. — Я ведь тебя удавить могу, если ты людей здесь обижать будешь...

— Не надо убивать! — пискнула Марина.

— Не надо. И не буду. Ты же мне не платишь. — Карина вернулась к ней, села на кровать. — А раз не платишь, я не буду за тебя убивать.

— Чем я могу заплатить? — вздохнула несчастная.

— А я с тебя требую? Нет, я с тебя ничего не требую... Но в обиду тебя не дам. Если будешь умницей...

Карина вернулась к столу и снова посмотрела на бабищу:

— Как зовут?

— Варвара, — буркнула та.

— Чем по жизни занимаешься?

— Я-то? Я-то по жизни с правильными людьми ходила, — хмыкнула Варвара.

— «Маруха», что ли?

— Слушай, может, хватит... — не выдержала конопатая. — Если кулаками махать умеешь, это не значит...

— Значит! Это все значит!.. Бригада у меня, бойцы, пехота, все такое. У *меня* бригада, потому что я там основная. И мне целый район платит. И это все кулаки! И это все страх!.. Я к чему про бригаду? А к тому, что если со мной вдруг что-то случится, то вас здесь всех передушат. Так, на всякий случай говорю. Вдруг вы тут зубы на меня точите.

Тетки угрюмо молчали. Да, похоже, Карина не зря заподозрила их в сговоре. Нехорошее дело они против нее задумали, и рано или поздно их замысел выльется в реальное действие.

Ну, а если она ошибается, все равно нелишне сделать предупреждение. Вдруг кому-то из них предложат расправиться с Кариной? Здесь хоть и женский блок, но воры могут добраться и сюда. Да и «ПлатоГен-банк» может запустить свои щупальца, если все-таки он стоит за ее арестом. Менты не будут долго держать ее в полной блокаде, рано или поздно у нее появится связь с внешним миром, и она сделает ход конем.

А может, кто-то из теток уже получил на нее заказ? Может, Карину не зря сунули в эту камеру, и Варвара пыталась провести что-то вроде разведки боем?..

— А если все пойдет нормально, я решу все ваши вопросы. Ну, не все, но многие. Адвоката хорошего надо — не вопрос. Деньги — с этим без проблем. Со свидетелем разобраться — можно и это решить...

— Ты что, реально такая крутая? — озадаченно посмотрела на Карину конопатая.

— Можете справки навести, кто такая Кара из «Тяжмаша».

— Из «Тяжмаша»?! — оживилась Варвара. — Это поселок такой?

— Поселок.

— Завод у вас есть, мой брат там работает.

— Это мой завод.

— Да ладно!

— Я два раза не повторяю... Почта у вас есть?

— Почта?

— Ну, «маляву» заслать, все такое.

— По тюрьме или на волю?

— На волю.

— А ты что, сама не можешь? Через адвоката, через свиданку...

— В осаде я, менты со всех сторон окружили. Нет у меня связи с волей.

— Ну, бывает... — пожала плечами Варвара. — В принципе, я могу «маляву» передать, ко мне завтра адвокат должен подъехать. Брату передам, он там разберется.

Карина кивнула в знак благодарности. Не так уж и страшны эти бабы. Не было бы ссор, не было бы и примирений. Она обрисовала картину, сокамерницы теперь знают, как опасно с ней шутить, так что выпадов против нее быть не должно. К тому же у Варвары брат на «Тяжмаше» работает, а это какой-никакой, но связующий факт. Да и у брата могут возникнуть проблемы, если с Кариной что-то случится.

Она снова вернулась к себе на шконку.

— Это все правда? — с затаенным восторгом спросила Марина.

— Что — правда?

— Ну то, что бандитская бригада у тебя?

Карина выразительно глянула на нее. Во-первых, чужие разговоры подслушивать нехорошо, а во-вторых, такими вещами не шутят.

— Извини, если я что-то не так сказала, — забеспокоилась Марина.

— Да нормально все. Дыши глубже.

— Ты крутая... Я бы тоже так хотела.

— Извини, но я с тобой телами меняться не собираюсь... Чем ты на воле занималась?

— Ну, я фотомодель.

В принципе, Марине можно поверить. Имелись определенные изъяны в ее внешности, но все-таки она симпатичная девушка, и есть в ней определенная уникальность, которая так ценится в модельном бизнесе. И Карина могла бы ей поверить, если бы ее голос прозвучал уверенно и четко. Но Марина не сказала — она промямлила.

— Может, ты всего лишь хотела стать фотомоделью? — усмехнулась Карина.

— Ну да, хотела, — вздохнула девушка.

— А стала кем?

— Да познакомилась с одним козлом.

— И что?

— Надо, говорит, портфолио тебе сделать. Сделал. Завел в какую-то комнату, достал фотоаппарат. В общем, вылетела птичка и прямо в гнездышко...

— Ноги раздвигать не надо, тогда не залетит.

— Я всю ночь тогда проплакала. А утром рукой на себя махнула...

— Что, по рукам пошла?

— Ну, не то чтобы... То есть да, по рукам. Но за деньги...

— И зачем ты это мне рассказываешь?

— Ты думаешь, что я проститутка? Нет, я не проститутка... Я работала под проститутку...

— Клофелинщица?

— Э-э... Ну, в общем, да... От тебя ничего не скроешь...

— Кражу шьют?

— Ага... Обидно: я здесь, а Мишка на воле...

— Я чем помочь могу?

— Помочь? А я просила о помощи? — удивилась Марина.

— А разве нет?

— Ну, я подумала... если тебе нужна такая, как я...

— Зачем?

— Ну, мало ли...

В принципе, в команде у Артура были такие девчонки, как Марина, — заманивали жертву, опаивали ее, чтобы вытряхнуть ту или иную информацию. Да и для компромата нужны были приманки.... Такие приманки, на которую поймалась сама Карина...

И киллеры ей нужны. Ведь жертву можно накачать не только клофелином, но и крысиным ядом. На роль киллера Марина не просится, но раз она такая смелая, то и за такое дело, скорее всего, возьмется.

— А сколько тебе светит?

— Да там вилами по воде писано, — оживилась Марина. — Меня же не с поличным взяли, может, клиент сам бумажник потерял. Да и не попадалась я раньше...

— Ну, если условно, тогда может быть...

Карина задумалась. А что, если Марина никакая не клофелинщица, а банальная «наседка»? А может, и клофелинщица, но с определенным заданием от ментов...

Глава 30

Сауна, сухой горячий пар, температура такая, что кровь под черепной коробкой может закипеть. И закипела бы, не искупайся Антон в озере. И Анфас тоже с ним.

— Значит, взял под себя братву? — спросил вор.

— Взял.

— Я знал, что ты сможешь.

— А я сомневался.

— Не надо об этом говорить, — покачал головой Анфас. — Зачем кому-то знать о твоих сомнениях?

— Но я ведь честно говорю. Ты же мой учитель, ты должен все знать.

— Ну, если так... — самодовольно улыбнулся вор.

— Березняк правильно сказал: шум надо поднять и под шумок выскочить. Так все и вышло, — продолжал Антон. — Вы же Карину похитить собирались?

— Ну, собирались или нет, это уже не важно. Это дело прошлое.

— Да, но банкир волну поднял, и на него волнорез ставить будем. В пену его расквасим... Я с ним разговаривал.

Антон не врал, он действительно был у Платова, говорил с ним. Очень интересный получился разговор.

— И что?

Анфас знал об этом разговоре, только ему не известно, чем все закончилось, потому сегодня и нагрянул к Антону с визитом.

— Его это работа. Он Карину ментам скормил.

— Сам признался?

— Да нет, не признался. Уверял, что он не при делах. Только кто ж ему поверит? Его это работа, его.

— Что собираешься делать?

— Решать с ним будем. Раз и навсегда. Я перед пацанами этот вопрос поставил, они реально «за».

Тут без вариантов... Это не я шум поднял, он сам поднялся. Все как нельзя лучше вышло...

— Жаль только Карину, — вздохнул вор.

— И жаль, и обидно. Менты ее со всех сторон обложили. Не прорваться. Может, и в живых уже нет... Я сам к тебе, Дмитрий Николаевич, ехать собирался. Карину в Бутырку перевели, надо бы пробить, где она, что с ней...

— Сделаем. Я прямо сейчас пацанов заряжу, — поднимаясь на ноги, кивнул Анфас.

Он любил парилку погорячее, но надолго его не хватало — возраст уже не тот, здоровье подводит, все такое, потому и воспользовался моментом, чтобы покинуть парилку.

На пенсию вор хочет, вот и пытается поставить Подвойский район в полную свою зависимость. Если добьется своего, безбедная старость ему гарантирована. Охраной себя солидной окружит, в опасные темы лезть не станет, чтобы могущественных врагов себе не нажить, а Антон с тяжмашевскими будет у него на подхвате... В принципе, понять Анфаса можно...

Антон не ждал вора в гости, но все уже на мази. Пацаны организовали обед, выпивки — полный стол: водка, коньяк, виски, джин, ром, баварское пиво в бочонке.

Анфас закутался в простынь, вышел во двор, позвонил кому-то по мобильнику, отдал распоряжение и вернулся в баню. За столом в трапезной его ждал Антон.

— Завтра тебе точно скажу, что с твоей Кариной, как она там. Я мосты наведу, а ты «маляву» составь, мы ее потом перегоним...

— Благодарю, Дмитрий Николаевич! — Антон приложил к груди сомкнутые ладони. — Не знаю, чтобы я без тебя делал.

— Да ладно, не знаешь, — усмехнулся Анфас. — Знаешь. Не было бы меня, сам бы сейчас барахтался. И с банкиром без меня разобрался бы, и мосты к своей Карине сам бы навел... Но я здесь, Антон. И у нас уговор. Мы помогаем тебе взять власть, а ты...

Анфас не договорил. Он жестом показал на бутылку водки, и Антон потянулся за ней. Он бы коньяку выпил, но придется поддержать компанию. Да и пить надо из одной бутылки с гостем, иначе тот решит, что его собираются отравить.

Антон наполнил рюмки, чокнулся с вором и выпил под соленую капустку с грибочками. Ромчик подал борщ со сметаной — под водочку самое то. Но гость к еде не притронулся. Он еще не закончил важный разговор.

— Братву ты под себя взял, — жестко сказал Антон.

— Взял, — кивнул Антон.

— Теперь надо утвердить власть.

— Само собой.

— Для этого нужно разобраться с банкиром.

— Разберемся.

— Думаю, «мочить» его не нужно.

— Почему?

— Возникнут проблемы.

— Я проблем не боюсь.

— С Кариной могут возникнуть проблемы. Но если она тебе не нужна, можешь решить с банкиром.

— Ну, я не знаю...

— А есть вариант попроще.

— Какой?

— Я поговорю с банкиром. Зачем лить кровь, если можно договориться? Штраф ему выставим, пусть выплачивает, если жить хочет.

— Ну, можно и так, — согласился Антон. — Если он «лимон» «зеленью» выкатит, пусть живет.

— Братва нас поймет.

— Не вопрос.

— А потом ты соберешь сход и постановишь отстегивать на «общак» двадцать пять процентов.

— На воровской «общак»?

— На воровской. Ваш «общак» меня не волнует, — поморщился вор.

— Двадцать пять процентов?

— Да, двадцать пять. И с реальной суммы... Кара нам тоже с реальной суммы отстегивала, но два-три процента, не больше. Или ты думаешь, что мы этого не знаем?

— Ну, не два-три процента, а больше... Раза в два больше, но точно не десять процентов. Я говорил с казначеем, не знал, что там так все запущено...

— Не оправдывайся, — махнул рукой Анфас, — дело прошлое. Правда, за это прошлое можно спросить в настоящем, но я спрашивать не буду. Какой с бабы спрос? К тому же она уже закрыта, и двадцать пять процентов будешь отстегивать ты. Утаишь хоть копейку — спрошу с тебя. Объявлю «крысой» и... ну, ты меня понимаешь.

— Понимаю. И двадцать пять копеек с рубля — твои. Только ты, Дмитрий Николаевич, силу должен показать. Ты «зеленый лимон» с Платова снять должен, чтобы братва видела, какой ты крутой. Тогда сход решит в твою пользу...

— В нашу пользу, Антон. В нашу. Ты вор, и воровской «общак» — твой «общак».

— Не могу не согласиться.

— А с банкиром я решу, даже не сомневайся.

— Тогда какие вопросы?

— Пока никаких... Ханка уже нагрелась, — удовлетворенно улыбнулся вор, — а борщ остыл.

Они снова выпили под теплый борщ. Затем Ромчик подал шашлык из осетрины, под который прошли третья и четвертая рюмочки, а там и пятая подоспела, шестая тоже не заставила себя долго ждать.

Анфас порядком захмелел.

— Нормально сидим, Антон, — осоловело улыбнулся он.

— Лучше не бывает, Дмитрий Николаевич.

— Значит, твоя бригада — моя бригада?

— Ну, мы так вопрос не ставили... Но в принципе —да.

— Массажные салоны у вас в Москве работают?

— Есть такое дело.

— Твои бандиты могут организовать нам сладких девочек? Самых сладких...

— Могут. Только не здесь, — покачал головой Антон.

— Почему?

— Это наш с Кариной дом.

— Ты же от нее ушел...

— Разве?

— А разве нет?

— Ну, это мое личное дело...

— Она же тебе изменяла.

— Откуда ты знаешь? — удивился Антон.

— Так ты сам рассказывал.

— Когда? Кому?

— Березняку рассказывал. Ты к нему в кабак приходил...

— Не помню я, чтобы я ему что-то рассказывал.

— Перебрал ты с ханкой, не надо было с коньяком мешать... Вот я с «беленькой» начал, и все путем...

— Ну, так то ж ты, Дмитрий Николаевич. Мне так не жить. Я уже косой, а у тебя ни в одном глазу... Но выпить надо! Давай за нас, Дмитрий Николаевич, чтобы все у нас было и нам за это ничего не было!

— Не будет ничего, — вяло махнул рукой вор, глядя на Антона. — Ничего плохого не будет. Только все хорошее. Ты мне веришь?

— Как я могу тебе не верить, Дмитрий Николаевич?! Ты же для меня не просто учитель, ты для меня бог!

— Ну, с богом меня не ровняй... Не дорос... Не дорос ты еще до того, чтобы я богом для тебя был...

— Ничего, дорасту.

— Дорастешь... Если все на мази будет, законным вором тебя сделаю... Законным вором быть — это большая честь, но не всякому это дано... Вон сколько «бакланов» прыгает, чтобы до короны дотянуться. Думают, чем резче прыгают, тем больше шансов. А у «баклана» шансов мало, потому что мозгов нет... И у тебя, Антон, масла в голове не хватает...

— Почему не хватает?

— Да не понял ты ничего, — презрительно махнул на него рукой Анфас.

— Что я не понял?

— Не забивайся. Нормально все. Ты все правильно делаешь...

— Что — правильно? — Антон пытливо посмотрел на вора.

— То правильно... — Анфас тоже смотрел на него. Тупой у него взгляд, застывший, но под этой пьяной пеленой угадывалась живая, насмешливая мысль. Где-то глубоко-глубоко угадывалась.

— Что тяжмашевских под себя поставил — это правильно?

— Поставил, — кивнул вор. — Очень хорошо, что ты это сделал.

— И двадцать пять процентов на «общак» — тоже правильно?

— Большое дело ты сделаешь...

— Да, но сначала с Кариной надо разобраться. Если она выйдет, то все повернет назад и дальше «крысятничать» будет.

— Вот! — встрепенулся вор, ткнув пальцем в потолок. — Это ты верно сказал. Крыса она!.. А с крысами что делают? То-то и оно!

— Но ведь она выйдет.

— Не выйдет!

— Точно?

— Точно.

— Значит, бояться нечего?

— Нечего.

— Ну, тогда давай выпьем!

Антон взял бутылку, но Анфас накрыл рюмку ладонью:

— Потом выпьем. За упокой...

— Ну, если ты к этому руку приложишь, то ничего страшного. Лишь бы только не я сам. Все-таки жена она мне...

— Другую найдешь.

— Так и я о том же... Березняк говорил мне, что вы похитить ее собирались. Это не вариант. Последний вариант лучше... Ты, Дмитрий Николаевич, не напрягайся, не надо подтверждать, что ты крутой, и так ясно. Ловко твои люди Соколова развели... А почему фото было, а не видео? Надо было на видео, как он с Кариной зажигал...

— На видео было. Потом на фото...

— А видео посмотреть можно?

— Это к Березняку...

— Ты и Березняк — это сила. Хорошо, что я с вами, а не против вас... Значит, Березняк знал, что Карина Соколова ищет, сами его под нее подставили, а потом ментов навели. Ну, круто! Я бы до такого ни за что не додумался! — подливал керосину Антон.

— Ну, мы же не пальцем деланные, — пренебрежительно фыркнул Анфас.

— И Соколова за яйца держите, чтобы он показания против Карины давал. Я бы так не смог.

— Ну, ты же не в законе....

— И не буду им, да?.. Вы же меня как лоха сделали, какой из меня вор? Терпила я, а не вор, да?

— Да нет, не терпила, но рано тебе еще вором быть... — Анфас, полузакрыв глаза, смотрел куда-то мимо Антона. Казалось, он ведет с ним разговор в какой-то параллельной реальности, в которой тот действительно лох и терпила.

— Рано... — задумчиво протянул Антон. — Был бы я вором, Платов бы в штаны навалил, когда я к нему пришел. Когда ты к нему придешь, он точно навалит, а я с ним сам обделался. Он такой крутой, что подумать страшно... Карина с ним как-то решила. Он реально мимо завода проехал. Хотел заехать, но Карина его умыла... А мы думали, он это Карину закрыл. А оказывается, ты с Березняком все замутил... Ну да, ему бы ума не хватило. Платов хоть и крутой, но куда ему до вас...

— Далеко ему до меня. Потому и не бойся ничего. Я подъеду к нему, решу...

В своей реальности Анфас чувствовал себя императором, способным решить любую проблему. Если что не так, голову с плеч, кто-то что-то не так из «великих» сказал — объявить войну и пройтись по его землям огнем и мечом. А какой-то там Платов казался ему мелкой козявкой...

— А зачем напрягаться? Это же не Платов Карину закрыл...

— Да без разницы. Все равно подъехать надо. «Зеленый лимон» лишним не будет.

— Жадность губит не только воров, — глубокомысленно изрек Антон.

Он пил на равных с вором, наркотик действовал и на него. Но он заранее глотнул таблеток, нейтрализующих его действие, поэтому одурел не так сильно, как Анфас. Поэтому и соображал хорошо. Зато вор уже никакой, и не понял он, кого именно может сгубить жадность...

Глава 31

Четвертый день в следственном изоляторе. Ни допросов, ни адвокатов. И денег нет, чтобы передать записку через надзирателя, да бесполезный это ход — наверняка менты держат все под контролем. Даже посылки с воли до нее не доходят. А в тюрьме передачи нужны не только для пропитания, это ведь еще и престиж. Чем сытнее тебя кормят с воли, тем больше уважения, тем интереснее с тобой дружить. Тюрьма — это, по сути, дикая природа с ураганными ветрами, которые быстро сдувают с людей налет цивилизованности. Именно поэтому силу здесь ценят больше, чем богатство..

А передачу с воли Марина получила. Она подсела к Карине на кровать, на несколько мгновений прижалась к ней, словно хотела согреться, и достала из пакета оранжевый апельсин:

— Будешь?

— Марокканский? — спросила Карина.

— Не знаю. Но сладкий. Я уже пробовала.

Марина очистила апельсин, протянула ей.

— Ну, спасибо.

Даже в самом сладком апельсине присутствует кислинка, поэтому Карина не торопилась отправлять его в рот. Не любит она кислое, но апельсин взбодрит, освежит, и глупо было бы отказываться от него.

— Чего не ешь? — спросила Марина.

— Растягиваю удовольствие.

— У меня еще есть.

Марина очистила свой апельсин, сначала разделила надвое, потом отломила дольку, сунула ее в рот.

— Сладкий! — обрадовалась она. — Хочешь попробовать?

Она отломила еще дольку, протянула Карине, и в это время открылась дверь и в камеру вошла Варвара. Она с адвокатом встречалась — вдруг через него получила письмо? Карина отложила в сторону апельсин и выжидательно взглянула на Варвару.

Та сама подошла к ней, забрала апельсин, взамен передала скрученный в трубочку лист бумаги и усмехнулась:

— Меняться будем?

Слишком уж выгодным был такой обмен, чтобы Карина возмутилась. Она махнула рукой на апельсин, развернула записку. И только тогда спохватилась. Что, если на бумаге — споры сибирской язвы, которые она сейчас вдыхает? Карина угрюмо усмехнулась.

— Что-то не так? — покосилась на нее Варвара.

— Да нет, нормально все. Спасибо тебе.

Не похоже, что Варвара затеяла против нее какую-то пакость. Собиралась отомстить за свое поражение, но потому передумала — не без участия Карины. Спокойно в камере, но расслабляться все равно нельзя.

«Малява» пришла от Антона. Он писал, что тяжмашевская бригада встала под него целиком и полностью, но переживать ей нечего. Как только Карина выйдет на свободу, все вернется на круги своя. И про Соколова он все узнал — эта сволочь действительно работала по указке, мало того, что Карину подставила, так еще и показания против нее дает. Антон писал, что в курсе всех событий, сложа руки не сидит, поэтому шансы у нее на скорую свободу есть. Но, предупреждал он, Карина должна вести себя в камере очень осторожно: возможно, на нее готовится покушение...

— Эй, ты чего? — чересчур уж громко спросила Варвара.

Карина оторвалась от чтения, внимательно посмотрела. Интересно, почему Марина так заколотилась? И почему вид у нее бледный? И глаза почему прячет?

Карина протянула руку и позвала Марину, продолжавшую очищать апельсин:

— Давай сюда!

Та обрадовалась, подскочила к ней, протянула апельсин.

— Кстати, откуда такое богатство? — спросила Карина, глядя на девушку.

— Так это, посылка была.

— От кого?

— Ну, с воли...

— Не помню я, чтобы тебе посылку приносили.

— Так я на свидании вчера была...

— С кем?

— Ну, с Мишкой...

Карина помнила, в каком настроении Марина вчера вернулась в камеру после свидания. Расстроенная, подавленная, слова клещами не вытянешь. Да она и не пыталась раскрутить ее на разговор. И пакет у нее был, небольшого размера пакет, там всего пять-шесть апельсинов и могло поместиться.

— Вкусный? — Она подбросила апельсин вверх и тут же поймала его.

— Очень.

— Ну, тогда тебе повезло. — Карина разломила плод надвое и одну половинку протянула сокамернице. — Угощайся!

— Да нет, спасибо, я не хочу, — вымученно улыбнулась девушка.

— А ты через не хочу.

— Да нет, больше не смогу, — мотнула головой Марина.

— Так я помогу. — Карина неожиданно ударила ее кулаком в солнечное сплетение, а затем взяла на удушающий прием.

Марина инстинктивно разжала челюсти, чтобы хватануть побольше воздуха, и Карина сунула ей в рот четвертинку апельсина:

— Жуй!

Но Марина тут же выплюнула его.

— А чего так? Не хочешь травиться?

— Не хочу!

— Что за дерьмо туда закачали?

— Не знаю.

— Апельсины откуда?

— Ну, Мишка принес.

— Принес и сказал, чтобы ты мне их скормила? А менты его слушали, и ничего, да?.. Откуда апельсины?

— Ну, человек один передал.

— Что за человек?

— Не скажу... Меня потом убьют!

— Вот именно, что потом. А я тебя сейчас, тварь, удушу! Кто этот человек?

— Я не знаю, — конвульсивно прохрипела Марина.

— Ну да, не тюрьма здесь, а проходной двор... Любой может подойти, любой может заказать...

Карина снова схватила девушку за горло и снова услышала: «Не знаю!..»

А потом в камеру зашли надзирательницы, скрутили ее и отправили в карцер за нарушение режима.

Лед тронулся. В помещении для допросов Карину ждал не только следовать, но и адвокат. Это был солидный представительный мужчина лет сорока с умными проницательными глазами. Аркадьев Павел Ильич.

— Приятно познакомиться, — с мрачной усмешкой сказала Карина. — А то меня здесь без адвоката прессуют. Ни адвокатов, ни свиданий, ни передач. Беспредел какой-то, тридцать седьмой год отдыхает...

— Это не беспредел, — отвел глаза в сторону Прудников, — это просто стечение обстоятельств...

— Ага, стечение обстоятельств. Вчера меня пытались отравить... Меня заказали, Павел Ильич, банально заказали. Было совершено покушение на мою жизнь. И что? Эту ночь я провела в карцере, на хлебе и воде. Меня пытались убить, и я же осталась виноватой...

— Карина Васильевна, у нас будет время, вы подробно все опишете, — выразительно глядя на следователя, произнес Аркадьев, — а мы обязательно примем меры. Уверен, что прокурор по надзору очень заинтересуется этим делом.

— Я же говорю, это стечение обстоятельств, не более того. На самом деле никаких мер дискриминационного характера к гражданке Пахомовой не применялось! — смущенно выпалил Прудников.

— Да, но почему меня только сегодня допустили к моей подзащитной?.. Ладно, будем разбираться. А пока мне хотелось бы знать, в чем вы обвиняете Карину Васильевну?

— Вы сами должны это знать, — раздраженно проговорил следователь и отвернулся к окну.

— Это не разговор...

— Статья сто тринадцатая — истязание, статья сто двадцать шестая — незаконное лишение свободы. Есть показания потерпевшего, есть заключение судебно-медицинской экспертизы. Да и ваша подзащитная во всем призналась...

Карина невесело вздохнула. Увы, ей пришлось признать свою вину. Не сразу, но все-таки она сознались в том, что продержала Соколова под замком целую ночь. И в том, что ударила его... Она не хотела, чтобы рубоповцы всей своей мощью наехали на тяжмашевскую братву.

— Это все неправда, — мотнула она головой. — Меня поставили перед выбором — или показания, или смерть в камере. Я выбрала первое. Но вчера меня все равно пытались убить...

— Кто вас пытался убить? — возмутился следователь. — Что вы такое говорите?

— Меня пытались отравить.

— Не было ничего такого!

— Было. И если со мной вдруг что-то случится, — Карина выразительно посмотрела на адвоката, — то вы, Павел Ильич, должны будете тщательно во всем разобраться. Вскрытие, экспертиза...

— Я уверен, что до этого дело не дойдет, — совершенно серьезно отнесся к ее просьбе адвокат. — Мы примем все необходимые меры. Даже сверх того... Сегодня же вас, Карина Васильевна, переведут в одиночную камеру!

— Вы так думаете? — скривился Прудников.

— Я в этом уверен... И обещаю вам, если с Кариной Васильевной что-то случится, вы сядете первым...

Судя по всему, адвокат был не простой, со связями и возможностями, поэтому следователь решил не связываться с ним.

— Хорошо, я поговорю с руководством изолятора... Только не уверен, что вам, Карина Васильевна, пойдут навстречу, если вы измените свои показания.

— Ну вот, угрозы. Все те же угрозы... — осуждающе усмехнулась Карина.

— Я вынужден заявить протест... — снова нажал на следователя Аркадьев.

— Я никому не угрожаю, я всего лишь предупреждаю...

— Давайте не будем, — поморщился адвокат. — Давайте вернемся к началу разговора. Моя подзащитная отказывается от своих показаний, данных под принуждением. Думаю, следствию интересно знать, как все было на самом деле.

Следователю не интересны были фантазии Карины, но все-таки ему пришлось взять их под запись. Оказывается, Соколов был человеком с больными фантазиями. Он давно уже домогался Карины, и в конце концов дело дошло до того, что заявился к ней домой и попросил закрыть его в подвале.

— Он хотел со мной грязного секса. Он извращенец. Ну, я не сдержалась, врезала ему, чтобы мозги на место встали...

Следователь ей не верил, но протокол заполнял. И адвокат подбадривающе смотрел на Карину. Ему нравилась ее версия. И еще он взглядом давал понять, что ситуация изменилась к лучшему и теперь у нее есть шанс выйти сухой из воды.

Глава 32

Квартира даром что называлась оперативной, замок в ней простой, открывается на раз-два, сигнализации внутри нет. Из техники только старый черно-белый телевизор и радио на кухне. Но ничего, сейчас Антон установит здесь видеокамеру...

Он смог взять власть над тяжмашевскими. Объявил Платова «врагом братвы», пошел на него войной. Встал у руля бригады — и вперед под парусом на разгром врага. Только с Платовым войны не получилось. Уж очень убедительно он доказал, что не причастен к аресту Карины. Только не позволил бы Антон убедить себя в этом, если бы не подозревал в подлости Анфаса и Березняка. И в разговоре с Платовым он всего лишь хотел подтвердить свои подозрения.

Как-то уж все гладко у Березняка вышло! Антон пришел к нему после очередной ссоры с Кариной, и тот чуть ли не с ходу завел о ней разговор. Возникало впечатление, будто он знал о том, что Карина изменила Антону. А если знал, то откуда?..

Березняк предложил похитить Карину, Антон спьяну вроде бы согласился, но потом передумал, отказался от такого варианта. Но машина уже закрутилась, затянула в свой молох Карину...

А кто сообщил, что Карину закрыли? Анфас и сообщил...

Но на одних подозрениях далеко не уедешь. А тут вдруг Анфас сам к Антону заявился. Вроде бы и неожиданно зашел, но к встрече с ним кое-что уже было готово. И Антон получил от него подтверждение своим подозрениям...

Утром Анфас проснулся в состоянии жуткого похмелья. Пришлось его пивом отпаивать, баньку топить. Он воспринимал все это как должное, потому что ничего про вчерашнее не помнил. Провал в памяти у него случился, и не понял он, что сам во всем признался. Антон мог его грохнуть, закатать в бетонный саркофаг, чтобы затем утопить в озере. И плевать ему на то, что Анфас законный вор... Но все-таки он решил повременить. Убийство Борея ему вроде бы сошло с рук, но не факт, что так же повезет и в случае с Анфасом. А быть изгоем и скрываться от братвы вовсе не хотелось. Поэтому он здесь, в этой квартире, которую рубоповцы должны были использовать для встречи со своими осведомителями. В принципе, майор Кормилин этим здесь и занимался. Осведомительница у него баба симпатичная, молодая, горячая, до секса охочая, и майор этим пользовался...

Планы у Антона большие и опасные, но ему ничего не страшно. Пусть не думают менты, что на них нет управы...

Антон понимал, что рискует, но не смог он отказать себе в этой авантюре. К майору Кормилину заявился прямо в кабинет, якобы по повестке пришел. А вид у него конкретный — ворот белой рубашки расстегнут, чтобы видна была толстая золотая цепь на шее. Повестка, правда, липовая, но ничего, прокатило...

— Здравия желаю, товарищ майор.

— Я тебя знаю? — вперил в Антона свой пронизывающий ментовской взгляд майор.

— Должны знать. Вы же с Пахомовой работаете, а я ее муж. Гражданский муж.

— Кастальский?

— Собственной персоной... Вот, ждал, когда вы меня на допрос вызовете. Не дождался, — усмехнулся Антон.

— А зачем ты мне нужен? — изучающе смотрел на него Кормилин. — Твоей женой следователь Прудников занимается.

— Так и от Прудникова ничего нет. Вы там, наверное, уже все решили.

— Что — решили?

— Ну, Карину Пахомову посадить.

— Это суд решит.

— Какой суд, воровской?

— Почему воровской? — еще больше нахмурился майор.

— Ну, так это ж воры Карину приговорили. Типа, за «крысятничество», да?

— Я тебя не понимаю, Кастальский! — Вот и молния в глазах сверкнула.

— Да ладно, не понимаете... Я же свой, я в курсе... Вы что, арестовать меня хотите? До выяснения, да?

Так можете обыскать меня... Хотя нет, я сам все отдам.

Кормилин и моргнуть не успел, как Антон достал из кармана фотографию, положил ее на стол. Кормилин сурово глянул на него в ожидании подвоха, взял в руки снимок и сразу побледнел:

— Что это такое?

Вроде бы неплохо смотрелся он на фото верхом на своей криминальной подружке. Радоваться надо своей фотогеничности, а он почему-то злится.

— Не ко мне претензии, майор. Я за что купил, за то продал... А купил я за свою жену. Карину тоже вот так же подставили. Сначала подпоили чем-то, а потом на видео сняли...

— Это ты о чем? — нервно спросил рубоповец.

— А ты не в курсе? Березняк все организовал. Соколова Карине подсунул, тот на камеру все снял. Потом Карину на Соколове снова поймали, за его похищение закрыли. Кто такой Соколов, ты знаешь. И кто такой Березняк — тоже... Не знаю, чем тебя воры купили, но они тебя купили. Только зря ты им поверил. Они теперь от тебя не отстанут, пока с потрохами не купят. Поэтому и фото это появилось. И видео есть, где ты со своей осведомительницей барахтаешься. Кожухова Валентина Георгиевна, любовница Гарика Михайлова. И твоя любовница тоже... Ладно, со своей женой ты еще сможешь договориться, а что начальству скажешь? Ты что, Гарику Михайлову «крышу» делаешь? Так он сам северо-запад Москвы кроет. Или ты ему информацию сливаешь?..

Кормилин думал недолго.

— Чего ты хочешь? — сквозь зубы сдавленно простонал он.

— Хочу, чтобы ты от Карины отстал.

— А я к ней и не приставал. Она совершила преступление, мы ее арестовали, возбудили уголовное дело, передали его в прокуратуру...

— Обложили Карину со всех сторон, как будто она волк какой-то...

— А разве она не волк?

— Может, и волк. Если так, то она с самого начала была волком. И Анфас волком был. И Березняк. А ты, майор, волкодавом был. Но с волками жить — по-волчьи выть. Вот ты и воешь. Только фальшивый этот вой. Потому что ты своих предал и среди волков своим не стал.

— Никого я не предавал. Это оперативная комбинация, — выдавил Кормилин.

Судя по выражению его глаз, он едва сдерживал себя, чтобы не наброситься на Антона, не сбить его на пол, не застегнуть на запястьях наручники. Он очень хотел так сделать, но практичным своим умом понимал, что это тупиковый путь. Тем более Кастальский находился на его территории, поэтому никуда не денется.

— Я так почему-то и подумал, — смилостивился Антон. — Ты удружил Анфасу, он удружил тебе. Он через тебя решил свою проблемы, ты через него — свою. Все понятно. Только непонятно, почему Карина должна страдать?

— Потому что твоя Карина — волчица. Хищная и жестокая волчица. И мне твою Карину совсем не жаль!

— А мне жаль! И я за нее глотки грызть буду! И волкам грызть буду, и волкодавов не побоюсь. Ты меня понимаешь, майор?

— Только давай без понтов, — поморщился Кормилин.

— Ты должен отстать от Карины.

— А если нет?

— Ну, ты же не хочешь, чтобы порнофильм с твоим участием попал на стол к твоему начальству? Не хочешь — и не надо. Мы люди культурные, такими глупостями не занимаемся. Может, мы с тобой дружить хотим. Ты нам помогать будешь, мы — тебе. Одним словом: если вдруг что, поможем друг другу. Лучше с нами, чем с ворами...

— Все вы — дерьмо одного розлива.

— Да, но ты с нами в этом дерьме бултыхаешься, так что не надо тут... Ну, так что, отстанешь от Карины?

— А если нет, ты пустишь в ход компромат, — вслух подумал майор.

— Я же сказал, что нет.

— Так я тебе и поверил.

— Все правильно, не надо никому верить... Так что насчет Карины?

— Это не от меня зависит.

— А от кого?

— Есть потерпевший, есть его показания...

— Хотелось бы мне снять показания с этого потерпевшего.

— Сначала его найти надо... — Кормилин вдруг сделал вид, будто заинтересовался вороной, севшей на ветку растущего за окном дерева.

— Ну, ты мог бы подсказать.

— А вдруг с ним что-то случится?

— Волки загрызут?

— Все возможно.

— У нас в «Тяжмаше» волки добрые, просто так ни на кого не бросаются. Соколов, конечно, мразь, но я обещаю, что с ним ничего не случится...

— Добрые волки, говоришь?

— Ну, уж точно не беспредельные. Или мы в сводках часто значимся?

— Да нет, не часто... Спокойно там у вас. Но это все равно не нормально... Развелось волков в голодную пору, — пренебрежительно хмыкнул Кормилин. — Ничего, скоро эта вольница закончится.

— Вольница, может, и закончится, а подполье останется. Организованную преступность победить невозможно. Организованная преступность, она с первобытных времен существует, с тех пор как племя на племя войной ходить стало. Жратва, золото, земли — человек за это спокон веку воюет.

— Ты мне здесь философию не разводи, — скривил губы майор. — Мы вас без всякой философии прихлопнем.

— По беспределу?

— С вами все средства хороши.

— Беззаконие порождает беззаконие.

— Тут ты прав... Но в следующий раз будет без осечек.

— Поживем — увидим... Так как нам Соколова найти?

— Ну, есть один адресок...

Кормилин какое-то время хмуро смотрел на Антона, словно надеясь, что сейчас он возьмет и передумает говорить с Соколовым. Но Антон не передумал, и в конце концов майор назвал адрес. Видеопленку он в обмен требовать не стал, не дурак ведь, понимал, что Антон мог оставить себе копию.

— Ты мне обещал, — запоздало спохватился он. — С Соколовым ничего не должно случиться.

— Обещал. Все будет хорошо.

— Взял ты меня за горло, Кастальский.

— Карину в камере пытались отравить.

— Я не знал, — нахмурился Кормилин.

— А зачем тебе знать? Ты помог ворам закрыть Карину, изолировал ее на какое-то время, а воры там уже сами. Только ничего у них не вышло. А если вдруг выйдет, ты тоже в этом будешь виноват!

— Ты сейчас досвистишься, Кастальский! — психанул майор. — Пошел вон отсюда, пока цел!

Но Антон даже не шелохнулся.

— Ты не думай, я правда не собираюсь скармливать компру на тебя твоему начальству. Это всего лишь страховка. Вдруг ты меня закрыть попытаешься... А Соколова ты мне сдал, потому что тебя совесть мучает. И Карине помочь хочешь по той же причине... Только вот что ты Анфасу скажешь?

— А кто тебе сказал, что я собираюсь отчитываться перед Анфасом? И перед ним не собираюсь, и перед тобой тоже... — Кормилин поднялся из-за стола, открыл сейф, достав пистолет, передернул затвор и произнес: — Кастальский, у тебя ровно минута. Если не уберешься, считай, что оказал сопротивление при задержании.

Антон пытать судьбу не стал. Он узнал все, что ему нужно. И все сказал. К тому же у него было мало времени. Надо было срочно ехать за Соколовым, пока Кормилин не передумал.

Глава 33

Вечер, преддверие ночи. За окном еще не стемнело, но уже поздно — кто-то спать ложится, кто-то телевизор еще смотрит, а кто-то сексом занимается. Перед телевизором. Тут уж кому как повезет. Антон не видел, чем занимался Соколов перед телевизором. Услышав, как открылась дверь, этот козел выскочил в коридор и, глядя на Антона безумными глазами, выкрикнул:

— Ты кто такой?!

Он никак не мог предположить, что кто-то самым наглым образом вторгнется в его личную жизнь. Дурак он, если не мог предположить. Должен же понимать, что рано или поздно братва до него доберется.

— Муж Карины я.

— Муж Карины?!

Антон был один, и в этом Соколов увидел для себя шанс. Он вдруг бросился в комнату, резко встал на четвереньки, сунув руку под диван, вытащил оттуда пистолет и, не поднимаясь с пола, тут же наставил оружие на Антона. И с предохранителя ствол не забыл снять.

— Ух ты, какие мы грозные! — презрительно усмехнулся Антон.

— Не подходи! Буду стрелять! — Соколов сначала отполз от него подальше и только затем встал на ноги.

— Стреляй, — пожал плечами Антон.

— Если не уйдешь, точно выстрелю!

— Не уйду. И ты не выстрелишь.

— Выстрелю!

— Ну, давай! — стараясь не делать резких движений, Антон шагнул вперед.

— Стой! — заистерил Соколов, но, не выдержав напряжения, опустил руку, в которой держал ствол, и прошептал: — Я знаю, ты не один...

Антон ударил его кулаком в живот, отобрал пистолет и толкнул жертву на диван.

— Один я. А не выстрелишь ты, потому что трус. Позорный трус ты, Соколов. Никогда не поверю, чтобы Карина легла с таким чмошником, как ты...

Это сейчас Антон так говорил... Это сейчас он не смог бы поверить, что Карина была с этим уродом.

А пацаны бы поверили, если бы он взял их с собой. Но потому он и отправился к Соколову в гордом одиночестве, чтобы поговорить с ним без свидетелей.

— И не надо верить...— промямлил Соколов.

— Чем ты ее напоил?

— Что дали, тем и напоил.

— Кто дал?

— Ну, был там один... Я Карине уже говорил, что не знаю его.

— Когда ты ей говорил?

— Ну, когда она меня допрашивала...

— Допрашивала? Сначала похитила, потом незаконно лишила свободы. Ну, потом истязание, все такое, да?

— Э-э... а разве этого не было?

— Пацаны долго тебя искали, а потом ты вдруг появился. Домой пришел, там тебя и похитили. И к Карине домой отвезли. Где ты пропадал?

— Ну, было одно место.

— Откуда оно взялось? Пацаны все прошманали. Не было тебя нигде... Кто тебя прятал?

— Так это... Игнат его зовут...

— Он тебя и домой отвез?

— Да, он. Сказал, что не надо бояться, а меня скрутили и сунули в машину...

— Кто приказал бочку на Карину катить?

— Бочку на Карину? В смысле, показания против нее?.. Так это менты заставили.

— А еще кто?

Антон и сам знал, что без участия воров здесь не обошлось, но ему нужен был конкретный человек, который работал с Соколовым.

— Никто!

— А ствол у тебя откуда?

— Ну, был у меня... — замялся Соколов.

— Газовый?

— Ага, газовый, газовый...

— Проверим? — Антон вдавил ствол пистолета в живот подлецу.

— Не надо! — в ужасе взвыл тот.

— Боевой?

— Боевой!

— Откуда?

— Игнат дал.

— Так кто тебя здесь поселил, менты или Игнат?

— Менты... Но Игнат тоже знает...

— Как выглядит этот Игнат? Что ты о нем знаешь?

Только Антон озвучил эти вопросы, как в дверь постучали. Звонок должен был работать, но в дверь постучали. Две короткие паузы, одна длинная. Снова короткая...

— Кто это? — шепотом спросил Антон.

— Не знаю, — в замешательстве пожал плечами Соколов.

И снова в дверь постучали тем же набором пауз. Похоже на условный сигнал.

Антон вынул из рукояти пистолета обойму. Патроны боевые, значит, из него можно стрелять на поражение. Сам он был без оружия, не хватало еще нарваться на ментовскую засаду со статьей на руках... Но теперь у него ствол...

Стук в дверь повторился.

— Открой!

Антон чуть ли не за шиворот подтащил перепуганного Соколова до двери, сам стал сбоку, чтобы его не увидели с лестничной площадки. И еще достал телефон, позвонил своим бойцам, что ждали его внизу в машине. Почему они прозевали незваного гостя — с этим он разберется потом. Сейчас главное, поджать врага снизу...

— Оглох ты там, что ли? — донеслось из-за двери.

Соколов набрал в воздух легкие, решительно выдохнул и, открыв дверь, тут же «в награду за смелость» получил две пули. И обе в грудь. Через глушитель стреляли, но хорошо было слышно, как лязгнул затвор.

Антон не струхнул, выскочил из засады и увидел двоих, наперегонки убегающих вниз по лестнице. Он выстрелил в одного, в другого, но поразить смог только одну цель. Человек в черном и в маске упал на спину и, раскинув руки, съехал на несколько ступенек вниз.

За вторым Антон гнаться не стал. Его перехватят внизу... Да и в первого не надо было стрелять...

Он вложил пистолет в руку покойного Соколова, вышел из квартиры и, перепрыгнув через второй труп, спустился вниз. О том, чтобы протереть рукоять пистолета, даже не подумал. Зачем, если на нем были перчатки? Правило у него такое — чужие квартиры голыми руками не брать... Хорошо, если это правило останется в прошлом. Адреналина за последнее время Антон хлебнул столько, что хватит до конца жизни...

Удар у Панаса будь здоров и кулаки как кувалды, но держится браток. Голова у него крупная, лицо широкое, нос крепкий, челюсть, как это называется у боксеров, чугунная. Мордастый, одним словом. Лупит его Панас, а все без толку. Не хочет жертва ни в чем сознаваться.

— Хватит, — покачал головой Антон. — Не расколется он... Березняк абы кого к себе в команду не берет, да?

— Не знаю такого, — с ненавистью глядя на Антона, процедил парень.

Да, прозевали бойцы киллеров, но одного все-таки смогли взять. Скрутили, запихнули в машину, вывезли за город, в дом с глубоким подвалом. Место безопасное, менты сюда не нагрянут.

Все хорошо, только не хочет мордастый колоться и имя свое не называет. Уперся рогом, даже Панас не может сдвинуть его с места. И в живот бил, и в морду, а все бесполезно.

— Не хочешь колоться? Понимаю. Правильный ты пацан. А я не правильный. Потому что против Березняка пошел. И кто я такой, ты знаешь.

— Не знаю.

— Антон я. Кастальский Антон.

— Ну и что?

— А то, что я против Березняка пошел. А он не просто вор, а в законе, да?

— Говорю же, не знаю такого.

— А срок ты где мотал?

В татуировках парень, еще и перстни на пальцах выколоты. Две ходки, по уважаемой статье, в зоне был бойцом у лагерного авторитета. И сейчас он в том же ранге у Березняка. Видно, расширяется команда у «смотрящего», если Антон впервые видит эту физиономию.

— Да пошел ты знаешь куда?

Панас замахнулся, но Антон его осадил.

— Не надо, пусть живет... Пусть живет и думает, какой он косяк допустил. А это косяк — на ссученного вора работать...

— Кто ссученный?

— Березняк ссученный. Или нет?..

— Это предъява! За такое кровью ответишь! — рассвирепел пленник.

— Отвечу. Но только после тебя... Ты хоть в курсе, что происходит? Нет? Так я тебе объясню. Тяжмашевская братва отстегивала Березняку на «общак», но ему этого показалось мало. Это его право требовать больше, не вопрос. Но так он же через ментов требует. Он мою Кару закрыл. А как закрыл? Через ментов закрыл. А Соколов, которого вы сегодня «замочили», показания против нее давал. И менты за ним смотрели, и Березняк. Не хотел Березняк, чтобы Соколов отказался от своих показаний... А почему тогда он дал тебе отмашку «замочить» Соколова? Потому что менты ему позвонили, предупредили, что мы на него вышли. Он двух зайцев убил, твой Березняк. И Соколова грохнул, и меня подставил. Менты теперь на меня все валить будут... — Антон действительно так думал, но сомневался, что Кормилин пойдет на это. Вряд ли майор мечтает о том, чтобы о его эротических подвигах узнала жена, начальство, да и Гарик Михайлов мог с него спросить. — На меня все менты валить будут. А Березняк выйдет сухим из воды. А почему? Потому что он в одной упряжке с ментами. Законный вор — и с ментами! Ты же блатной, ты должен понимать, что это такое. Ссученный он вор, твой Березняк...

— Сам ты такой! Сам ментам продался! Такая же «крыса», как твоя Кара! — зло выплеснул мордастый.

— Ну вот, разговорился, — ухмыльнулся Антон. — А то все в молчанку играл... Может, имя свое назовешь?

— Да пошел ты!

Панас снова замахнулся, но Антон и на этот раз его осадил:

— Не надо его бить. Видишь, крепкий орешек. Таких уважать надо. И лечить. Ты вот зубы ему расшатал, а это плохо. Зубы лечить надо. Давай неси дрель, только сверло потоньше возьми. Самое тонкое, и чтобы подлинней...

Мордастый глянул на Антона с презрительной бравадой, дескать, его такой дешевкой не купишь. Только вот страх свой он скрыть при этом не смог. Покоробило его при мысли, что тонкое сверло на всю длину войдет ему в зуб.

Панас принес шуруповерт с заправленным в него тонким и длинным сверлом.

— Эй, вы чего, серьезно? — занервничал мордастый.

— Да вот, всегда дантистом быть мечтал, — сказал Антон и нажал на кнопку запуска. Сверло быстро закрутилось, и пленника аж передернуло изнутри. — Наконец-то мечта осуществится. Мы тебя всего вылечим, до последнего зуба. Только вот пломбы у нас из пластилина... Может, лучше жвачкой залепим?

— Э-э, а что, Березняк в натуре с ментами хороводится?

— Как тебя зовут, браток? — усмехнулся Антон.

— Ну, Злоб.

— В точку братва попала, когда тебя крестила. И ты попал. Конкретно попал. Но ничего, у тебя еще есть шанс. С кем ты сегодня был? Кого там Соколов в подъезде завалил?..

— Ну, не Соколов. Гнутого он завалил.

— Гнутого? А почему Гнутый? Почему не Крученый? Может, Игнатом его зовут, потому и Гнутый?

— Без понятия, как его зовут... Мне сказали, я с ним пошел...

— Кто сказал, Березняк?

— Нет, Валетмейстер...

— Ну вот, уже знакомые имена пошли... — кивнул Антон. И с наигранным сожалением вздохнул: — Неужели не сбудутся мои детские мечты? Значит, Валетмейстер там всем рулит... Давно ты у Березняка в кодле?

— Да нет, недавно. Откинулся, с Валетмейстером пересекся, он меня к себе взял... Ну, и Березняка я знал, мы с ним у одного хозяина мотали...

— И там хозяин ментом был, и здесь такая же петрушка. Не повезло тебе, парень. Ну, да ладно, ты же не знал, что Березняк «мусорам» продался. И Валетмейстер этого не знал...

— Ну, Валетмейстер, может, и знал, — пожал плечами Злоб.

— Оп-ля! А ну, давай колись!

— Да не знаю я ничего, — опустил голову мордастый.

— Знаешь. И что на ментов работал, знаешь.

— Не работал я на ментов! Что мне говорили, то и делал... Ну, слышал я про этого Соколова. И про тебя слышал. И про Кару. И про все ваши напряги. Но я не в курсе, что да как...

Антон нажал на кнопку, и сверло закрутилось с нервирующим шумом.

— Да не надо меня пугать! — скривился Злоб. — Не страшно!.. Страшно то, что я в натуре на ментов работать мог... Соколов «показуху» на твою Кару давал, а мы его «замочили». Но так отмашку на него менты могли дать...

— Могли или дали?

— Ну, Гнутый говорил, что сам этого Соколова на дело раскручивал. Носился с ним, говорит, как дурень со ступой. Сказал, что менты его забрали, в своем схроне спрятали. А тут кто-то позвонил, сообщил, что на Соколова тяжмашевские вышли, то есть вы, и Валетмейстер приказал кончить с Соколовым. Ну, мы и поехали. А Гнутый сказал, что он этот схрон хорошо знает, бывал там. Вот я и думаю, если он там бывал, значит, с ментами знался...

— Ты так думаешь или знаешь?

— Думаю.

— А Валетмейстер точно знает?

— Ну да, он у Березняка по этой теме...

— А как Валетмейстера найти?

— Так это в Подвойск ехать надо, улица Лесная, дом восемь... Слышь, Касталь, ты меня не «мочи», не надо. Я смерти не боюсь, но пожить еще охота.

— А может, ты все-таки конкретно что-то про «мусоров» знаешь? На кого из них был завязан Валетмейстер?

— Не знаю.

— Но на ментов точно был завязан?

— Не могу сказать, но похоже на то...

— Ну, хорошо, если Валетмейстера возьмем, будешь жить.

Будет Злоб жить. Только недолго. Но уточнять Антон не стал. Хотя бы потому, что ему вовсе не хотелось его убивать. Вот если будет острая в том необходимость, тогда придется, никуда не денешься. Но может случиться, что такой необходимости не будет. А кому охота почем зря руки марать?

Глава 34

Нельзя недооценивать противника. Это аксиома, которую должен знать каждый. В реальной жизни за невыученный урок ставят не двойку, а пулю в лоб. Или нож под ребро. Или удавку на шею...

Антон понимал, что Анфас и Березняк уже на «стреме». Предупредил их Кормилин, и те отправили к Соколову душегубов. Гнутый убит, Злоб исчез — это первое крупное поражение, за которым запросто могло последовать второе, и последнее. Тяжмашевская братва вышла на тропу войну, и воры должны были это понимать.

И понимали. Свидетельством тому стала засада в доме номер восемь на улице Лесной. Воры просчитали ситуацию, поэтому сделали правильный ход. Но Антон был готов к такому повороту. На дело он взял лучших бойцов. Автоматы, гранаты, бронежилеты, неплохая подготовка...

Дом сначала окружили издали, Антон дал команду затаиться и ждать. Он боялся, что в доме Валетмейстера могли находиться и рубоповцы. Не зря он затаился и выжидал время: попал-таки в расставленные сети воровской боец. Он вышел из дома, осмотрелся и пешком направился к машине, которая стояла в отдалении. Там его и перехватили. Взяли его, что называется, без шума и пыли. Взяли, допросили по всем правилам военной науки...

Валетмейстер в доме, с ним еще три бойца. Сил вроде немного, но там автоматы. С учетом эффекта внезапности такая засада могла стать смертельной для Антона ловушкой.

Березняка в доме не было. А жаль, Антон с удовольствием пустил бы ему кровь. Он хоть и в законе, но ведь в горячке боя можно и забыть об этом.

Березняк уехал куда-то в Москву. Все правильно, крысы бегут с тонущего корабля. Оставил на хозяйстве жертвенного барана Валетмейстера, и «на лыжи», к Анфасу под крыло... Антону было стыдно за то, что он обратился за помощью к этим людям. Но в то же время у него было и оправдание. В зоне Анфас казался ему эталоном воровского благородства и справедливости... И на старуху бывает проруха — не зря же появилась такая поговорка. Хотя не проруха случилась с Анфасом, а реальная подлость. Может, Березняк такой ухи наварил, а старый вор на нее всего лишь повелся. Если так, то это не оправдание. Не важно, кто начал, главное, кто участвовал...

В соседних дворах были собаки, они могли поднять шум, а вот дом, что стоял напротив, но с соседней улицы, был заброшен. Ставни заколочены, а от собаки осталась только перевернутая будка. Это направление и выбрал Антон.

В четвертом часу ночи его бойцы прокрались на вражескую территорию, без шума подобрались к окнам, и туда полетели гранаты с предохранительными в них чеками. Эти «лимонки» должны были напугать противника, сбить его с толку. Одновременно с этим Панас кувалдой, с одного удара, вышиб дверь. Штурм начался, эффект неожиданности, смешанный со страхом перед гранатами, сделал свое дело. И все-таки кто-то из воровских бойцов успел выпустить автоматную очередь. Ответ не заставил себя ждать.

Стрелка изрешетили пулями, но досталось и его дружкам — одного убили, другого ранили.

Ранен был и один из тяжмашевских бойцов. Одна пуля попала в грудь, но не смогла пробить бронежилет, другая задела плечо. Антон велел забирать из дома всех: и раненых, и покойников — трупы — это уголовное дело, а без них — только догадки, а сам занялся Валетмейстером.

— Узнаешь меня? — глядя в его рябое от оспы лицо, спросил он.

— Да пошел ты!

Валетмейстер лежал перед ним на траве. Лес вокруг, над головой рассветное небо. Ранние пташки звонко перекликаются, теплый ветер в сосновых кронах шелестит, наступающий день обещает солнечную погоду. Вроде бы идиллия. Только три трупа лежат неподалеку, яму для них уже намечают. И Валетмейстер животный страх излучает. Держится он вроде ничего, не раскисает, но чувствуется, что страх разъедает его душу.

— Зачем Соколова убил? — приставил ствол к его животу Антон.

— А тебя это не гребет!

Антон отвел в сторону руку с пистолетом, ударил Валетмейстера ногой — сверху вниз, в живот, и крикнул:

— Пацаны, яму на четверых копайте!

— Не напугаешь! — с жалкой бравадой выплеснул пленник.

Но Антон и ухом не повел.

— И глубже копайте, чтобы из земли не вылез. Мы его живьем закопаем.

— Эй, как живьем? Так нельзя! — задергался Валетмейстер. Он уже и мертвым не хотел уходить в землю. Все, закончился запас прочности — страх целиком завладел им, не выдержал он прессинга. — Чего ты хочешь?

— Зачем Соколова убил?

— Это не я!

— Гнутый его убил. А кто Гнутого послал?

— Не знаю!

— А я знаю, что ты Гнутого на Соколова натравил. И знаю, кто тебе из ментовки позвонил, про нас сказал. Кормилин тебе звонил.

— Не мне, — затравленно буркнул Валетмейстер.

— А кому?

— Березняку.

Антон сунул руку в карман, достал оттуда диктофон, нажал на кнопку. Валетмейстер даже не понял, что это у него в руке.

— Значит, майор Кормилин позвонил Березняку и сказал, что тяжмашевские вышли на Соколова?

— Да, Кормилин звонил.

— Выходит, Березняк был заодно с ментом?

— Ну, не то чтобы заодно. Просто дело у них одно...

— Какое дело?

— Ну, ты знаешь: Карину задвинуть, а тебя на ее место...

— Березняк эту проблему через ментов решил?

— Ну да, через ментов...

— А какой у ментов интерес?

— Ну, там... — Валетмейстер открыл было рот, но все же решил промолчать.

— Говори, раз начал. Обидно будет, столько уже сказал, а хоронить все равно придется. Если про интерес не скажешь.

— Да там с Батумом проблема была, — глядя куда-то в сторону, сквозь зубы процедил Валетмейстер. — Из-за казино рамс вышел... Это же ты все начал, а Березняк продолжил. Дожать Батума решил, вернее, из казино выжать. Но с Батумом так просто не решить... Короче, сдал Березняк Батума. Не самого Батума, а его человека, на которого завязано казино. Без Бежана Батум как без рук, потому и не смог удержать казино...

— И как Березняк Бежана сдал?

— Ну, там одно дело... Я подробностей не знаю, Березняк мне все карты не открывал.

— Но Бежана сдал. Менты его прессанули, а Березняк казино под себя взял. Так было?

— Да, Березняк взял казино.

— Березняк? А что, Анфас не при делах? — спросил Антон.

— А ты сам как думаешь? — хмыкнул Валетмейстер. — Где сейчас Анфас? Теплое место у него в Москве, он с казино реальные деньги снимает. Ему наш Подвойск уже и не нужен...

— Но интерес все равно есть.

— Есть. Денег много никогда не бывает.

— Значит, Березняк сдал Бежана, потому что этого хотел Анфас.

— Ну, Березняк сам по себе на это не пошел бы. Анфаса вся воровская Москва знает, а Березняк помельче будет...

— Где сейчас Березняк? — Антон выключил диктофон.

— Ну, в Москве. С Анфасом.

— Где конкретно?

— Не, адреса не знаю. Там все зашифровано.

— А если хорошо подумать?

— Не знаю! Хлебом клянусь, не знаю!

— Ну, ладно, тогда умри с миром! — поворачиваясь к Валетмейстеру спиной, проговорил Антон.

— Эй, как это — умри?! — взвыл тот. — Ты же обещал!

— Обещал. Живым обещал не хоронить. Мертвым тебя похоронят. Так что нормально все.

— Эй, где нормально? Я же тебе все сказал! Слышь, не надо, не убивай!

Антон молчал: он ждал, когда Валетмейстер вспомнит, где шифруется Анфас. Но нет, не вспомнил. И ничего другого интересного не сказал. Но убивать Антон его не стал. Пусть пока живет. Возможно, его живое слово придется предъявить воровскому суду. Или тот же Батум захочет с ним поговорить.

Война продолжается, но сейчас в ход идут не пули, а слова. Да и не воевать Антон собрался с Батумом. Они хоть и враги, но сама ситуация ведет к перемирию. Антону «пиковый» вор нужен как союзник.

Ресторан, отдельный кабинет, охрана за дверью. На столе только минеральная вода и кофе. Там уже будет видно, накрывать «поляну» или нет. Хотя вряд ли дело до этого дойдет. Если даже они заключат с Батутом временный союз, дружбы между ними все равно не будет. И Антону это не нужно, и «пиковый» к тому не стремится.

— Зачем ты меня позвал, Касталь? — Батум жестко смотрел на Антона из-под густых длинных бровей.

Среднего роста он, щуплый, но физическая немощь — это не про него. Шустрый, резкий, чуть что не так — и перо в ход пустит, и ствол. Нож у него из рукава сам по себе выскочить может. А еще за щекой половинка бритвы спрятана, а этим оружием он, говорят, владеет в совершенстве. Дунет, и глаз долой...

— Насчет Борея сказать хочу.

— Ты за это еще ответишь.

— А если это не я?

— Ты!

— Кто сказал? Анфас?

— Не важно.

— Значит, Анфас... Запугивал тебя, наверное?

— Ты со мной вопросами не говори. Если есть что сказать, говори, если нет, то пойду я. — Батум положил руки на стол, будто для того, чтобы опереться на них, поднимаясь на ноги.

— Я слышал, Анфас у тебя казино «Золото Маккены» отбил.

Вор ничего не ответил, но еще больше нахмурил брови. И руки со стола убрал.

— Бежана «мусора» закрыли, а без него ты как без рук, да?

— Я тебе сказал, не надо со мной вопросами говорить! — резко бросил Батум, но из-за стола не поднялся. Не торопится он уходить. Заинтриговал его разговор.

— Я знаю, кто Бежана сдал.

— Кто?

— Березняк.

Вор удивленно взглянул на Антона, но тут же закрыл глаза и плотно сжал губы. То ли не поверил ему, то ли с Березняком неохота связываться — как хочешь, так и понимай.

— За свои слова отвечаешь? — четко, чуть ли не по слогам, произнес он.

— Отвечаю. Я с Валетмейстером говорил. Знаешь такого?

— Это не важно.

— Ну, может быть, — пожал плечами Антон.

Он неторопливо взял чашечку с остывающим кофе, неспешно сделал глоток, другой.

— Что Валетмейстер сказал? — не выдержал испытание паузой Батум.

Антон достал из кармана магнитофонную кассету с записью разговора, вернее, с фрагментами разговора, соединенными в логическую цепочку.

— Здесь все есть.

— Что есть?

— Березняк ссучился. Он твоего Бежана ментам и сдал. Валетмейстер это сказал.

— Валетмейстер сдал ментам Бежана, а ты сдаешь мне его самого, — в раздумье проговорил Батум.

Даже дурак знает, что просто так ничего в этом мире не делается. А дураки законными ворами, как правило, не становятся.

— Ну, ты же не мент.

— Да, но ты из общины Анфаса.

— Был когда-то. Пока Березняк мою жену не подставил. Он ментам Бежана сдал, а менты за это мою Кару закрыли. Как думаешь, я могу ему это простить?

— Ну, такое не прощается, — согласился Батум и кивком показал на кассету: — Чего ты от меня хочешь?

— Я мог бы сам Березняка «замочить», но ведь он в законе. Законного вора убивать нельзя, поэтому я и твоего Борея не трогал...

— Короче.

— Ты — вор уважаемый, можешь затребовать большой сход, провести разбор и объявить Березняка сукой.

Батум сделал вид, что раздумывает над предложением. Хотя азартный блеск в его глазах свидетельствовал о том, что он уже принял решение. Ведь в руках у него не просто компромат на Березняка, но и шанс вернуть казино под свою крышу.

— А если все это не так?

— Я же говорю, что надо провести разбор. Если что, могу предъявить Валетмейстера.

— Где он?

— В надежном месте.

— Я хочу поговорить с ним.

— Все зависит от твоего решения. Если да, то не вопрос.

— Я должен во всем разобраться.

— Разбирайся, а когда скажешь «да», получишь Валетмейстера...

Дверь вдруг открылась, и в кабинет ворвался Панас:

— Атас, менты!

Судя по крикам в зале, опасность была уже близко.

Антон должен был предусмотреть такой вариант. И предусмотрел. Назначил встречу в ресторане, открытом на деньги тяжмашевской братвы. И кабинет не простой: за шкафом здесь находился тайный ход. Он одной рукой отодвинул шкаф и кивком показал Батуму на дверь, но тот неожиданно заартачился.

— Думаешь, это подстава? Ну, можешь оставаться. Только я здесь не при делах. Березняк это мутит...

В дверь со стороны зала сильно ударили. Дверь крепкая, ногой ее не вышибешь.

— Кастальский, это майор Кормилин! Открывай! Не играй с огнем!

Антон еще раз взглянул на вора и шагнул в тайный проход, через который можно было попасть в соседнее здание.

— Ну, смотри!

Батум наконец принял решение, последовал за ним. И ничуть не пожалел об этом.

Антон провел его к машине, в которую они спокойно сели. На ней же проехали мимо ресторана, у входа в который стояли собровцы с автоматами. Хмурые, грозные, внушительные.

— Думаешь, это ряженые? — спросил Антон у вора.

Тот покачал головой. Нет, он так не думал.

— Выследил меня Березняк.

— А почему Березняк? Про Анфаса ты почему ничего не говоришь? — с упреком произнес Батум.

— А насчет Анфаса у меня пока только предположения.

— Без него тут не обошлось.

— Возможно.

Именно на это Антон и рассчитывал. Батуму поперек горла стоял не столько Березняк, сколько Анфас, и он не упустит возможности свести с ним счеты.

И снова Кормилин продемонстрировал свой класс. Снова выследил Антона, вышел на контакт с ним. Только вот удар нанести не смог. Нет у него зубов.

— Зачем ты это сделал? — спросил он, с ненавистью глядя на Антона.

— Мы же договорились, никаких лишних движений. А ты Валетмейстеру позвонил... Зачем ты это сделал?

— Это моя работа.

— Воров и бандитов стравливать?

— Ты прямо как по писаному чешешь! — с беспомощным презрением усмехнулся майор.

— Что написано пером, не вырубишь топором.

— А надо вырубить!

— Как?

— Пусть твой щелкопер даст опровержение!

— Мы живем в свободной стране, у нас независимая демократическая пресса...

Антон обещал не отправлять компромат на Кормилина его начальству, жене и бандитскому авторитету Михайлову и, в общем-то, сдержал свое слово. Он отправил досье на мента журналисту из «желтой» прессы, и тот на следующий день опубликовал разгромную статью о том, как в стране сращиваются криминал и органы правопорядка. Анфас и Березняк в этой статье не упоминались, но Кормилина пропесочили до самых печенок.

— Издеваешься? — скривил губы майор.

— Нет, говорю то, что есть... А что в статье неправильно? Разве Карина Пахомова не предприниматель? Разве не она главный акционер «Тяжмаша»? Завод работает? Работает. Люди зарплату получают? Получают... Почему тебе это не нравится? Почему ты завод хочешь закрыть? Мало людей с голодухи загнулось? Может, ты крематорий «крышуешь»?..

— Я завод закрывать не собирался.

— А он бы закрылся, если бы мы с Кариной лапки сложили. Но мы не сложили. Потому и завод работает.

— Только не надо тут за благодетелей себя выдавать! Знаю я, какие вы благодетели!

— Волки мы. И интересы у нас тоже волчьи, но так мы этого и не скрываем. А ты закон должен защищать. И как ты его защищаешь? Это из-за тебя Соколов погиб. Для меня он козел, а для общества — законопослушный и к тому же сознательный гражданин. А его убили. По твоей наводке.

— Я не говорил, чтобы его убивали, — опустил голову Кормилин. — Я думал, его просто выведут...

— Так его и вывели — в расход... Я знаю, зачем ты Валетмейстеру позвонил. Чтобы его бойцы меня завалили. И Соколова, и меня, и всех, кто был с нами... А если не завалят, так война начнется. Хотел, чтобы мы глотки друг другу перегрызли...

— Ты не так все понял...

— Да пошел ты!

— Зря ты так, Кастальский! Еще пожалеть можешь.

— Не пугай пуганого...

— Ты ведь человека убил.

— Какого человека?

— Гнутова Павла Емельяновича.

— Гнутого? Так это не я.

— Ты стрелял. Соседка Соколова видела.

— Не могла она меня видеть. Соколов из квартиры стрелял. Там напротив его двери других квартир не было, она прямо на лестницу выходит.

— Стрелял из квартиры ты. Тебя никто не видел, но руку твою видели. Ты в перчатках был, а на Соколове перчаток не было. Ты стрелял, Кастальский.

— Никто ничего не докажет.

— Но ты в розыске.

— Фигня! Поздно уже было, а на лестничной площадке свет не горел. Померещилось твоей соседке. Со страху померещилось. Так бывает.

— Тебе нужны неприятности?

— А ты можешь замять это дело?

— Могу... Я много чего могу... И Карина твоя до сих пор в изоляторе. Там она и останется.

— Да нет, не угадал ты, майор. Не останется она там. Я же хороших адвокатов нанял. Плюс статья в прессе. Завтра Карина уже будет на свободе. И ты при всем желании не сможешь мне помешать... Все свои дутые козыри выложил, или еще что-то есть? — пренебрежительно усмехнулся Антон.

— Смеется тот, кто смеется последним, — затравленно огрызнулся Кормилин.

— Так я и не смеюсь. У меня дела серьезные, тут не до смеха. И твоя голова мне не нужна. Если опровержение тебя спасет, будет тебе опровержение.

— Не спасет... Потому что спасать не надо. Начальство меня понимает, поддерживает...

— А общественное мнение крови твой хочет, да?

— Ну, что-то в этом роде... Давай так: ты делаешь опровержение, и мы расходимся с миром. Никаких к тебе претензий. И Кара твоя будет на свободе.

— Я делаю опровержение, а ты... Если вдруг к тебе подойдут и спросят, правда это, что вор Березняк сдал тебе вора Бежана, ты скажешь, что это правда.

— Кто должен спросить?

— Кто спросит, тому и ответишь. Ну, чисто по секрету...

— Что ты задумал?

— Тебя это не касается. А если этого коснешься, считай, что сам напросился.

Опровержение Антон даст, и стоить это будет недорого. Не надо топить мента, который еще может пригодиться...

Глава 35

Это был какой-то кошмар. Антон крепко обнял ее и поцеловал в губы, и тут же на них со всех сторон навалились телохранители. Карина решила даже, что это какое-то групповое братание.

Но Антон возмущаться не стал. Взяв Карину под руку, повел ее к машине. И кольцо из телохранителей двинулось вместе с ними.

Он помог ей сесть в тяжелый бронированный «Мерседес», сам умостился рядом, телохранитель закрыл за ними дверь. Машина тут же тронулась с места.

— Может, объяснишь, что происходит? — спросила Карина.

— А ты сама не догадываешься?

— Нам кто-то угрожает?

— Анфас, Березняк, у этих сук еще есть зубы. Я бы не стал рисковать. Кормилин знает, что ты сегодня выходишь, мог и «стукнуть». По старой памяти.

— Ну да, он с ними заодно, — кивнула Карина.

— Хотелось бы надеяться, что я вывел его из игры... В прошлый раз я тоже понадеялся, а в результате пристрелили Соколова.

— Да, я в курсе.

Карине пришлось выслушать от следователя все, что он о ней думает. Оказывается, это она послала своих людей, чтобы убить опасного свидетеля. Но и она в долгу не осталась, ответила ему тем же, обвинив в сговоре с ворами. И Аркадьев ей подыграл, показав разгромную статью в «желтой» газете. Карина точно знала, что это Антон подложил свинью Кормилину. Но статья «хрюкнула» и на Прудникова, да так, что он заткнулся. Понял, что сам мог стать героем подобного материала. А оно ему надо?

Аркадьев знал свою работу, поэтому Карина уже на свободе. Дело, правда, еще не закрыто, но это вопрос времени.

— Тут у нас целая война. Кормилин стравил нас с ворами. Я хотел решить с ним по-тихому, но...

— И как успехи?

— Место «смотрящего» в Подвойске освободилось. Березняк позорно бежал.

— А чего так невесело?

— Так Березняк все еще здесь, в Москве. И Анфас здесь. А они не фраера, их голыми руками не взять. Я нанес удар, теперь жду ответного. Такая вот ситуация.

— И долго ждать?

— Будет большой сход, будет решение.

— Большой сход?

— Все воры соберутся, Батум предъявит Анфасу и Березняку. Сначала им дадут по ушам, а потом... Такое не прощается. За такое отвечают кровью.

Карина слегка поежилась, глянув на Антона. Ледяной у него взгляд, стужей от него повеяло.

— Но я спрашивать за это не буду, — сказал он. — Воровская жизнь — это не по мне... Если закроют, тогда — да. А так — нет. А закрыть могут. За убийство Гнутого. Он в Соколова выстрелил, я в него... Если докажут, то могут и закрыть.

— А докажут?

— Навряд ли. Но дело не в том. Дело в Соколове.

Карина внутренне напряглась. Соколов — это тема, которую не обойти.

— Тебя подставили. Я точно это знаю.

— Так я же тебе говорила... Зря ты тогда уехал. Его ко мне везли, а ты уехал...

— К Березняку поехал, — невесело усмехнулся Антон. — И он меня так закрутил... Хотел, чтобы я против тебя пошел. Но я не смог...

— Да уж, развели они нас, — в тон ему отозвалась Карина.

— Они — развели, мы — свелись. Или сходиться не будем?

— Будем, — кивнула она и покорно положила голову ему на плечо.

Не так важно то, как все было, как то, чем все закончилось. Карина знала, сколько всего Антон сделал, чтобы вытащить ее из-за решетки. И она очень благодарна ему за это. Но главное, он больше не злится на нее из-за Соколова, хотя, честно говоря, она сама дала предателю повод заигрывать с ней, и тот этим воспользовался.

Но многое уже позади. Антон решил, считай, проблему с ворами, а она выжила в тюрьме, хотя могла остаться там навсегда. Рано или поздно Анфас и Березняк сойдут со сцены, но ведь появятся и другие проблемы. Что ж, эти проблемы будут решаться. И очень хорошо, что у Карины есть надежный помощник. И этого человека она очень любит. И будет любить всегда...

Не трудно важничать и щеголять своей крутостью, если есть, с чего задирать нос. Батум на деле доказал свою высокую цену, поэтому имел право посматривать на Антона свысока.

Все, нет больше Березняка и Анфаса. Одного поставили на «перо» прямо на сходе, а другого там всего лишь развенчали — за содействие ссученному вору. Но далеко Анфас не ушел: его труп нашли на следующее утро в купе поезда. В родные края он собрался уехать, но кто-то подрезал ему крылья. И Антон догадывался кто.

— Такие вот дела, — сказал Батум.

— Благодарить друг друга не будем, — серьезно проговорил Антон. — Ты решил свою проблему, я — свою.

— Еще не совсем решил. Все-таки Борей — твой косяк.

— Не мой, — покачал головой Антон.

— Ты меня не переубедишь.

— Ну, тогда нам придется остаться при своих...

— Я ведь и спросить могу.

— Спрашивай. Я отвечу.

— Зачем нам воевать? — пошел на попятную вор. — Пусть каждый останется при своих.

— И на каких условиях?

— Кто-то должен занять место Борея.

— На кладбище?

— Нет, в Подвойске. — Батум проглотил пилюлю, но при этом дал понять, что прощает Антона в долг.

— Это не ко мне.

— А к кому? Ты же держишь район.

— Район Кара держит, это ее территория. Все вернулось на круги своя.

— Ты не можешь «смотреть» за районом, — нахмурился Батум.

— Почему?

— Ты не вор.

— А кто я? — резко глянул на собеседника Антон.

— Ты не в законе, — дрогнул Батум.

— И не буду. Не мое это.

— Не твое.

— И за районом «смотреть» не буду. Не хочу.

Все уже решено — Карина занимает свое место, а он возвращается на завод.

Карина и сама хотела бы отойти от криминала. Хотела бы, но не сможет. Власть над крутыми парнями для нее как наркотик, так уж она устроена, что не может жить без острых ощущений. Жизнь без этого смысл не потеряет, но превратится в серые тоскливые будни. Антон прекрасно ее понимал, потому что сам время от времени испытывал жажду риска. Испытывал и утолил. Так утолил, что до конца жизни должно хватить. Во всяком случае, так ему сейчас казалось, а как будет на самом деле — покажет время.

— Мы пришлем «смотрящего».

— Присылайте, — пожал плечами Антон. И тут же его взгляд заледенел: — Только на многое не рассчитывайте. Дом будет, транспорт, деньги на расходы, кое-что на «общак».

— Сколько?

— Договоримся. Если у вас реальные запросы, договоримся. А если нет... Я так понимаю, тебе война не нужна.

Батум не захотел отвечать на этот вопрос. Но все-таки по его глазам можно было прочесть, что войны с тяжмашевскими он боится. Не хочет повторить судьбу Борея, Березняка, Анфаса... Антон тоже хотел, чтобы этот список больше не продолжался. Но ведь жизнь продолжается, так что всякое может случиться.

Содержание

Литературно-художественное издание

КОЛЫЧЕВ. МАСТЕР КРИМИНАЛЬНОЙ ИНТРИГИ

Колычев Владимир Григорьевич

ВОЛЧЬИ ЯГОДЫ

Ответственный редактор *А. Дышев*
Редактор *Т. Чичина*
Художественный редактор *С. Власов*
Технический редактор *О. Лёвкин*
Компьютерная верстка *В. Кудымов*
Корректор *Н. Струэнзе*

В оформлении обложки использованы фотографии:
Jeff Banke, Netfalls - Remy Musser / Shutterstock.com
Используется по лицензии от Shutterstock.com

ООО «Издательство «Эксмо»
127299, Москва, ул. Клары Цеткин, д. 18/5. Тел. 411-68-86, 956-39-21.
Home page: **www.eksmo.ru** E-mail: **info@eksmo.ru**

Өндіруші: Издательство «ЭКСМО»ЖШҚ, 127299, Мәскеу, Ресей, Клара Цеткин көш., үй 18/5.
Тел. 8 (495) 411-68-86, 8 (495) 956-39-21
Home page: www.eksmo.ru E-mail: info@eksmo.ru.
Тауар белгісі: «Эксмо»
Қазақстан Республикасында дистрибьютор және өнім бойынша арыз-талаптарды қабылдаушының
өкілі «РДЦ-Алматы» ЖШС, Алматы қ., Домбровский көш., 3«а», литер Б, офис 1.
Тел.: 8(727) 2 51 59 89,90,91,92, факс: 8 (727) 251 58 12 вн. 107; E-mail: RDC-Almaty@eksmo.kz
Өнімнің жарамдылық мерзімі шектелмеген.
Сертификация туралы ақпарат сайтта: www.eksmo.ru/certification

Өндірген мемлекет: Ресей
Сертификация қарастырылмаған

Сведения о подтверждении соответствия издания
согласно законодательству РФ о техническом регулировании
можно получить по адресу: http://eksmo.ru/certification/

Подписано в печать 01.08.2013. Формат 84×108 1/32.
Гарнитура «Newton». Печать офсетная. Усл. печ. л. 16,8.
Тираж 5000 экз. Заказ № 6350.

Отпечатано с готовых файлов заказчика
в ОАО «Первая Образцовая типография»,
филиал «УЛЬЯНОВСКИЙ ДОМ ПЕЧАТИ»
432980, г. Ульяновск, ул. Гончарова, 14

ISBN 978-5-699-66506-8

9 785699 665068 >

Оптовая торговля книгами «Эксмо»:
ООО «ТД «Эксмо». 142700, Московская обл., Ленинский р-н, г. Видное,
Белокаменное ш., д. 1, многоканальный тел. 411-50-74.
E-mail: **reception@eksmo-sale.ru**

По вопросам приобретения книг «Эксмо» зарубежными оптовыми покупателями *обращаться в отдел зарубежных продаж ТД «Эксмо»*
E-mail: **international@eksmo-sale.ru**

International Sales: International wholesale customers should contact Foreign Sales Department of Trading House «Eksmo» for their orders.
international@eksmo-sale.ru

По вопросам заказа книг корпоративным клиентам, в том числе в специальном оформлении, *обращаться по тел. +7 (495) 411-68-59, доб. 2261, 1257.*
E-mail: **vipzakaz@eksmo.ru**

Оптовая торговля бумажно-беловыми и канцелярскими товарами для школы и офиса «Канц-Эксмо»:
Компания «Канц-Эксмо»: 142702, Московская обл., Ленинский р-н, г. Видное-2,
Белокаменное ш., д. 1, а/я 5. Тел./факс +7 (495) 745-28-87 (многоканальный).
e-mail: **kanc@eksmo-sale.ru**, сайт: www.**kanc-eksmo.ru**

Полный ассортимент книг издательства «Эксмо» для оптовых покупателей:
В Санкт-Петербурге: ООО СЗКО, пр-т Обуховской Обороны, д. 84Е.
Тел. (812) 365-46-03/04.
В Нижнем Новгороде: ООО ТД «Эксмо НН», 603094, г. Нижний Новгород,
ул. Карпинского, д. 29, бизнес-парк «Грин Плаза». Тел. (831) 216-15-91 (92, 93, 94).
В Ростове-на-Дону: ООО «РДЦ-Ростов», пр. Стачки, 243А. Тел. (863) 220-19-34.
В Самаре: ООО «РДЦ-Самара», пр-т Кирова, д. 75/1, литера «Е». Тел. (846) 269-66-70.
В Екатеринбурге: ООО «РДЦ-Екатеринбург», ул. Прибалтийская, д. 24а.
Тел. +7 (343) 272-72-01/02/03/04/05/06/07/08.
В Новосибирске: ООО «РДЦ-Новосибирск», Комбинатский пер., д. 3.
Тел. +7 (383) 289-91-42. E-mail: **eksmo-nsk@yandex.ru**
В Киеве: ООО «РДЦ Эксмо-Украина», Московский пр-т, д. 9. Тел./факс: (044) 495-79-80/81
В Донецке: ул. Артема, д. 160. Тел. +38 (032) 381-81-05.
В Харькове: ул. Гвардейцев Железнодорожников, д. 8. Тел. +38 (057) 724-11-56.
Во Львове: ТП ООО «Эксмо-Запад», ул. Бузкова, д. 2. Тел./факс (032) 245-00-19.
В Симферополе: ООО «Эксмо-Крым», ул. Киевская, д. 153.
Тел./факс (0652) 22-90-03, 54-32-99.
В Казахстане: ТОО «РДЦ-Алматы», ул. Домбровского, д. 3а.
Тел./факс (727) 251-59-90/91. **rdc-almaty@mail.ru**

Полный ассортимент продукции издательства «Эксмо»
можно приобрести в магазинах «Новый книжный» и «Читай-город».
Телефон единой справочной: 8 (800) 444-8-444. Звонок по России бесплатный.

Интернет-магазин ООО «Издательство «Эксмо»
www.fiction.eksmo.ru
Розничная продажа книг с доставкой по всему миру.
Тел.: +7 (495) 745-89-14. E-mail: **imarket@eksmo-sale.ru**